KB271454

작가 연구 방법론

작가 연구 방법론

[수정증보판]

작가 연구 방법론

박 종 석

도서출판 역락

▌〈수정증보판〉을 내면서

　인문학과 문학의 생산과 소비가 불균형을 이루는 시점에 [수정증보판]
으로 졸저 『작가연구방법론』을 출판하게 되었다. 그러나 판을 거듭할수록
졸저의 내용에 대한 준엄한 검토를 거듭해야 한다는 생각이 들었다. 왜냐
하면 이 졸저가 문학 연구에 대한 이론서이기 때문이다. 이론의 근거 미
약이 후에 엄청난 비판으로 돌아올 수 있다는 점에서 이런 생각이 더욱
절실해진다.
　이 졸저에 대한 필자의 애정은 깊다. 그러나 애정이 깊으면 두려움도
커진다는 말…….

　이번 졸저에는 그 동안 미비했던 내용들을 보완했다.
　1. 기존 [수정판]의 오·탈자를 바로 잡았다.
　2. 내용의 흐름이 매끄럽지 못한 부분들을 수정했다.
　3. [수정판] 이후, 필자의 게으름으로 못 찾았던 자료들을 추가했다.

　요즘 필자는 계속해서 비평계나 학계의 변두리라도 있어야 하는지 고
민하고 있다. 왜냐하면 학문성이나 비평 안목이 점점 부족해지는 것을 느
끼기 때문이다.

2007년, 무더위와 장마 사이의 8월
울산 「無鄕山房」에서.

❙〈수정판〉을 내면서

몇 권의 졸저 가운데 3쇄를 찍는다는 것이 필자에게는 기쁨이다. 그러나 다시 출판하는 기쁨의 한켠에는 졸저의 허점이 더 크고, 넓게 보이는 것 같아 부끄럽다.

이 졸저는 이미 출판했던 내용(초판 1쇄: 2002년 → 2쇄: 2003년 '문화관광부 우수학술 도서' 선정 이후 부분 수정 출판)과 다소 차이가 있음을 밝힌다. 물론 수정의 이유는 저자의 식견 부족과 게으름 탓이고, 동시에 자료 발굴에 대한 조사가 늦었기 때문이다. 그 차이의 내용은 다음과 같다.

1. 관련 참고 문헌 추가
2. 작품 발굴에 대한 자료 추가
3. 작가 생애의 새로운 증언 자료 추가
4. 오탈자 및 내용상 오류 수정

이 졸저는 완결된 것이 아니기 때문에 관련된 자료를 추가해서 계속 보완할 것이다.

2005년 1월
울산 「無鄕山房」에서.

┃ 머리말

한 작가의 삶과 문학 세계를 조망(眺望)한다는 것은 한국문학사를 정립하는데 중요한 작업 중의 하나이다. 그러나 그 일이 쉬운 것은 아니다. 왜냐하면 작가 연구자가 현실적인 발품을 많이 들여야 하기 때문이다. 단순히 발품만 드는 것이 아니다. 작가 연구자는 대상 작가의 세계를 투시할 수 있는 예리한 시각과 날카로운 통찰력, 시대를 꿰뚫는 문학적 안목을 지녀야 한다. 풍부한 지적 기반, 그리고 작가 주변의 인물들을 찾아 인터뷰를 해야 하고, 이를 취사선택해야 하는 등 이루 말할 수 없이 많은 준비가 필요하다. 뿐만 아니라 자칫하면 대상 작가를 신화화(神話化)하거나 자료 제공자에게 누가 되는 정보들을 기록했을 경우에 빚어질 일에 대해서도 고려해야 하는 어려움이 있다. 물론 작가를 이해하는 것이 중요한가, 작품 세계를 이해하는 것이 중요한가라는 근원적인 물음을 제기한다면, 그 가치 기준이 사뭇 달라질 수 있을 것이다. 작품을 이해하는 것이 중요하다고 생각하는 논자들에게는 작가 자체가 무의미할 수 있을 것이다. 그러나 작품의 온전한 이해를 전제한다면 작가의 생애와 관련된 문학 연구는 대단히 중요하다 할 것이다.

좋은 작가의 작품만이 정리되어 후세에게 전해지고, 작가의 중요한 대표작을 풍부하게 이해할 수 있는 작가의 생애를 알지 못한다면 아쉬움이 남을 것이다. 좋은 작가의 생애와 그의 예술 세계가 공존하여 후세에 전해진다면, 더욱 가치가 있을 것이다. 그러나 아쉽게도 한국에서는 이러한 작업이 미진한 것 같다. 이는 연구자의 관심 부족과 이를 쓰고자 하는 필자들에게 연구 방법론이라는 구체적인 이론서가 없는 것도 한 이유이리라 생각된다. 가령 『시작법』 내지는 『시론』, 『소설작법』 내지는 『소설론』, 『희곡작법』, 『시나리오작법』, 『문예비평론』 내지는 『문학연구방법론』 같은 책들은 즐비하다. 그러나 작가의 인생과 문학의 관련성에 대해 쓴 이론서나 안내서가 부족하다는 사실을 아는 이는 드물 것이다. 그래서 필자는『작가 연구 방법론』이라는 입문서를 출판하게 된 것이다.

필자가『작가 연구 방법론』이라는 책을 펴내고자 한 것은『송욱평전』 (2000년)을 쓰면서 작가의 문학적 전기를 적는 이론서는 있어야 하겠다는 생각이 들었기 때문이다. 물론 작가 전기의 평전에 대한 이론서가 없었다는 뜻은 아니다. 김윤식 교수가 춘원과 횡보 연구를 쓰면서 번역, 참고한 Leon Edel의『작가론의 방법-문학전기란 무엇인가 Literary Biography』(삼영사, 1983)와 Samul Talyor Coleridge(김정근 역),『문학전기 Biographia Literaria』(한신문화사, 1995)가 고작이다. 이 두 저서는 한국 작가 연구에 실제적인 거리감이 있다는 것을 필자는 새삼 깨달았다. 필자는 졸저를 집필하는 동안 울산대학교 도서관에서 이기철의『작가 연구의 실천』과 이어령 편의『한국작가전기연구』(상/하)를 열람하였다. 이 두 저서는 필자가 졸저를 집필하는데 일정한 도움을 주었다. 그러나『작가 연구의 실천』은 그 방법론을 수립하려는 의도에 중점을 두었지만 실제 작품 연구와 작가 연구가 서로 맞물리지 못하고 따로 진행된 점이 아쉽다. 그리고『한국작가전기연구』(상/하)는 작가 기초 자료 조사에 필요한 항목을 정리하여 놓아 연구자들의 편의를 제공하는데 장점이 있으나 실제 작가 연구 방법론을 모색하는데는 아쉬운 점이 많았다. 그러나 필자는 이런 선학들의 노력이 있었음을 높이 평가하면서 주목했다.

요즘 <작가론>에 대한 연구서가 많이 출판되었다. 대개 연구자들은 <작품론>을 쓸 때는 일정한 방법론으로 연구하여 문학 세계를 밝힌다. 그러나 <작가론>은 일정한 이론적 틀 위에서 이루어진 경우는 드물다. 그래서 본 졸저가 작가론 연구의 모범일 수는 없지만 적어도 작가 연구의 한 입문서 역할을 했으면 하는 바람으로 이 책을 출판한다. 그리고『작가 연구 방법론』은『송욱평전』을 집필하는 동안 경험했던 것들이 많은 틀을 생각하게 하였다. 그러나 이 방면의 앞선 연구가 부족했기 때문에 앞으로 이런 연구는 지속되어야 할 것이다.

본서의 제 I 부는 <작가 연구의 가치>와 <작가 연구>의 개념과 <작품론>과의 관계, 그리고 <작가 연구의 과정>을 설명하였다.

제 II 부는 <작가 연구>에 필요한 <작가 연구의 기초 자료 조사>를 어떻게 할 것인가에 대한 구체적인 방법을 제시하여 연구자들의 길잡이 역할을 하도록 정리하여 놓았다.

제 III 부는 <작가(작품) 연보 작성의 실제>를 설명함으로써 작가 연구에 있어 이의 필요성과 실제 예를 제시하였다.

제 IV 부의 <실제 쓰기의 방법과 유의점>에서는 작가 연구의 구체적인 방법론과 함께 작가 연구를 하면서 파생되는 문제점을 짚었다.

끝으로 부록 I 에서는 한국 작가 평전 속의 작가 연구의 관점들을 검토하였다. 특히 평전은 작가의 일대기를 바탕으로 한 작품 분석을 보여 준다는 점에서 작가 연구의 좋은 본보기가 된다. 그리고 부록 II 에서는 <한국 작가 연구 연대별 목록>편을 따로 정리하여 관심있는 연구자나 독자들이 한눈에 볼 수 있도록 하였다.

그리고 한 가지 덧붙인다면, 우리 나라에는 작가 연구의 한 부분인 작가 전기를 연구하거나 집필하는 전문 작가가 없다는 점에서 이 졸저는 작가 연구 방법론을 터득하는 작가들에게 도움이 되었으면 하는 바람이다. 그리하여 훌륭한 전기 작가가 배출되어 한국문학사를 풍부하게 살찌우는 계기가 되었으면 하는 것이 필자의 열망이기도 하다.

갈수록 학문의 산맥에서 헤매는 것 같고, 산맥에서 자신을 잃어버리는 것 같아 섣불리 책을 출판하는 것이 두려워진다. 비록 졸저이지만 출판을 통해 선배, 동학의 학문적 질책을 받아 자신을 찾는 계기가 될 수 있을 것 같아 두려움 속에서 책을 출판한다.

2002년, 울산 「無鄕山房」에서.

▌목 차

Ⅰ. 개념 및 연구 과정 _ 13

Ⅱ. 기초 자료 조사 _ 33

Ⅲ. 연보(年譜)의 작성 _ 109

Ⅳ. 실제 쓰기의 방법과 유의점 _ 143

부록 Ⅰ. 한국 작가 평전의 검토 _ 179

부록 Ⅱ. 한국 작가 연구 연대별 목록 _ 213

I

개념 및 연구 과정

1. 작가 연구의 개념

작가 연구(作家硏究) 혹은 작가론(作家論)[1]이란 작품과 관련한 작가의 문학적 일대기를 연구(硏究)하거나 논(論)하는 것을 말한다. 작가의 개념을 어떻게 정의할 것인가에 따라 작가 연구의 태도가 달라진다.[2] 가령 작가의 중요성을 인정하는 역사전기적인 관점과 달리 작가의 존재 자체를 무의미한 것으로 보는 기호학(記號學)의 관점에서는 작가 연구는

[1] 필자는 <연구>와 <론>의 용어를 구별한다. 즉 <연구>는 대상을 총체적으로 검토하는 것이다. 비유하자면 나무의 뿌리부터 줄기, 잎까지 유기적 구조로 파악하여 이들의 관계에서 나무의 총체적 모습을 파악하는 것이라면, <론>은 나무의 나이테를 통해 나무의 상태를 파악할 수 있는 것처럼 특정 부분을 이해하는 개념이다. 작가 연구의 경우, 김윤식의 『염상섭연구』나 『임화연구』, 『김동인연구』는 작가의 전반적인 생애와 문학을 총체적으로 다루고 있다. 이 저서에서는 <연구>라는 개념을 붙이고 있다. 그리고 작가론의 경우는 김윤식의 『한국근대작가론고』에서는 「님과 등불-한용운론」, 「純粹詩論-박용철론」 등과 같이 특정 작품과 작가의 특정 생애를 결부시켜 논의하였다. 이렇게 본다면, <연구>와 <론>의 개념을 보다 분명하게 이해할 수 있을 것이다. 그러나 <연구>나 <론>은 다 같이 작가 연구를 총체적으로 하든 부분적으로 하든 간에 졸저에서는 작가의 이해라는 대전제 아래 쓴 논의이기 때문에 공통되는 방법론으로 적용해서 사용하겠다.

[2] 박인기 편역, 『작가란 무엇인가』, 지식산업사, 1997.

무가치한 것으로 본다. 작가의 죽음을 통해 독자의 부활을 강조하는 기호학자 롤랑 바르트(Roland Barthes)[3]는 '작가의 제국(帝國)'에 대한 지나친 관심을 경계하고 있다.

> 저자는 문학사의 입문서, 작가의 전기, 잡지의 회견기 등에서 군림하고 있으며, 사적인 일기에 의해 작가의 인성과 작품을 통일시켜 보려고 안달하는 문사들(litterateurs)의 의식 속에 군림하고 있다. 현대 문화에서 찾아낼 수 있는 문학의 이미지는 저자에게, 저자의 인성과 이력과 취향과 열정 등에 횡포를 부린다고 할 정도로 집중되어 있는 반면에, 비평은 아직도 대체로 보들레르의 작품은 인간 보들레르의 실패를 보여준다느니, 반고호의 작품은 그의 광기의 탓이라느니, 차이코프스키의 작품은 그의 부도덕함의 결과라느니 하는 식으로 언급하고 있다. 말하자면, 대체로 허구라는 투명한 비유에 의해서, 마치 작품이 언제나 궁극적으로는 자신의 '속내 이야기'를 전달하는 저자라는 작품 생산자와 동일한 인간의 목소리인 것처럼 그렇게, 작품의 생산자인 인간에게서 여전히 작품에 관한 설명을 찾고 있다.
>
> — (박인기 편역, 「저자의 죽음」, 『작가란 무엇인가』, 지식산업사, 1997, 138~139쪽)

위의 인용에서 롤랑 바르트는 '작품이 언제나 궁극적으로는 자신의 속내 이야기를 전달하는 저자라는 작품 생산자와 동일한 인간의 목소리인 것처럼 그렇게, 작품의 생산자인 인간에게서 여전히 작품에 관한 설명'을 찾고 있다고 했다. 롤랑 바르트는 작가에 대한 관심을 옹호하는 것이 아니라, 단지 언어학적 관점에서 저자는 글 쓰는 자에 불과하

---

3) 롤랑 바르트는 1915년 11월 쉘부르에서 태어나 파리 대학에서 불란서 문학과 고전을 공부했다. 루마니아와 이집트의 대학들에서 불어를 가르쳤고, 후에 그는 과학 연구 국립 연구소에 들어가게 된다. 그곳에서 사회 과학 어학의 연구에 전념했다. 1980년 3월 26일 죽을 때까지 그는 프랑스 대학의 교수로 있었다(롤랑 바르트/ 김명복 옮김, 「해설-텍스트의 즐거움」, 『텍스트의 즐거움』, 연세대학교 출판부, 1994, 81쪽).

다는 것이 그의 관점이다. 그러나 필자는 롤랑 바르트의 이러한 주장에 반대하는 입장에서 작가의 중요성을 언급하고자 한다. 즉 롤랑 바르트가 대수롭지 않다고 생각하는 위의 내용들을 필자는 작가 연구에서는 중요하게 다루어 작품의 주제를 파악할 수 있다는 입장이다. 그래서 작가 연구는 작가와 관련한 어떤 자료도 소상하게 검토하여 작품의 주제를 구하는 것이다.4)

우선 작가라는 개념은 문학 작품을 언어로 창작하여 자신의 예술 세계를 보여 주는 자라고 전제하고, 이 논의를 진행한다. 물론 작가는 작품과 떨어져 존재하지 않기 때문에 작가라는 의미소(意味素)는 작품과 밀접한 관련성이 있다는 전제에서 작가 연구는 출발한다.5) 그리고 앞에서 언급한 '문학적 일대기'라는 말은 작가 연구에 있어 두 개념을 포함하는 이중성의 의미를 갖는다. 즉 문학성과 작가의 일대기라는 두 가지 개념을 포함하는 것이다. 작품론은 작품의 문학성에 대한 논의일 뿐, 작가의 창작 동기나 일대기는 포함되지 않는다. 작가 연구는 그 대상 작가의 일대기, 즉 역사적 행위를 중심으로 기록한 것과 작가의 문학 세계의 관련성을 탐구하는 것을 의미한다. 따라서 작가 연구란 작가의 전

---

4) 서울 강북구 우이동 육당 최남선(1890~1957)의 고택이 2003년 서울시 문화재 지정 대상에서 제외되었다. 이 때문에 고택에 보관된 육당의 많은 유품(편지, 사진첩 등)을 도둑맞았다. 육당 연구에 필요한 자료 소실은 참으로 안타까운 일이다 (《동아일보》, 2003년 3월 18일, 이광표 기자, kplee@donga.com). 또 「술 권하는 사회」, 「빈처」, 「B사감과 러브레터」 등의 작품으로 근대문학사에서 사실주의의 대표 작가로 꼽히는 빙허 현진건(1900~1943)의 고택도 철거되었다(《동아일보》, 2003년 4월 28일, 허문명 기자, angelhuh@donga.com).

5) 작품이란 어느 정도 작가의 특징을 틀림없이 내포하며, 가능한 한도까지 그 작가의 인생을 앎으로써 그의 작품을 해명할 수가 있을 것이다. 우리는 작가의 생활, 인생관 등을 고려해 넣은 비평이 지닐 수 있는 어리석음의 가능성을 인식하는 한도에서 자율성의 선언(doctrine of autonomy: 작품과 작가의 격리)을 필요로 해야 할 것이며, 도움이 될 수 있는 것이 전기적 지식임에도 불구하고 제외할 것을 주장하는 것은 어리석은 일이리라. …〈중략〉… 작가란 현대 비평가들이 믿는 만큼 그렇게 쉽게 쫓아내버릴 수 있는 것은 아니나, 작가를 필요 불가결한 것으로 여기게 되면 이 또한 작품 이해에 방해가 되는 것이리라(김윤식 편저, 《문학비평용어사전》, 일지사, 1983(5쇄), 244~245쪽).

기적 요소와 작가의 문학 세계를 아우른 형태의 장르이다.

작품 분석을 위하여 작가의 생애를 관련시키는 논의를 작가론이라 한다. 그리고 작가의 전 생애를 기술하면서 작품의 분석과 창작 동기 및 배경, 문학사에 끼친 영향 등과 관련하여 작품의 주제를 밝히는 방대한 연구를 작가 연구라고 한다. 문학적 일대기를 대체로 평전(評傳)이라고 명명(命名)하는 경우가 허다한데 작가가 아닌 경우에도 대상 인물의 일대기를 쓴 책에도 평전이라는 용어를 흔하게 사용하고 있다. 가령 최석태의 『이중섭평전』 같은 경우는 작가보다는 화가의 한 생애와 작품 세계를 그린 것이다. 마찬가지로 『바흐평전』은 음악, 『함석헌평전』은 사상가의 일대기이다. 이처럼 평전이라 했을 때는 작가 연구와 공통점이 있어 이에 대한 논의를 짚고 가야 할 것이다.6) 그래서 평전 가운데 책 제목보다는 어떤 대상을 기준으로 분류해야 하는 것이 마땅하겠기에 본 졸저에서는 대상이 작가이고, 작가의 문학 세계와 관련한 작가의 생애 부분을 검토하는 것을 작가 연구라 명명하는 것이다. 그래서 본 졸저는 평전 연구라기보다는 작가 연구라고 할 수 있다. 또 평전이라 했을 때 작품 분석보다는 작가의 전기에 중심을 두는 경우가 많기 때문에 구별할 필요성이 있는 것이다.

흔히 문학 연구를 하거나 문학 비평 용어를 참고로 할 때 들추어보는 책은 이상섭의 『문학비평용어사전』(민음사, 2001)7)이다. 이 책에 따르면, 작가론에 대한 항목이 따로 설정되어 있지 않다. 다만 전기(傳記, Biography)8)라는 항목에 전기·평전·자서전을 함께 설명하고 있을 뿐이

---

6) <부록 I - 한국 작가 평전의 검토> 참고
7) 1976년 《민음사》에 출판한 이래 1989년까지 9판이 인쇄되었지만, 여전히 <작가론>의 항목은 따로 설정되지 않았다. 이 책은 25년 만에 개정판을 출판(2001. 11)했다. 개정판에서도 <전기>의 항목만 설명하고 있다.
8) 전기(傳記)를 우리 문학의 독자적 장르로 설정하여 전기의 개념과 유형을 정의한 김용덕의 논의(「전기의 개념과 유형」, 『한국전기문학론』, 민족문화사, 1987)에 따르면, "한 인물의 생

다.9) 이를 참고하면 작가 연구와의 구별을 쉽게 할 수 있을 것이다. 간략히 정리하면 다음과 같다.

① 전기(biography) - 개인의 역사라고 우선 정의할 수 있다. 역사에 오르기 위해서는 인물이나 사건이 상당히 중요해야 하는 것처럼, 개인의 역사 즉 전기가 씌어지기 위해서는 그 개인은 남다른 경험이나 업적이나 인격이 있어야 한다.

예)『김옥균전기』(황문수 지음, 문원, 1994)

② 평전(a critical biography) - 한 인격의 통일적 형상화를 기하기 위하여 저자가 사료를 선정하고 해석하여 이를 잘 다듬은 문체로 처리한다. 인물의 형상화라는 일종의 예술, 즉 문학에 참여한다고 볼 수 있다.

예)『윤동주평전』(송우혜, 세계사, 1998)

③ 자서전(autobiography) - 문학적이 아니더라도 자기가 겪은 일을 자기가 이야기한다는 데에서 개인의 특성이 느껴지는 까닭에, 또는 그 개인의 알려진 업적에 대한 흥미 때문에 자서전 또는 회고록(memoirs : 생애에서 특히 중요한 사회 활동 부분을 다룬 것)은 많은 독자를 가진다.

예)『간디자서전』(함석헌 옮김, 한길사, 1999)

애를 기록한 글을 傳이라 하고, 한 사건의 전말을 묘사한 글을 記라 하며, 傳은 '전수'의 뜻이 記는 '해석'의 뜻이 강조되고 있음을 확인할 수 있다"고 한다. 그리고 전기의 유형으로 ①列傳, ②私傳, ③托傳, ④仮傳으로 나누었다. "열전이나 사전이 비교적 사적이 확실한 인물의 행적을 정확히 기술하여 후세인에게 戒世的 교훈과 明哲保身하는 지혜를 주려고 한다면 탁전은 諷刺的, 寓言的 필법으로 立傳하여 교훈을 주려고 한다. 열전에서는 인물을 부각시켜 권선징악의 깨우침을 주려고 하는데 목적이 있는데, 탁전에서는 인물 그 자체가 아닌 인물의 행위를 중시한다. 설령 그러한 행위의 인물이 실존하였다 하더라도 그 자체는 보조적 수단일 뿐 작가의 의도는 행위나 사건 뒤에 기술되는 내용에 초점을 맞춘다."(23쪽) 그리고 "가전은 사물을 의인화하여 寓喩한 가상적인 전기"라고 하였다. 본 글에서는 이러한 전기의 개념을 전제하는 것이 아니라 보편적인 의미에서 전기를 기술하는 것을 의미한다. 전기 문학적 가치를 지닌 작가의 일대기를 문학적 전기라고 명명하는 것이다.
9) 이상섭,『문학비평용어사전』, 민음사, 2001, 300~302쪽 참고

전기는 근대 유럽의 경우, 개인의 역사에 대한 관심이 높아짐에 따라 개인 전기가 많이 집필되었다. 그리고 19세기의 실증주의(實證主義)가 개인 전기에 적용되면서 개인의 기록과 관련된 자료를 조사하여 개인의 역사를 발생 순서로 하여 객관적으로 기술되었다. 여기에 해석학(解釋學) 방법이 도입되면서 해석적 또는 비평적 전기가 등장하게 되었다. 이는 비평적 전기, 즉 평전이다. 서양의 자서전의 경우, 성(聖) 아우구스티누스의 『참회록』 이후, 다양한 목적으로 자서전이 씌어져 왔다.

에이브럼즈(M. H. Abrams)는 전기를 "한 사람의 생애에 대한 비교적 완전한 이야기를 의미"[10]한다고 했다. 이상섭도 전기는 개인의 역사에 오르는 인물은 그 개인이 남다른 경험이나 업적, 인격이 있어야 한다고 했다.[11] 마찬가지로 작가 연구의 대상은 문학사적 평가가 이루어질 수 있는 훌륭한 작가에 국한되어야 함을 알 수 있다. 결론적으로 말하면, 작가 연구는 작가의 일대기(전기적 요소)와 특정 작품과의 관련성을 분석, 비판하여 구성하는 것을 말한다. 여기에는 (1) 작품 분석을 위한 작가의 특정 생애와 결부시키는 작가론, (2) 작가 생애 중심의 작가론-일종의 문학 전기, (2)에는 작가 전기와 작품 연구를 각각 병행한 평전의 경우도 작가 연구의 일부분으로 포함된다. 작품론, 작가론, 평전, 작가 연구의 관계를 정리하면 다음과 같다.

> * **작품론** - 내재적 접근으로 작품 분석, 작품 세계(주제) 파악(일반적 개념)
>
> * **작가론** - 외재적 접근으로 작품 분석, 작가 세계(주제) 파악(일반적 개념)
>
> * **작가 연구** - 작가의 출생과 사망에 이르기까지 작가의 성장 과정과 의식, 작가와 관련한 자료를 수집, 정리하여 작품의 주제와

---

10) 장영규 외, 『A Glossary Of Literary Terms』, 대구대학교출판부, 1985, 30~31쪽.
11) 이상섭, 앞의 책, 249~250쪽.

관련시켜 연구하는 것을 말한다. 여기에는 작가론과 평전
을 포괄하는 형태이다.
　① 작가론 - 작가의 특정 생애와 작품의 관련성을 탐구하
　　　　여 작품의 주제 파악
　② 평전 - 문학적 일대기(작가 생애와 작품 관련 부분)
　　　　+ 전기적 일대기(출생에 사망까지) = 작가
　　　　와 작품을 통한 비평적 일대기(<부록Ⅰ. 한
　　　　국 작가 평전의 검토> 참고)

　작품의 창조자는 작가이다. 작가를 떠나서는 작품이 창조될 수 없다.
그래서 작품에 대한 이해는 작가에 대한 이해로부터 시작되어야 한다.
과거 전통적인 문학 연구는 주로 작가 전기와 관련되어 작품 연구가 이
루어졌다. 그러나 1930년대 러시아 형식주의(Russian-Formalism)와 미국의 신
비평(New-Criticism), 1960년대 프랑스 구조주의(Structualism), 1980년대 포스트-모
더니즘(Post-Modernism) 등과 같은 문학 연구가 주조를 이룰 때 작가에 대한
연구는 주춤했다. 작가 연구는 마치 시대에 뒤떨어진 문학 연구 방법론
이라는 흐름 때문에 다소 주춤했던 것이다. 그러나 이러한 내재적 문학
연구 방법론 가운데에도 작가 연구의 필요성을 제기하는 논자도 있다.
국내에 신비평(新批評)을 소개한 백철(白鐵)의 언급을 되새겨 볼 필요성이
있다.

　작품·작가 연구에 있어서는 그 배경과 근원에 대한 조사 연구 작업은
얼른 보면, 근대적인 문학 연구의 방법을 연상케 하지만, 내가 알기엔 현
대에 있어서도, 가령, 작품 의미를 정신분석하는 비평가 등에 있어서도 배
후의 사건을 증인으로 사용하는 것이 그 방법이며 심지어 뉴우 크리틱들
도 위에 와선 그 배후의 사실을 중요하게 참조하게 된 것으로 보기 때문
에, 이런 복합의 연구 작업은 현대적인 문학 연구의 한 특색이라고 본다.
　　— (김용성, 『한국현대문학사탐방』<서문>에서, 국민서관, 1979)

인용한 앞글은 작품 의미와 작가 정신 세계의 관계를 중시하는 정신 분석학에 있어서도 '배후의 사건을 증인으로 사용하는 것'과 신비평도 '배후의 사실'을 중요하게 참조한다는 것이다. 이것은 작품의 내재적 규칙들을 중시하는 작품 연구에도 작품과 관련한 자료 조사가 필수적이라는 점을 말해 주는 것이다. 작품론에서 온전히 밝히지 못한 작품 세계를 작가의 생애를 통해 그의 문학 세계를 규명할 수 있기 때문에 작품 이해를 위한 보완으로도 작가 연구는 반드시 필요하다.

작가 연구는 자료를 수집하는 단순한 작업 이상의 작업 즉, 작가의 전기를 설득력 있게 구성하고 저자 나름의 비판적 안목과 취사선택의 여과 작용을 필요로 한다. 그런 다음에 작품 이해에 필요한 부분을 관련시켜 연구해야 한다. 그래서 연구자는 나름대로 작가 연구를 구성하는 안목을 갖추어야 한다. 물론 이 졸저가 이러한 기본적인 한 방향은 될 수 있지만 절대적 가치를 지닌 지침서는 아니다.

2. 작가 연구와 오독(誤讀)

작가 연구를 위해서 작가 전기를 다룰 경우, 작가의 문학 세계와의 관련성은 반드시 밝혀야 한다.[12] 그렇지 않고 작가 전기만을 다루게 되면 작가 전기로만 평가된다. 『작가론의 방법』의 저자 레온 에델(Leon Edel)

---

12) 여기서 이 방법의 토대가 되는 작가연구의 성격이 밝혀져야 한다. 흔히 우리가 작가의 전기라고 할 때 자칫 그것은 한 작가의 경력을 나열하는 일이나 일화집, 회고록을 작성하는 일로 오해되기 쉽다. 그러나 문학적 전기가 단순한 개인의 이력이나 들추어 내는 데 그치는 것이라면 어느모로 볼 때 그것은 단순한 歷史年表를 작성하는 일과 다를 바가 없게 된다. 더욱이 비평가가 전문적인 역사연구가가 아니라는 사실에 비추어 생각될 때 어느 의미에서 이 비평에는 아마추어의 작업에 떨어질 위험성마저 내포되어 있는 것이다(정한모 · 김용직 공저, 「비평의 방법과 실제」, 『문학개론』, 박영사, 1997, 306~307쪽).

은 전기 작가의 작업에 대해서 다음과 같이 말한다.

> 전기 작가의 작업은 대상 인물의 작품을 읽고 또한 평가하는 데서 시작
> 된다. 이러한 작업은 또 하나의 다른 형태의 비평, 즉 증거물에 대한 저울
> 질과 평가로 확산된다. 물론 이러한 작업을 수행하는 데는, 빈틈없는 논
> 리와 현실에 대한 훌륭한 이해력, - 비록 때때로 다른 산문적인 자료에 작
> 용하는 것이기는 하지만- 아마도 시인의 것과 유사하다고 할 수 있는 상
> 상력이 요구된다.
> ― (레온 에델/김윤식 옮김, 「제3장 비평」, 『작가론의 방법』, 삼영사,
> 1983, 88쪽)

레온 에델의 글을 검토해 보면, 전기 작가의 기초 작업은 대상 작가
의 작품 분석(르네 웰렉과 오스틴 워렌에 따르면 내재적 접근 방법, 즉 음조, 리듬
및 문체와 문체론, 이미지, 메타포, 상징, 신화와 서술적 소설의 본질과 양식들을 연
구하는 것. 가령 신비평, 구조주의 등의 비평 방법이 여기에 속한다)이다. 그리고
작품 분석에서 밝혀내지 못한 작품의 내용과 주제를 검토해야 하는데,
이때 작가와 관련한 전기적 요소를 통해 작품 분석에 필요한 증거물에
대한 저울질과 평가로 확산된다. 작가가 남긴 증거물(외재적 접근 방법, 가
령 작품의 창작 배경, 시대 상황 등)을 통해 작품의 주제를 밝히는 것이 작가
연구이다. 여기에는 작가가 남긴 작품을 낱낱이 추적하여 정리하여야
한다는 선결 과제와 함께 각 작품의 주제를 파악하는데 필요한 작가 주
변의 인터뷰를 통한 생애 정리도 아울러 병행해야 한다. 또 작가 연구
를 하는데 필요한 작품 목록들도 정리해야 한다. 그리고 작가 개인보다
는 작품의 문학사적 평가의 기여도가 우선된 작품과 작가 전기와의 관
련성을 연관시켜 연구해야 한다. 작품 분석과 평가는 곧 문학사의 한
척도가 될만한 가치 있는 것을 전제로 해야 한다.

작가 연구에는 작가의 의식 세계에 대한 논의가 포함된다. 때문에

작품 속에 등장하는 주인공을 통해서 작가 의식을 밝힐 수도 있다. 이 작가 의식은 곧 작가의 생애와 어떤 관련이 있다는 점을 염두에 둔 것이 작가 연구의 한 방법이다. 바흐찐(M. Bakhtin)은 "문학 연구에서는 대개 작품 전체에서 잘라 낸 내용에서 저자를 찾는다. 이렇게 하면 쉽게 저자를 특이한 전기와 특이한 세계관을 갖고 있는 특정 시대의 그런 인물로 간주할 수 있기 때문이다. 여기에서 저자의 형상이란 실제하는 인물과 흡사하게 된다."[13]라고 했다. 여기서 바흐찐(M. Bakhtin)은 실제 저자는 작품 속에서 온전히 형상화될 수는 없고, 다만 저자의 형상이란 것은 어떤 작품에 나타나는 형상들 가운데 하나일 따름이라는 것이다. 그러나 작가는 작품 밖에서나 작품 안에서나 어떤 형태로든 존재해 있으면서 작품에 끝없이 영향 관계를 맺고 있다[14]는 전제로서 작가 연구는 시작되는 것이다. 그래서 작품 속에서 실제 완전하게 형상화되지 않더라도 작가의 생애 가운데 굴절되어 형상된 작품과의 관계-변형이거나 굴절, 전적으로 일치-를 파악할 수 있을 것이다. 이것이 바로 작가 연구의 한 방법인 것이다.

　작품의 주제를 파악하는 데 작가의 생애가 중요한 단서가 된다는 점을 이상(李箱) 소설에서 발견할 수 있다. 1930년대 초현실주의(超現實主義)

---

13) 박인기 편역, 「저자와 작품의 관계」, 앞의 책, 24~25쪽.
14) 문예작품은 언어에 의하여 창조된 언어예술작품이다. 언어예술작품은 어느 것이든 볼프강 카이저가 지적하였듯이, "그 자체로서 완결된 총체이며, 오직 그 작품 자신에 의해서만 이해되어질 수 있는 것이기 때문에 (그 작품을 창작한) 작가에 관한 지식 등은 그 작품을 제대로 이해하는 데에는 아무런 도움이 되지 않는다." 그렇지만 작품이 작가에 의하여 만들어진 피조물인 이상, 그 작품을 이해하는 데 있어서 그 작품의 배후에 자리잡고 있는 작가와, 더 나아가서 그 작가가 살고 있던 또는 살고 있는 시대와 사회 등을 완전히 무시해 버리는 태도가 옳다고만은 말하기 힘들다. 물론 문학작품이란 작품 외의 현실의 세계로부터 완전히 독립된 것으로서, 각각 독자적인 존재 가치를 지닌 자율적인 세계이다. 그렇지만, 다른 의미에 있어서는 작가 및 그 작가가 살고 있는 시대와 사회 등은 작품의 내용으로서가 아니고 비록 그 작품의 소재로서이긴 하지만 그 작품과 전혀 관계가 없는 것은 아니다 (박환덕, 「카프카의 작품세계」, 『카프카 문학 연구』, 범우사, 1994, 109쪽).

작가로, 「烏瞰圖」와 「날개」의 작가 이상. 그 이상 문학에 있어 백천 온
천에서 만난 기생 금홍(錦紅)과의 동거 생활을 이해하지 못한다면, 그의
대표작 「逢別記」와 「날개」, 「지주회시」에 그려진 주인공과 금홍을 이해
하지 못할 것이다. 바흐찐이 말한 것처럼 이상은 '특이한 전기와 특이
한 세계관을 갖고 있는 특정 시대의 그런 인물'임에는 틀림없다. 이상
소설에 나타난 형상은 실제 저자인 이상과 아주 흡사함을 알 수 있다.
여기서 저자의 생애와 그의 소설과의 관련성을 찾아 작품을 풍부하게
이해할 수 있는 것이다. 더불어 그의 생애에서 중요한 역할을 담당했던
금홍에 대한 생활도 이상과 관련해서 검토해야 한다. 왜냐하면 금홍은
이상 작품의 발상적 동기를 이루고 있기 때문이다.[15] 이상 문학의 경우
뿐만 아니라, 어떤 작가이든 작가 생애에 대한 조사와 검토를 통해서
작품의 주제를 파악할 수 있는 것이다. 『변신』으로 유명한 카프카(Kafka)
의 문학에서도 이를 확인할 수 있다.

> 카프카의 문학은 유별나게 그의 생애와 밀접한 관계가 있다. (…중략…)
> 카프카가 살고 있던 지반은 실존주의가 탄생하기까지의 지반과 일치하고
> 있다. 기계문명에 의한 평준화와 자기 소외, 공동 사회에 대한 개인의 대
> 립, 인간 존재의 독자적인 방법인 실존의 자각, 이러한 위기 상황에서 카
> 프카의 문학은 탄생하였다. 이처럼 인간의 생명이 극도로 위협받기 시작
> 한 20세기 초에 탄생한 그의 문학은, 이 위협을 가장 깊숙이 체험하고, 그
> 체험은 다시 현실 파악으로 향하고 있다. 위협받는 생을 직접 체험하고,
> 이 근본 체험에 바탕을 둔 그의 문학은, 인간은 도대체 어떻게 존재하고
> 있는가? 인간은 본래 어떻게 살아가야 하는가? 하는 가장 근본적인 테마
> 를 다루고 있다.
>
> — (박환덕, 「변신」, 앞의 책, 110~111쪽)

---

15) 구인환, 「일탈과 실험의 이상」, 『근대작가의 삶과 문학』, 서울대학교 출판부, 1994, 176쪽.

작품만이 읽혀질 때는 작품의 주제와 관련이 없는 오독(誤讀)이 발생할 수 있다. 작품을 이해하는데 독자(혹은 비평가)들이 작품의 주제와 관계없이 오독하는 경우가 많다. 이는 오독 자체가 작품 이해라는 해체주의(Deconstruction, 解體主義)의 입장이거나 독자 중심의 수용미학(Rezeptions sthetik, 受容美學)의 입장이다. 그러나 작품에 대해 올바른 이해를 전제한다면 작품의 감상이나 분석은 왜곡된다고 할 수밖에 없다. 여기서 여러 독자들에게 두루 읽히면서 오독을 낳은 한 작품을 예로 들면 다음과 같다.16)

가) 작품을 인용하면 다음과 같다.

내가 그의 이름을 불러 주기 전에는
그는 다만
하나의 몸짓에 지나지 않았다.

내가 그의 이름을 불러 주었을 때,
그는 나에게로 와서
꽃이 되었다.

내가 그의 이름을 불러 준 것처럼
나의 이 빛깔과 향기(香氣)에 알맞은
누가 나의 이름을 불러 다오
그에게로 가서 나도
그의 꽃이 되고 싶다.

---

16) ≪현대시학≫의 「기획특집-오독된 나의 시」(1991. 여름호, 105~151쪽)에는 김춘수의 「꽃」, 성찬경의 「달」, 이홍우의 「성긴 겨울의 精·추사 「歲寒圖」에 붙여」, 박이도의 「바람의 손끝이 되어」, 홍신선의 「추석날」, 이건청의 「추위」, 유승우의 「속옷」, 이성선의 「산양」, 이기철의 「火田」, 송수권 「山門에 기대어」, 김혜순의 「告白」, 정한용의 「독자모독」, 김영승의 「아름다운 폐인」, 김신용의 「저녁길」의 예를 볼 수 있다.

우리들은 모두
무엇이 되고 싶다.
너는 나에게 나는 너에게
잊혀지지 않는 하나의 눈짓이 되고 싶다.
— 김춘수의 「꽃」(《현대문학》, 1952)[17]

위의 인용시 가)는 한국현대시사에서 꾸준히 회자(膾炙)되어 온 김춘
수(1922~2004)의 대표작 가운데 한 작품이다. 이 시를 읽은 독자들이
"<그에게로 가서 나도>느니, <나는 너에게 / 잊혀지지 않는 하나의 눈
짓이 되고 싶다.>느니 하는 구절들이(너무도 사랑의 감정을 잘 드러내 주고
있기 때문에) 감동적"[18]이라고 감상한 것을 시인은 오독이라고 지적했다.
그렇다면 이 시작을 올바르게 이해하려면 작가가 이 작품에 관해 언급
한 자료를 조사하면 나름대로 이를 해결할 수 있을 것이다. 그래서 작
품의 창작 배경과 작품의 주제를 밝힌 작가의 발언은 작품의 주제를 이
해하는데 결정적인 영향을 미친다. 작가를 만나 인터뷰할 수 없는 상황
이라면, 작가가 자신의 작품에 대해 밝힌 자료를 찾아야 한다(이는 작가
연구를 위한 기초 자료 조사의 한 방법이다. <Ⅱ. 기초 자료 조사> 참고).

나) 창작 시기와 창작 배경을 밝힌 내용을 정리하면 다음과 같다.

50년대로 막 접어들자 나는 꽃을 소재로 해서 여남은 편의 시를 쓰게

---

17) 필자는 김춘수의 「꽃」을 pre(source)-text로 정한 다음에 오규원의 「「꽃」의 패러디」, 장정일
의 「라디오같이 사랑을 끄고 켤 수 있다면-김춘수의 「꽃」을 변주하여」, 장경린의 「김춘수
의 꽃」, 최상호의 「김춘수의 '꽃'을 가르치며」 등의 작품을 target- text하여 검토하였다. 위
의 작품은 바로 한시론에서 말하는 '특정 작가의 작품을 모방하는' 용사(用事) 가운데 주요
뼈대만을 인용하는 환골법(換骨法)이라 할 수 있다. 이를 현대시론인 패러디(parody)와 관
련성을 검토하였다(졸고, 「고전시론과 현대시론의 한 접점」, 『한국 현대시의 탐색』, 역락,
2001, 285~314쪽 참고).
18) 김춘수, 「오독된 나의 시-김춘수의 「꽃」」, 《현대시학》, 1991. 9, 106쪽.

되었다. 일종의 연작시라고도 할 수 있으리라. 그중의 하나가 위에 인용한 시 「꽃」이다. 이 시를 나는 중학 교사로 있으면서 교사를 군에 내주고, 움막 같은 가교사의 침침한 교무실에서 방과 후에 혼자 남아서 썼다. 그때 대구에서 낸 동인지(나도 동인이었음)『詩와 詩論』에 실었다는 기억이 지금 되살아난다. 51년이던가?

나는 그 무렵 일본을 거쳐 임시 수도이던 부산에 상륙해 온 실존주의(實存主義) 사상에 심취되어 있었다. 특히 키에르케고르와 가브리엘 마르셀에 경도되어 있었다. 학생 때에 읽은 쉐스토프도 다시 펼쳐 보게 되었고, 릴케의 후기시를 내 나름(내 멋대로)으로 읽고 수긍도 하고 고개를 좌우로 내젓기도 했다. 내 시는 점점 관념적이 되어 가고, 나는 철학(형이상학)을 시로 형상화하는 그런 시인(?)이 되어 가고 있었다. 한마디로 후기의 릴케를 닮아 가고 있었다. 나는 그 무렵 그것을 뚜렷이 의식하고도 있었다. 그런 상황 속에서 나오게 된 것이 위의 시다.

— (김춘수의 「꽃」, ≪현대시학≫, 1991. 여름호, 106쪽)

다) 작품의 주제를 밝힌 내용을 정리하면 다음과 같다.

시에 조금만 훈련된 독자라면 위의 시가 상징성이 매우 짙다는 것을 알아차릴 것이다. 꽃의 아날로지로서의 어떤 이데아의 세계, 즉 內包로서의 관념세계가 두드러지고 있다는 것을 곧 짐작하게 되리라. 좀 현학적으로 말하자면, 인간 존재의 원래적 고독성이랄까, 그것을 서로가 인식함으로써 전개되는 어떤 連帶儀式(도덕관) 같은 것을 이 시는 형상화하려고 했다.

— (김춘수의 「꽃」, ≪현대시학≫, 1991. 여름호, 106쪽)

위의 인용에서 보듯이 작가가 영향받은 시대 상황과 작가가 말하는 작품의 주제는 작품을 이해하는데 중요한 열쇠가 됨을 알 수 있다. 그래서 작가 연구는 작품과 관련한 작가의 생애와 시대 상황에 대한 연구도 아울러 병행했을 때 작품의 주제를 온전히 이해할 수 있는 것이다.

작가의 의도와 독자 혹은 비평가의 작품 이해가 반드시 일치하는 것은 아니다. 그러나 작가의 의도를 무시한 채 작품 이해를 한다면 이는 큰 문제라 할 수 있을 것이다. 작가의 의도에서 벗어난 작품 이해를 보여 준 한 예를 들면 다음과 같다.

가)

晉洲에서 陜川 가는 길은 먼지길이었다. 먼지 속에 묻힌 아이들이 버스를 바라보고 있었다. 연기에 그을은 지붕밑에 서서 타다 남은 사람들이 버스를 바라보고 있었다. 마루에 걸린 석유등잔은 너무 작아서 아이들이 어둠 하나도 밝힐 것 같지 않았다. 키보다도 큰 그림자를 거느린 사람들이 영하의 흙 위에 서 있었다. 防寒靴를 신은 내 발이 시려왔지만 그들은 훨씬 얇은 고무신을 신고도 잘도 서 있었다. 어스름에 잠긴 마을을 벗어나는 산모퉁이에 烏石에 새긴 不忘碑가 줄지어 서 있었다.

— (이건청의 「추위」, ≪심상≫, 1975. 6)

나)

이 어스름에 서 있는 사람과 不忘碑는 하나는 살아 있는 사람과 다른 하나는 이 마을에서는 역사적으로 중요했던 이미 죽은 사람들이 동등하게 음산한 추위와 어스름을 지키며 서 있는 매우 깊은 뜻을 독자가 느낄 수 있게 하는 곳이다... 첫 제시부에서 <晉洲에서 陜川 가는 길은 먼지길이었다.>로 제시함으로써 이 마을과 사람의 배경으로 쓰인 <어둠> 또는 <어스름>과 무리없이 호응되게 했으며, 그 배경은 정물처럼 서 있는 살아있는 마을 사람과 不忘碑의 의연하고도 자연스런 <서> 있음과 은연중에 대립 관계에 있음을 말하고 있다.

— (신동욱, ≪경향신문≫, 1975년 6월 23일)

다)

원래 이 시를 쓰게 된 동기는 추위 속에 어둡게 찌들어 있는 사람들을 바라보게 된 데서 연유된 것이었다 ……중략…… 이 시를 쓰게되었던 시기의 이 길은 형편없는 비포장 산굽이 길이었고 길 위의 집들도 형편없이 찌들고 얼마쯤은 무너져가고 있는 그런 모습이었던 것이었다. 그런 집 앞에 나와 서서 지나가는 버스를 보고 있는 사람들을 바라보면서 나는 심한 정신적 추위를 느끼게 되었던 것이다. 그리고 그때 내가 느꼈던 추위가 정말 뼈저린 것으로 느껴지게 된 것은 그 마을 입구에 줄지어 서 있는 不忘碑 때문이었다. 무슨 <功績碑>나 <永世不忘碑>와 같은 기념비는 어떤 연유에서 그처럼 많이 서게 된 것일까. 이런 비석들 중의 일부는 정말 칭송받을 만한 사람들을 기리기 위한 기념비인 경우도 있었을 것이다. 그러나 나머지 거의 대부분의 것들은 윗사람에게 아부하거나, 곤궁한 삶이나마 누릴 수 있게 해 달라는 슬픈 비원을 담은 것들이었을 것이다. 이런 추정은 그처럼 많은 <不忘碑>가 줄지어 서 있는 이 마을이 어떤 은덕의 흔적도 없이 춥고 가난하게 찌들어 있는 걸 보면 대번에 알 수 있는 것이다. 그러니까 <어스름에 잠긴 마을을 벗어나는 산모퉁이에 烏石에 새긴 不忘碑가 줄지어 서 있었다.>는 끝부분을 <이 어스름에 서 있는 사람과 不忘碑는 하나는 살아 있는 사람과 다른 하나는 이 마을에서는 역사적으로 중요했던 이미 죽은 사람들이 동등하게 음산한 추위와 어스름을 지키며 서 있는 매우 깊은 뜻을 독자가 느낄 수 있게 한다>거나 <정물처럼 서 있는 살아있는 마을 사람과 不忘碑의 의연하고도 자연스런 <서> 있음과 은연중에 대립 관계에 있음을 말하고 있다>고 지적한 평자의 분석은 창작 의도와 퍽 다른 것이 되어 있음을 알 수 있다.

나는, 불망비를 세워 주고서야 근근히 삶을 유지할 수 있었던 사람들의 비감한 삶을 불망비의 이미저리와 대비시켜 표현함으로써, 더욱 춥고 왜소할 수밖에 없는 사람들의 정신적 <추위>를 형상화하고자 하였던 것이다.

— (이건청, 「오독된 나의 시」, 《현대시학》, 1991. 여름호, 123~124쪽)

위에 인용한 가)는 이건청의 시작이고, 나)는 가) 작품에 대한 신동욱의 평가이다. 다)는 이 작품의 창작 배경과 비평가의 평가에 대해 작가 의도와는 다소 거리가 있음을 언급한 작가의 글이다. 작가의 의도와 독자의 이해가 항상 일치하는 것은 아니지만, 작가의 의도를 무시한 작품의 이해를 어떻게 이해할 것인가? 작가의 의도를 제대로 이해하는 것이 올바른 작품 감상이라 할 수 있을 것이다. 그렇다면 작품 자체뿐만 아니라 작가와 관련한 자료를 통해서 작품의 주제를 파악할 수 있다면, 이를 탐색할 필요가 있는 것이다.

작가의 모든 작품이 낱낱이 분석되어야 진정한 작가의 문학 세계를 파악할 수 있지만 사실 이는 불가능할 것이다. 이 불가능의 문제를 어느 정도 해결할 수 있는 것이 작품론이든 작가론이든 서로 보완적인 입장에서 연구할 때 작가의 전 작품에서 분석되지 않는 부분을 줄일 수 있는 것이다. 그래서 작가의 문학 세계를 밝히는 작품론이든 문학적 전기를 통해 밝히는 작가론이든, 이 둘의 관계는 상호보완적 관계에 있다는 사실을 주목해야 한다.

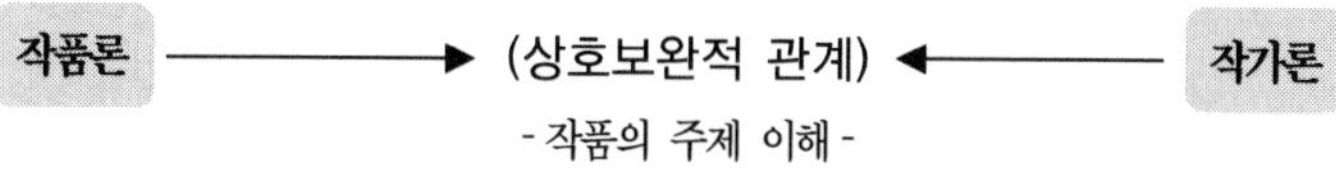

위와 같이 작가론이든 작품론이든 상호보완적 관계를 통해서 작품 세계를 조명하는 것은 궁극에는 한국문학사 정립에 기여하는데 있다. 작가 연구를 통해 작가의 문학 세계가 새롭게 조명될 경우, 이는 한국문학사 기술의 풍부한 기준 자료가 되는 만큼 작가 연구에 관심을 기울여야 할 것이다.

3. 작가 연구의 과정

작가 연구의 과정은 다양하다. 그러나 작가 연구의 과정에는 기본적으로 일정한 공통점이 있다. 이러한 공통점이 순차적으로 이루어지지는 않는다. 다만 필자는 작가 연구를 위해서 일반적인 순서를 다음과 같이 정리하고자 한다.

> ① 작가에 대한 각종 기초 자료 조사 → ② 작가 / 작품 연보 조사 및
> 정리 → ③ 작품과 생애의 관련성 기술(역사전기적 형태) : 실증주의 영
> 향 → ④ 작품에 나타난 작가 의식과 생애 부분에 대한 구성 및 분석
> (해석): 정신분석학 영향 → ⑤ 작가 연구 쓰기(1차) → ⑥ 작가 연구 완
> 성(수정 및 개정판)

이와 같은 과정이 반드시 필요한 사항이라는 전제에서 다음과 같은
방향으로 작가 연구의 방법을 고찰한다.

첫째, 작가 연구에 필요한 기초 자료 조사의 실제 방법을 유형화한
다.(Ⅱ장)

둘째, 작가에 대한 기초 자료 조사를 토대로 하여 작가/ 작품 연보를
작성한다. 그리하여 자료 조사와 연보의 상관 관계를 통해 작가 연구의
실제를 살펴본다.(Ⅲ장)

셋째, 위의 내용을 바탕으로 하여 작가 연구의 실제 쓰기와 유의점
들을 정리한다.(Ⅳ장)

작가 연구의 경우 특정 작품의 이해를 위해 특정 사건을 결부시키는
방법, 즉 1 : 1 방법으로 작가 연구를 하는 경우가 보편적이다. 이와 달
리 한 작품을 여러 사건과 결부시키는 방법, 즉 1 : 다(多) 방법으로 작
가 연구를 할 수 있다. 물론 작가의 전기적 사실들을 추적하여 정리하
는 가운데 작품의 창작 배경과 작품의 주제를 밝혀야 한다. 작품 세계
를 밝히기 위해 작가의 정신과 사회 및 시대 상황이 작품과 어떤 관련
이 있는지 검토해야 한다. 작가의 성장 환경이 작가의 문학 세계의 토
대나 창작 계기, 문학 세계의 심저(心底)에 깔려 있다고 전제하고 이를
검토해야 한다. 이는 연대기적 사건과 작품을 결부시켜 분석하는 역사
전기적 방법이다. 그리고 이와 달리 작가 생애의 특정 사건에 나타난
작가 의식이 작품에 투영되어 나타나는 경우, 혹은 작품의 주인공 의식

이 작가 의식과 상관성을 가지는 경우가 있다. 이는 연대기적 사건과 작품의 상관성보다는 작가의 정신분석에 의존하는 경우이다. 특히 작가의 특정 사건에 나타난 정신의 경향이 특정 작품과 어떤 관련이 있는지를 집중적으로 분석하는 것이 정신분석학의 작가 연구 방법이다. 그래서 작가 연구 방법은 크게 이 두 가지에 의존하지만, 이 둘이 서로 독립되어 작가 연구가 이루어지는 것이 아니라 적절한 상관 관계 속에서 이루어져야 한다. 위의 방법 가운데 어느 하나에만 집중하는 것이 아니라 궁극적으로 작품 이해를 위한 여러 가지 방법론들이 작품 이해의 상황에 따라 복합적인 방법론으로 접근할 수도 있는 것이다. 다만 공통되는 작가 연구 방법론을 본 졸저에서 언급하는 것이다.

작품에만 몰두한 경우와 작품보다는 작가의 기행(奇行)이 앞서는 경우, 이 둘이 앞서는 경우에도 작가 연구자는 판단해야 한다. 물론 좋은 작품과 기행이 풍부할수록 재미있고 가치 있는 작가 연구가 구성되지만 그렇지 못할 경우에는 연구자의 많은 상상력이 동원되기 때문에 조심스럽게 기술해야 한다. 왜냐하면 연구자의 지나친 상상력이 작품 이해의 걸림돌이 될 수 있기 때문이다.

독자들이 작가 연구를 읽는 이유는 소설의 재미와는 다르다. 소설이 허구성에 바탕을 둔다면, 작가 연구의 내용은 실화를 바탕한 그의 문학 세계를 읽기 때문에 독자들에게 감동을 줄 수 있다. 그래서 작가의 위대한 생애와 문학은 독자들이 자신의 모습(정체성)을 찾는데, 매개자로서 훌륭한 역할을 해 줄 것이다. 더구나 작가들의 개인사와 당시 현실에 처했던 처절한 생의 고뇌를 담은 작가의 문학과 생애를 읽을 때마다 독자들은 감동 받을 것이다.

II

기초 자료 조사

    대개의 경우는 작가 사후에 문학사의 기여도에 따라 작가 연구의 대상이 되는 경우가 많다. 그렇기 때문에 유족, 친지 및 문우, 그리고 각종 문학 잡지, 가계도에 필요한 호적 등·초본, 족보, 학생 생활 기록부까지 자료 조사하여 종합적으로 연구해야 한다. 가령 작가 생전에 가까이 지냈던 가족이나 친구들에 대한 인터뷰는 신뢰성이 높기 때문에 이도 작가 연구에 필요한 기초 자료 조사의 한 방법이라 할 수 있다. 인터뷰 외에도 작가 연구에 필요한 자료 조사 방법은 여러 가지가 있다.

    일찍이 김윤식은 "한국 근대 작가론 연구에서 부딪치는 고충은 여러 가지가 있을 것이다. 그 중의 하나로 기초 자료의 미비를 들 수 있다. 여기서 기초 자료라 함은 작가들이 남긴 內面記錄(일기, 편지 등)을 뜻한다. 물론 작품만이 일등 자료임엔 틀림없다. 그러나 그 일등 자료가 빛을 발하기 위해서는 내면기록의 조명이 불가피하다."[1]고 했다. 그러나

---

1) 김윤식, <머리말>, 『한국근대작가론고』, 일지사, 1974.

"만일 작품이라는 일등 자료의 높이가 고도의 상상력과 결부되어 있지 못할 경우에는 작가론은 다분히 평면화되거나 픽션이 되고 말 것이다." 라고 했다. 이처럼 작가 연구가 빛을 발하기 위해서는 작가들의 기초 자료인 '내면 기록의 조명'이 불가피하다는 것을 알 수 있다. 이 내면의 기록들이 작품 세계를 조명하지 못한다면, 내면 기록들은 가치가 없는 것이 되고 가치 없는 내면 기록들을 통해 작품을 분석한 작가론도 평면화(平面化)되거나 픽션(fiction)에 그친다는 점을 연구자는 기억해야 한다.

　　작가 연구는 작가에 관한 여러 정보들을 수집하면서 작품과 관련하여 연구하기 때문에 작가에 관한 어떤 자료든 가치를 발견해야 한다.

　　역사전기비평에서 작가 연구와 관련된 징후를 확정짓는 방법은 바로 증거(evidence)이다. 이 증거의 종류와 특징을 정리하면 다음과 같다.[2]

구별	외적 증거(external evidence)	내적 증거(interal evidence)
	ㄱ. 문헌에 나오는 기록 또는 본인이나 친지 기타 제보자를 통해 얻을 수 있는 구두 진술 등.	ㄱ. 작품 내부에서 추정(推定)되는 유사성 또는 관련성을 통해 포착되는 증거.
특 징	ㄴ. 작가에 관한 외적 증거가 모두 참이라고 단정할 수 없다. 작가에 관한 내용이 과장될 수가 많기 때문이다.	ㄴ. 우연의 일치로 작품의 유사성을 발견할 수 있다. 예) 우리가 잘 알고 있는 李相和의 작품 「빼앗긴 들에도 봄은 오는가」에 다음과 같은 부분이 있다. 가) 나는 온 몸에 풋내를 띠고 　　푸른 웃음 푸른 설움이 어우러진 사이로 　　다리를 절며 하루를 걷는다. 아마도 봄 신명이 잡혔나 보다. 여기서 '푸른 웃음 푸른 설움이 어우러진 사이로'는 이 作品의 전체 文脈으로 볼 때 매우 이질적인 부분이다. 그리고 그 어감은 곧 A.

---

2) 정한모·김용직 공저, 「비평의 방법과 실제」, 앞의 책, 311~312쪽.

<table>
<tr>
<td rowspan="2"></td>
<td rowspan="2"></td>
<td>마아블의 「뜰」(The Garden)의 한 줄을 연상케 한다. 참고로 적어 보면 同作品에는 이에 대비될 수 있는 것으로 다음과 같은 구절이 있다.

나) 세상 온갖 것을
　푸른 그늘 속의 푸른 생각으로 全滅시키며

그러나 이 대비는 相和의 작품의 한 부분과 A.마아블의 작품에 나오는 이 부분의 어감이 유사하다는 것에서 가능한 것이지 外的인 증거에 의한 것은 아니다. …(중략)… 相和와 A.마아블의 유사성은 相和가 그의 작품을 읽고 그것을 「빼앗긴 들에도 봄은 오는가」에 쓴 경우에는 물론 그것이 명백한 영향관계로 인정될 수 있을 것이다. 그러나 相和가 A.마아블을 읽었다는 외적 증거가 전혀 없다면 이것은 우리로 하여금 그럴 수도 있고 그렇지 않을 수도 있다는 이야기를 가능케 해 준다.</td>
</tr>
<tr>
<td>**보완의
방법
선택**</td>
<td>모든 문학적 증거가 밖으로 드러나는 흔적을 지니지는 않는다. 그래서 내적 증거를 찾을 필요가 있다. 또 내적인 증거에는 항상 이와 같은 이상화와 A.마아블의 시처럼 反復의 要因이 잠재해 있는 것이다. 따라서 가장 이상적인 형태에서 증거를 확정짓기 위해서는 두 방법이 서로 상호 보충의 관계에 서야 한다. 즉 外的인 증거는 반드시 內的 증거의 뒷받침을 받아야 한다. 그리고 內的인 증거는 外的 증거에 의해서 확인되어야 한다.</td>
</tr>
</table>

　　정신분석학적 방법도 외적 증거와 내적 증거로 대별할 수 있다. 외적 증거는 작가 전기에 나타난 생애의 사건이나 상황을 정신분석학을 통해 접근하는 방법(이상의 가족 콤플렉스와 박용철 콤플렉스)이고, 내적 증거는 작품 속의 특징(주인공 의식, 작품의 상징 등)을 정신분석학적으로 접근해서 작가의 생애(작가전기·정신세계)와 관련성을 찾는 방법(만해의 여성주의 문학 특징)이다. 물론 이 둘의 보완적 방법을 선택하는 것도 필요하다.

　　작가와 관련된 문단의 이면사도 작가 연구에 도움이 된다. 작가 연구에 필요한 자료 몇 가지를 소개하면 다음과 같다. 『한국현대문학사탐방』(김용성, 국민서관, 1973/ 중판 1979), 『한국의 괴짜』(신경림 외, 사회발전연구소, 1983), 『글밭을 일구는 사람들』(이문구, 열린세상, 1994), 『한국문단이면사』(강진호 엮음, 깊은샘, 1999), 『문단골사람들』(이호철, 프리미엄북스, 1997), 『시인들의 풍경』(김윤배, 문학과 지성사, 2000), 『돌아오지 않는 시간의 저편-황금찬 문단 반세기』(황금찬, 신지성사, 2000), 『한국문단사』(김병익, 문학과 지성사, 2001/초판 1973), 『시인의 시인 탐험』(이유경, 월간조선사, 2002) 등은 대상 작가에 대한 부가적인 자료를 찾는데 유용한 책들이다. 특히 한국 근대 작가 연구의 경우, 1930년대 문단 주변의 이야기를 참고할 자료는 ≪九人會≫ 일원이었던 조용만3)의 『구인회 만들 무렵』(정음사, 1984), 『30년대의 문화예술인들』(범양사, 1988) 등이 있다. 이들 자료에 대해 ① 특징, ② 대상 작가, ③ 작가 연구의 도움 순으로 간단히 정리하면 다음과 같다.

* 『한국현대문학사탐방』 :
① 특징 - ≪한국일보≫ 지상에 일주(一週) 일인의 작가 탐방에 집중 연구를 해서 연재한 그 내용은 한마디로 그 특징을 짚어 보면, 대상한 작가들의 일을 뿌리째 파헤친 작업이라고 말할 수 있다. 그 결과 지금까지의 기성의 문학사나 작가 연구에서 읽을 수 없던 지하의 사실들이 노출되고, 오전(誤傳), 부정확했던 사실들이 정정되어, 그 방면에 있어서 거의 여지(餘地)를 남기지 않은 만족스런 전모를 드러내었다(백철, <序>, 1973).
② 대상 작가 - 최남선, 이광수, 한용운으로부터 김수영과 박인환까지 총 45명의 작가 연보, 작가 사진 그리고 문우·친족의 사진, 생가, 거주지, 시비 등을 답사한 것을 정리하였다. 또 작가의 중요 작품(저작물)의 내용과 특징을 간단히 정리해 놓았다.

---

3) 1909년 서울에서 출생. 경성제대 영문과를 졸업하고 세브란스의전 강사, ≪매일신보≫ 학예 부장, ≪국도신문≫ 주필을 역임하였으며, 고려대 영문과 교수를 지냈음.

③ 작가 연구의 도움 - 작가 연보와 중요 작품의 내용과 특징을 정리하였기 때문에 짧은 시간에 작가에 대해 연구 자료의 도움을 받을 수 있다. 그리고 작가 주변의 인물들과 작가가 함께 찍은 사진 자료를 통해 작가 주변의 인터뷰나 답사의 안내에 도움이 된다.

* 『한국의 괴짜』:

① 특징 - 1982년 8월 창간호부터 1984년 1월호에 이르기까지 월간 《한국인》에 게재된 같은 제목의 고정 칼럼을 새롭게 다듬고 보완한 내용을 담았다. 보다 정확한 사실(史實)과 논리적 검증을 통하여, 언뜻 우스꽝스런 인물로 역사의 그늘에 묻혀 버릴지 모를 이 땅의 괴짜 열일곱 분의 진면목을 드러내고자 하였다(<서(序)>).

② 대상 작가 - 김시습, 한용운 등 작가 외에 경허 스님, 임제, 최북과 같은 조선 시대 화가 등 총 17명에 대해 주로 에피소드(일화) 중심의 내용을 다루었다.

③ 작가 연구의 도움 - 작가의 생애 가운데에 기행(奇行)을 통해 작가 전기를 구성하는데 도움이 된다.

* 『글밭을 일구는 사람들』:

① 특징 - 필자가 1974년 《한국문학》지에 재직할 당시에 쓴 원고의 묶음을 책으로 출간했다. 작품만으로는 대중할 수 없는 작가의 타고난 성품이나 덮여 있는 이력, 남다른 기질이나 개성적인 생활 등에 대하여 공사간에 틈틈이 엿볼 수 있었던 숨은 정보를 《한국문학》지를 빌려 제보함으로써, 독자로 하여금 작가와의 거리를 좁히고 또 작품을 이해하는 데에도 다소나마 이바지가 되었으면 해서였다(《책 뒤에서》).

② 대상 작가 - 한국 현대 대표 시인이라 할 고은을 비롯하여 황석영, 조태일, 이어령과 이호철 등 21명의 인물됨과 일화를 중심으로 적었다.

③ 작가 연구의 도움 - 작가가 만나서 느낀 감회나 인상을 그렸기 때문
에 그 반대의 입장에 선 인터뷰나 자료들을 비교, 검토하여
작가 전기를 구성할 때 도움이 된다.

* 『문단골사람들』 :
① 특징 - 필자는 50년대·60년대에 관한 평필(評筆)을 접하면서 묘
한 당혹감에 사로잡힐 때가 있다. 살아온 연치(年齒)나 문
단에 몸담아 온 연조로 보아 이젠 원로급에 들고 있음에도,
40년대·50년대의 문단 실제 정황을 너무 모르고 있는 경
우에 흔히 부딪히곤 하기 때문이다. 따라서 필자는 자신이
살아온 문단사의 한 측면을 40년대·50년대·60년대가 있
는 우리 문단사를 기록하는 일환으로 이 책을 썼다.
② 대상 작가 - 황순원, 모윤숙, 송욱, 박희진, 미당 등 당시 활약했던
대표적인 문인들 30여 명의 인물 소개와 일화를 중심으로
적었다.
③ 작가 연구의 도움 - 작가가 만나서 느낀 감회나 인상을 그렸기 때문
에 그 반대의 입장에 선 인터뷰나 자료들을 비교, 검토하여
작가 전기를 구성할 때 도움이 된다. 또 40년대부터 60년
대까지 문단 상황을 파악할 수 있다.

* 『돌아오지 않는 시간의 저편-황금찬 문단 반세기』 :
① 특징 - 작가가 60년 동안 문단 활동을 하면서 문단 중심에서 직접
보고 듣고 느낀 것들로 생생하게 읽을 수 있다.
② 대상 작가 - 한국 문단에서 활동했던 필자가 일제 시대를 거쳐 광복
후까지 활약했던 김억, 김소운, 박목월 등 40여 명에 대한
일화담을 소개하고 있다.
③ 작가 연구의 도움 - 문학 작품과 관련하거나 혹은 작가 정신 세계를
엿볼 수 있는 에피소드이기 때문에 작가 연구에서 작품 세
계와의 영향 관계를 파악할 수 있다.

* 『한국문단이면사』 :

① 특징 - 이 책은 문인들의 문단 활동에 대한 증언과 회고담을 모은 책이다. 증언집이라 할 수도 있겠으나 굳이 '한국문단이면사'라고 명명한 것은 『창조』, 『폐허』에서 프로문학을 거쳐 해방 후의 좌익 문단, 전쟁기의 종군작가단과 195, 60년대의 '자유문협'에 이르는 문학사의 중요 항목들에 대한 증언을 통사적으로 구성했기 때문이다. 게다가 각각의 회고담에는 파행과 시련으로 점철된 민족사를 문학에 대한 애정과 사명감으로 견디어 온 선배 문인들의 노고가 화석처럼 응축되어 있기도 하다. 그렇기에 이 책은 체험과 증언으로 꾸민 근대 문학의 산 역사라 해도 과언이 아니다(<책을 내면서>).

② 대상 작가 - 김동인, 주요한, 홍사용 등 근대 문학의 중추적 역할을 담당했던 문인 총 24명의 문단 회고록을 편집하였다.

③ 작가 연구의 도움 - 문인들의 문단 활동에 대한 증언과 회고담을 중심으로 엮었기 때문에 실증적인 작가 연구의 자료로 활용할 수 있다. 가령 백철의 「개벽시대」와 김팔봉의 「카프 문학 시대」는 문단사의 중요 쟁점이면서 대표적 논객이기 때문에 이들에 대한 직접적인 증언 자료는 당대 작가를 이해하는데 중요한 자료가 아닐 수 없다.

* 『33인의 자서전』 :

① 특징 - 한국의 대표 작가 33인의 자서전으로 작가의 생애와 작품의 관련성을 작가들이 직접 적었다.

② 대상 작가 - 이호철, 최인호, 이청준, 김승옥, 이문구 등 문인 33명의 자서전을 묶었다.

③ 작가 연구의 도움 - 작가의 생애 가운데 가장 인상적인 부분을 적거나 작품과의 생애 일치, 작품과의 거리(굴절)를 통해 작가 연구의 방향을 잡는데 도움이 된다.

『시인들의 풍경』도 현대 중견 시인들과 사사로이 정을 쌓으면서 저자가 기술했다는 점에서 대상 작가들에 대한 정보를 얻을 수 있다는 장점이 있다. 특히 작가 연구의 기초 자료 조사와 그 방법에 길잡이가 되는 것은 김용성의 『한국현대문학사탐방』과 이어령 편의 『새 자료 조사를 통한-한국 작가 전기 연구』(상, 하/ 동화출판공사, 1975)를 꼽을 수 있다. 『한국현대문학사탐방』은 총 45명 작가에 관한 전기적 사실과 대표작을 정리해서 '작가의 작품적인 이력을 캐는 것에 그치지 않고', '작가의 작품적인 의미와 인간적인 숨겨진 사실과의 유기적인 인연 관계를 검증, 확인'해 볼 수 있는 좋은 자료이다. 물론 백철이 <서문>에서 말한 '誤傳, 不正確했던 사실들이 訂正이 되어, 그 방면에 있어서는 거의 餘地를 남기지 않은 만족스런 全貌를 드러내었다'는 점에서 작가 연구의 자료로써 가치가 있다. 이는 저자가 작가에 대한 기초 자료 조사를 철저히 하였기에 작가 연구에 좋은 참고 자료가 된 것이다.

이어령 편의 『새 자료 조사를 통한-한국 작가 전기 연구』는 총 37명의 작가에 대한 자료 조사가 되어 있다. 상권에는 소설가 계용묵, 김동인, 시인 김동명 등을 비롯하여 총 18명 작가들의 출생과 사망, 작품 연보를 수록했고, 하권에는 오상순을 비롯하여 총 19명의 작가를 다루고 있다. 『새 자료 조사를 통한-한국 작가 전기 연구』는 작가 연구에 필요한 전기적 사실들을 조사하여 정리하여 놓은 책이다. 그 조사 방법은 ①이름 ②출생과 출생지 ③가족 ④초등학교 이전 ⑤학력 ⑥경력 ⑦교우 관계 ⑧결혼과 이성 관계 ⑨자녀 ⑩문단 경력 ⑪사망까지 ⑫기타 순으로 작가에 대한 기초 자료를 조사했는데, 이는 작가 연구에 꼭 필요한 사항들이다. 자료의 뒷받침 없이는 작가 연구가 불가능하기 때문에 이 책의 가치가 있는 것이다. 그러나 이는 작가 연구를 위한 기초 자료 조사일 뿐, 이를 바탕으로 하여 작품과 관련성, 자료를 바탕으로 한 연구자의 해석과 구성력, 상상력이 동원되어야만 문학사에 의미 있는 작가 연구가 된다.

그리고 작가와 관련된 사진 및 화보 작성도 작가 연구의 중요한 자료 조사의 방법이다. 작가와 함께 찍은 사진 속의 인물들을 찾아 당대 시대 상황과 대상 작가의 문단 활동과 그 주변 생활을 인터뷰할 수 있기 때문에 유용한 자료 조사 방법이다. 사진 속의 인물들은 대개가 작가와 가까이 지냈던 친구나 동료이기 때문에 작가 전기를 파악하는데 중요하다. 최근에 나온 대구 시인 205명에 대한 방대한 자료집인 『시인의 초상』(만인사, 2002)은 작가 연구의 자료적 가치가 높다. 여기에는 1920년대 낭만주의와 시대적 애수(哀愁)와 한(恨)을 노래한 ≪백조≫파 동인인 이상화, 그리고 저항 시인 이육사뿐만 아니라 한국시사의 줄기를 형성한 큰 시인들에 대한 기초적인 자료가 잘 정리되어 있다. 특히 생존 시 사진과 그 동료 문인의 사진, 육필 원고 등을 정리한 책이다. 사진 속에 설령 어떤 감정적인 거리가 있는 작가와 주변 인물이라 하더라도 공식적인 자리에서 모일 경우, 작가의 공식적인 문단 생활을 알 수 있기 때문에 참고할 필요가 있다. 그래서 작가와 그 주변의 사진을 유심히 검토할 필요성이 있다.

또 작가의 사진은 작가에 대한 여러 가지 자료를 검토하는데 유용한 자료가 될 수 있다.[4] "1941년 연희전문학교를 마친 윤동주의 졸업 사진을 보면 그는 당시 '신사머리'라고 불렸던 머리 모양을 하고 있다. 그런데 1942년 7월 일본 릿교(立敎) 대학에서 첫 학기를 마치고 여름 방학을

---

4) 만해 한용운 수감중 사진 공개: 독립운동가이자 시인인 만해 한용운의 50세 때 사진이 공개됐다. 국사편찬위원회가 소장하고 있는 수형자 자료 중 만해가 1929년 12월 21일 서대문형무소에 수감됐을 당시 찍은 정면과 측면 사진이다. 당시 신간회 경성지회장으로 있던 만해는 광주학생운동 발발 후 민중대회를 준비하던 중 구속됐다. 이 사진은 서울시립미술관이 기획한 사진전 '다큐먼트-사진아카이브의 지형도'(25일~6월 27일)에 전시되고 있다(사진 제공: <국사편찬위원회>, ≪동아일보≫, 2004년 5월 26일). 수감 중 사진은 대머리보다 좀 긴 머리모양을 하고 있다. 오른쪽 뺨이 보이는 측면 사진 1장과 정면 사진 1장이 공개됐다. 사진 속의 만해는 강렬하면서도 굳은 의지를 보여준다.

맞아 귀국한 윤동주의 머리는 빡빡 깎은 모습인데”, 왜 삭발했는지를 그의 문단 활동과 관련해 보면 그 의미를 찾을 수 있다. 그 내용을 인용하면 다음과 같다.

최근 한 일본 여성이 그동안 베일에 가려져 있던 윤동주의 릿쿄대 시절에 대한 자료를 찾아내면서 그의 삭발 이유가 처음으로 밝혀졌다. 지난 달 31일 서울 장충동 한국현대문학관에서 열렸던 ‘윤동주의 시를 읽는다·2002년 한일 독자 교류의 모임’에 참석했던 ‘윤동주의 고향을 찾는 모임(도쿄)’의 회원인 야나기하라 데쓰코(楊原泰子). 윤동주의 시에 깊이 매료돼 있던 그는 1988년 소설가 송우혜 씨가 펴낸 『윤동주평전』(세계사)의 일본어판(1999)에서 릿쿄대학을 다니던 무렵 윤동주의 머리 모양에 대해 언급한 부분을 봤다. 같은 대학 출신인 그는 1942년 릿쿄대학신문을 샅샅이 뒤졌고 4월 초 발행된 신문에서 ‘4월 중순, 학생 단발령 실시’라는 기사를 발견했다. 윤동주는 전시 상황에서 학교측이 내린 단발령 때문에 어쩔 수 없이 머리를 깎아야 했던 것. 데쓰코는 당시의 자료를 정리한 ‘윤동주의 릿쿄대학 시대’라는 글을 ‘한일 독자교류 모임’에서 만난 송우혜 씨에게 건네줬다. 이 자료에 따르면 1942년 대동아 전쟁으로 전시체제 아래 있었던 릿쿄대학에는 군사 훈련을 위해 육군 대좌(지금의 대령)가 부임해 학생들을 혹독하게 훈련시키는 한편 일본의 신도(神道)를 강요한 것으로 나타나 있다. 독실한 기독교 신자였던 윤동주는 이를 견디다 못해 도시샤(同志社) 대학으로 옮긴 것은 아니었을까. 윤동주가 릿쿄대학이 있던 도쿄에 머물렀던 기간은 4개월 정도로 길지 않았다. 한 학기를 보내고 바로 교토에 있는 도시샤대로 옮겼기 때문. 그러나 ‘시인 윤동주’에게 큰 의의를 지닌 곳이다. 송우혜 씨는 “옥사할 때까지 만 3년간 일본에서 살았던 윤동주가 일본 땅에서 쓴 시 중에 현재 남아 있는 작품은 불과 다섯 편뿐인데 윤동주는 이 시를 모두 도쿄에서 썼다”고 밝혔다.

— (「신사머리 왜 삭발했을까-저항시인 윤동주」, 《동아일보》, 2002년 9월 12일)

윤동주의 사진에서 읽을 수 있는 문학적 진단은 바로 "윤동주의 시는 그의 생활과 직결돼 일기와도 같다. 당시 그가 처했던 상황에 대한 정보는 윤동주의 시를 연구하는 데 귀중한 자료가 된다."는 점이다. 즉 시대 상황 속에서 '신사머리'를 한 윤동주의 심정과 그의 시와의 관련성을 찾을 수 있는 것이다.

김수영과 함께 1960년대 대표 시인으로 꼽히는 신동엽 시인의 어린 사진이 공개되었다.

일제는 조선인을 제국의 '국민'으로 만들기 위해 성씨만 바꾼 것이 아니라 철저하게 일본식 교육을 강요했다. 어린 동엽이 일본 야마토(大和)정신의 상징인 머리띠 '히노마루노 하치마키'를 묶고 검도 자세를 취하고 있는 사진도 남아 있다. 오늘날 민족 시인으로 불리는 신동엽의 이미지와는 전혀 다른 파격적인 사진이다.

그러나 당시에는 그리 놀라운 풍경이 아니었다. 이 사진을 보고 신동엽이 친일을 했다고 한다면 그야말로 몰역사적이고 무분별한 태도다. 오히려 우리는 이 사진에서 군국주의가 한 아이에게 강요한 '국가의 폭력'을 볼 수 있다. (… 중략 …)

신동엽이 검도 자세를 취한 이 사진에서, 어린 동엽의 긴장된 표정에서, 우리는 역설적으로 일본 제국주의의 상흔(傷痕)을 엿본다. 그래서 동엽의 어린 시절에는 "쇠방울소리 뿌리면서/순사의 자전거가 아득한 길을 사라지는(「금강」 1장) 풍경이 새겨져 있다. 이러한 상처가 깊었기 때문에 신동엽이 민족적 주체성을 탐구하고 나아가 동학(東學)을 연구하며, 서사시『금강』을 쓸 수 있었을 것이다.[5]

김윤식 편의 『한국현대문학연표』(문학사상사, 1988)는 1900년대부터 1980년까지 잡지, 신문 그리고 단행본을 망라한 방대한 자료집으로 작가 연

---

5) 김응교, 「히라야마 야키치, 신동엽과 회상의 시학」, 『민족문학사연구』, 민족문학학회(통권 30호), 2006, 284~285쪽.

구에 필요한 방계 자료이다. 더불어 권영민의『한국현대문학작품연표』
(서울대학교 출판부, 1998, 상/하)도 좋은 참고 자료이다. 또 작가들의 문학
여행의 공간도 중요하다. 이는 문학 공간이 작가 세계를 이해하는데 중
요한 암시를 하기 때문에 이에 대한 자료도 충실히 수집해야 한다. 이
처럼 작가 연구를 집필하는 데에는 많은 준비가 필요하다. 여기에는 작
가 연구를 집필하는데 필요한 기초 자료 조사의 방법과 그 의미를 살피
고자 한다.

1. 원전(原典)의 확정과 방언

작가 연구에서 작품 분석을 위한 기초 자료로서 원전을 확정하는 검
토 작업은 중요하다. 모든 문학 연구에서 기초는 작품임을 부언할 필요
는 없다. 다만 작품이 원작(原作)이냐 위작(僞作)이냐의 문제는 문학 연구
의 출발점이기 때문에 문헌학적 연구인 원전 비평(原典批評, Textual Criticism)
은 필요하다.6) 원작에 대한 평가가 이루어져야만 작가의 전기 부분과
결부되는 작가 연구가 이루어지는 것이다. 작품 분석과 관련되는 원전
비평은 작가의 전기적 사실과 결부될 때 그 가치가 있는 것이다.

1. 1. 원전과 성장지의 방언

해방 이전의 작가들을 연구할 때 원전 비평은 작가들의 출생지와 성

---

6) 원전 비평에 대한 독립된 논의는 한국 문학 연구 방법론에서 찾아보기 힘들다. 대개 역사주
의 비평의 한 지류(支流)로 파악한 정도이다. 그나마 고전 문학에 대한 원전 비평의 이론(김
용범, 「원전 비평의 한국적 적용」, 『한국문학연구방법론』, 민족문화사, 1983, 152~169쪽)이
있을 뿐이다. 현대 문학에 대한 원전 비평의 이론을 정립하는 것도 문학 연구사의 중요한 의
미를 띤다고 판단된다.

장지는 원전과 밀접한 관계가 있다.[7] 대구 지방에서 출생하고 성장한 이상화(李相和)를 예로 들면, 그의 시가 방언으로 씌어졌는데, 이를 무시한 채 시집이 출판되면서 많은 해석의 오류를 낳았다.[8]

　　이상화 시인 교합본[9]의 작품에 이러한 오류가 많이 나타나는 이유는 무엇인가?

　　첫째, 이상화 시인의 필명은 尙火이며, 1901년 5월 9일(양력), 현 대구광역시 중구 서문로 2가 12번지에서 태어나서 유년기를 대구에서 보내다가 상경하여 20여 세 때부터 문필 활동을 시작하였으며, 27세 되던 해 대구로 되돌아와 살다가 1943년 4월 25일 43세의 짧은 나이로 세상을 떠났다. 더군다나 정서법이 확립되기 이전 시기에, 몸에 배인 대구 토박이로서 자신의 작품에 방언이 그대로 반영되었는데도 이를 고려하지 않고 표준어로 바꾸는 과정에서 대구 방언에 대한 해독의 오류가 많이 나타날 수밖에 없었다.

— (이상규, 「멋대로 고쳐진 이상화의 시- 자의적으로 왜곡된 방언
원래대로 복원해야」, ≪문학사상≫, 1988. 9, 78쪽)

위의 인용에서 보듯이 이상규는 이상화 시 해석에 있어 출생과 성장 배경인 대구 지방의 방언을 살려 시집을 출판하지 않음으로 해서 시 해석의 오류를 낳았다고 지적한다. 그래서 "한 원본을 현존하는 그대로 재생하는 것(영인본, facsimile)이 옳은가, 또는 명백한 미스 프린트(또는 오기)의 교정, 수정, 종합을 거친 교열본(Critical Text)이 나은가하는 논란이 원

---

7) 강진호, 『한국 문학, 그 현장을 찾아서』, 계몽사, 1997.
　동국대 한국문학연구소 엮음, 『한국 문학 지도』(상/하), 계몽사, 1996.
8) 김재홍이 편저한 『詩語辭典』(고려대학교 출판부, 1997)은 20세기 초 최남선으로부터 1990년대 신진 시인들의 시에 쓰인 독창적인 시어와 고어, 방언 등을 풀이한 사전으로 좋은 참고 자료가 된다.
9) 상화 시 가운데 창작 발표 당시의 작품을 원본 텍스트로 삼고 그 이후 제정된 표기법에 맞도록 고치거나 방언 이휘를 중부 방언 어휘로 교정하여 발표한 작품을 교합본 텍스트라 규정함(이상규, 「멋대로 고쳐진 이상화의 시-자의적으로 왜곡된 방언 원래대로 복원해야」, ≪문학사상≫, 1988. 9, 73쪽).

본 비평가들의 문제였으나, 현재에는 대체로 교열본주의가 받아들여진
다."[10]고 한다. 다만 교열본이라 하더라도 작가의 출생지와 성장 배경에
서 나타난 작품의 방언을 고려해야 한다. 원전 확정에서 작품의 방언을
고려하지 않았기 때문에 이상화의 시 해석에서 큰 오류를 범하게 된 것
이다. 이처럼 작가 연구에서 출생지와 성장지의 방언을 작품 분석과 관
련시켜 원전을 확정하는 것도 작가 연구에서 중요한 작업 중의 하나이
다. 이상규는 다음과 같은 예를 들고 있다.[11]

33) 진흙을밥으로, 햇채를 마서도(「가장 悲痛한 祈慾」, ≪개벽≫, 형설사)

방언형 '햇채'는 '해채(海菜)'로 자칫 잘못 해석하기 쉽다. '햇채'는 대
구 방언에서 '햇추', '힛추'와 같은 분화형이 있는데, '더러운 물'의 의미로
서 '햇채구덩이'라고 하면 '더러운 물구덩이' 또는 '시궁창'이라는 뜻(김형
규, 『한국방언연구』, 서울대출판부, 1980, 23쪽)이다.

— (이상규, 위의 책, 83쪽)

위와 같은 예는 이상화의 시뿐만이 아니다. 불문학자 김현은 만해
시 해석에서도 만해의 출생지인 충청도 방언의 중요성을 짚었다.

한용운 시의 매력의 상당수는 그의 독특한 충청도 방언 사용에 있다.
『님의 침묵』의 주석자(송욱:필자)가 "불교학과 한학에 조예가 매우 깊은
대선사인 만해가 충청도 사투리를 섞어 가며 하는 말씨를 이 시집에서 귀
담아들어야 한다"고 적은 것은 주목에 값한다. 시인은 그가 아무리 대사
상가이어도 우선은 말을 다루는 사람인 것이다.

— (김현, 「한용운에 관한 세 편의 글」, 『김현전집 ④』, 문학과 지성사,
1992. 86쪽)

---

10) 이상섭, 「제1장 역사주의 비평 방법」, 『문학연구의 방법』, 탐구당, 1980, 20쪽.
11) 이상규, 「멋대로 고쳐진 이상화의 시-자의적으로 왜곡된 방언 원래대로 복원해야」, 앞의 책,
68~84쪽 참고

　위의 인용에서 보듯이 작가가 언어를 다룬다는 것은 너무나 당연한 명제이다. 시어를 통해 시의 의미를 해석하고, 작품의 주제까지 도달하는 통로가 시어이기 때문에 방언으로 사용된 시어는 주목할 필요가 있다. 언어의 사용자가 충청도 방언을 썼다면, 방언의 해독을 반드시 전제하고서야 작품 해석이 가능한 것이다. 김현보다 앞서 만해 시에서 방언을 주목한 송욱은 『님의 침묵-전편해설』(과학사, 1974)에서 88편을 한 작품 한 작품 주석하고 해석하여 만해 시 해석의 독보적 위치를 차지한 비평가다. 그는 이 책에서 만해의 『님의 침묵』을 원전 비평하면서 기존의 많은 오류를 바로잡았다. 그러나 아직도 만해 시의 정본이라 할 시집이 출판되지 않았다.[12] 그의 노력이 몇 가지 문제점이 없는 것은 아니나, 이제껏 가장 철저하게 만해 시를 분석했기 때문에 가치가 있는 것이다. 이러한 원전 비평의 노력을 그가 프랑스 시를 공부하면서 배웠다는 점은 원전 비평과 작가 연구의 상관 관계를 보여 준 사례라고 할 수 있다.[13]

1. 2. 원작 찾기

　“작품이 처음으로 신문이나 잡지에 발표될 때와 그것을 시집에 다시 실을 때, 더구나 내용의 일부가 개작되는 것[14]은 오직 특정의 시인에만

---

12) 졸고, 「1970년대 불후의 명저, 『님의 침묵-전편해설』」, 『송욱평전』, 좋은날, 2000. 170~ 171쪽.
13) 졸고, 「1970년대 불후의 명저, 『님의 침묵-전편해설』」, 위의 책, 186쪽.
14)

예)	이육사의 「꽃」		
연대/발표지면	1945.12. 《자유신문》	1946 『육사시집』(서울출판사)	현대어
2행	그따에도	그때에도	따/때→땅
3행	밝아케 되지 안는가	빨갛게 피지 않는가	발갛게 되지

(참고, 김광길 · 심원섭, 『문학비평이란 무엇인가』, 국학자료원, 1997, 37~38쪽).

국한되는 것이 아니다. 대개의 경우 그런 과정을 밟는다고 해도 과언이 아닐 것이다."15)라는 김학동의 언급은 원전 비평에 대한 당위성을 시사한다고 할 수 있다. 그래서 작품집을 다시 재판할 경우나 선시집을 출판할 때 다소 수정되는 부분이 있음을 눈여겨보아야 한다. 여기에는 반드시 작가가 작품 속에서 의도한 바가 있기 때문에 이를 감지해야 한다. 원전 자료 조사는 비단 시 장르에만 국한되는 것은 아니다. 한 작품을 여러 번 개작한 경우에도 작가의 미의식의 변모 과정과 개작 당시의 배경을 들여다 볼 수 있기 때문에 원전 비평은 중요한 것이다.

김동리는 『巫女圖』(1936)를 발표한 이후, 1947년 개작, 1958년 장편소설 『乙火』로 개작하였다.16) 이러한 경우 "改作은 최후의 작품이 原本이라고 생각할 수도 있지만, 적어도 1936년의 작품과 1947년의 작품과, 『乙火』의 세 작품을 각기 원본으로 삼을 수도 있다. 이러한 견해를 존중한다면 동일 주제의 각기 다른 접근과 심화 과정을 비교 연구할 수도 있다."17)는 점을 원전 비평에서는 고려해야 할 것이다.

작가 연구의 기초는 작품의 원전 자료에 대한 확정부터 시작되어야 한다. 원본 확정을 위해서는 몇 가지 기초적인 자료 조사와 검토 작업을 해야 한다. 이상섭은 역사주의 비평 방법의 관점에서 <원본확정을 위한 작업>의 단계를 미국의 바우어즈(Fredson Bowers)의 글을 다음과 같이 인용하고 있다.

> (ㄱ) 문서적 증거 - 현존하는 문서들(원고, 초간본, 수정본, 이본 등)을 근거로 하여 가장 순수하고 정확한 형태를 확정한다. 문서들을 총망라하고, 원고가 부재하는 경우에는 가능한 한 원고 상태에 접근

---

15) 김학동, 「정지용의 시와 산문」, 『정지용연구』, 민음사, 1997, 270쪽.
16) 신동욱, 「김동리 소설에 나타난 비극적 삶의 인식-주로 「무녀도」의 개작을 중심으로」, 『김동리』, 살림, 1996, 244~273쪽.
17) 신동욱, 「역사주의적 비평」, 『문예비평론』, 서문당, 1982, 25쪽.

하도록 추정본을 작성하기 위해 교정, 수정, 보완, 종합의 작업을
함으로써 텍스트에서 오류를 제거한다.

(ㄴ) 기본 텍스트의 결정 - 많은 이본 또는 사본들 중에서 결정본의 근
거가 될 기본 텍스트를 선정한다.

(ㄷ) 상잇점들의 대조 조사(collation) - 일정한 기간 동안에 출간된 한 작
품의 여러 판본들을 모두 대조 조사하여 서로 틀리는 부분들을 확
실히 기록해 둔다.

(ㄹ) 판본의 족보 - 판이 거듭됨에 따라 차차 와전율이 증가하는 것이
보통이다. 와전율은 판의 연대적 선후 관계, 즉 <족보>를 추정하
는 데에 상당히 도움이 된다. 간혹 해적판이나 번안판이라는 서
자가 끼일 때도 있다. 한 작품의 여러 판의 상이점을 체계적으로
다루기 위하여서는 서지학의 도움이 필요하다. 종이의 질, 인쇄
술, 잉크, 활자체에 대한 정밀한 지식이 필요한 것이다. 결정본을
작성키 위한 기본 텍스트를 하나로 한정할 수 없을 경우도 있다.
한 작품의 원고를 작가가 두 가지로 작성한 경우가 그렇다. 가장
흔히는 일단 출판된 작품(신문소설처럼)을 작가 자신이 수정을 가
하여 출간할 경우 기본 텍스트는 둘이 되는 것이다.
— (이상섭, 「제1장 역사주의 비평의 방법」, 『문학연구의 방법』,
1980, 20~21쪽)

　　위의 인용글은 결국 작품 분석을 위한 기초 자료 조사 방법이다. 작
가 연구의 궁극적 목적은 작품 이해와 분석에 있다. 그래서 정확한 원
전 자료를 얻지 않으면 안 된다. 원전을 확정하지 않고 시중에 나와 있
는 여러 작품집을 대상으로 작가 연구의 텍스트로 삼았을 경우 작품 해
석의 오류를 범하기 쉽다.[18] 특히 작가 생애와 성장지가 드러난 지역

---

18) 만해의 『님의 침묵』을 여러 판본에서 올바르게 교정하여 분석한 송욱의 『님의 침묵-전편해
설』에서 찾을 수 있다. 그가 사용한 4가지 방법을 참고하면 다음과 같다. <그가 사용한 교
정 방법(『님의 沈默-全篇解說』, 11~12쪽)을 살펴보면, 1. 初版本의 텍스트가 가장 정확하
지만, 印刷가 분명치 않은 구절은 再版本을 참고했다. 2. 初版本은 舊式 맞춤법으로 되어
있으며, 誤植이 많은 점으로 보아 著者의 校正을 거치지 않았음을 알 수 있다. 따라서 誤

방언의 작품과 관련해서 작가 연구가 이루어져야 하기 때문에 원전 확정의 자료 조사 및 검토 작업은 중요한 의미를 가진다.

2. 저작물(著作物)과 작가 의도

작가 주변의 인물이라 하더라도 작가의 문학 세계에 대해 알지 못하는 경우가 많다. 왜냐하면 이들이 전문 비평가나 조예가 있는 문학 연구자가 아닐 수 있기 때문이다. 따라서 이럴 경우 발표 지면을 통해서 작가 연구를 구성할 필요가 있다. 대부분 작가들은 단행본이나 기타 저작물을 통해서 작품을 발표하는 경우가 허다하다. 또 문학 잡지를 통해서도 몇몇 작품을 발표하기도 한다. 그래서 국내에 나온 잡지들을 일별(一別)하면서 잡지 목록을 찾을 수밖에 없는데, 다행히 국내 잡지의 목록을 정리한 책이 출판되어 이를 참고할 수 있다. 그리고 요즘은 각 지방마다 신생하는 잡지들이 많기 때문에 이런 잡지들에 대한 관심도 기울여야 한다. 특히 해방 전후에 동인지 문단 시대의 잡지와 1950년대 전후 신문에 기고한 글들이 많기 때문에 이에 대한 자료 조사도 세심하게 살펴야 한다. 이 외에도 신문, 잡지에 기고한 글도 참고하여 필요한 자료를 찾아야 할 것이다. 여기에는 저작물의 경우, <서문> 혹은 <발문>을 참고 자료로 삼는 경우와 저서 간의 비교, 작가 주변 인물들에 대한 자료의 검토를 중심으로 살펴보겠다.

植을 지적하고 바로 잡는다. 3. 初版本의 텍스트를 現行 맞춤법으로 고치는 경우에 發音이 달라지면 고치지 않는 것을 原則으로 한다. 4. 發音이 달라져도 고칠 수밖에 없는 경우에는 初版의 發音을 괄호 안에 保存한다.>

2. 1. 저작물의 〈서문〉과 〈발문〉, 〈작품 후기〉

작가 연구를 위해서 저서의 <서문>과 <발문>을 참고해야 한다. 작가가 출판한 책의 <서문>이나 <발문>에는 작품에는 드러나 있지 않는 작가에 대한 새로운 사실을 발견할 경우가 있다. 책의 <서문>을 통해 작가가 출판한 책에 대한 감회, 또는 출판의 필요성, 출판 동기, 그리고 책의 전체적인 구성 내용을 파악할 수 있다. 때에 따라서는 책 출판과 관련해서 친지, 동료를 언급하는 경우가 종종 있는데, 이들을 통해서 작가 연구에 필요한 주변 인물의 인터뷰나 작가와 관련한 자료를 찾을 수 있다. 이들의 인터뷰나 관련 자료들은 작가 연구에 대한 방증 자료로 이용할 수 있다는 점에서 의미가 있는 것이다.

김윤식의 『이광수와 그의 시대』 <머리말>에는 책의 저술 과정과 책에서 의도하는 내용이 분명하게 밝혀져 있다. <머리말>에 있는 내용을 정리하면 다음과 같다.

ㄱ 집필과 동시에 연재 - '인물을 철저하게 뒤져 근대 한국인의 정신사를 밝히는 지적 모험'이라는 부제로 ≪문학사상≫(1981년 4월부터 1985년 10월)에 연재

ㄴ 자료 조사를 위해 일본 답사 - 작가 연구를 위해 작가가 활동한 일본에 감(1969년에서 1970년까지, 1980년을 포함해 두 차례)

ㄷ 저자가 밝히고자 한 책의 내용 - 글과 사람의 관계, 사람과 시대의 관계

ㄹ 대상 작가와 필자의 관계 설정 - '이광수, 그는 고아였습니다. 그가 살았던 시대 역시 고아 의식에 충만한 것이었지요. 이 사실을 이 책은 한 번도 잊은 적이 없었습니다. 그렇다고 해서 제가 그 점을 즐긴 것은 아닙니다. 저는 고아가 아니며, 고아 의식의 시대에 살고 있지 않기 때문입니다.'

<머리말>에 나타난 저술 과정을 보면, 우선 ㉠은 김윤식이 이광수를 근대 한국인의 정신사의 한 흐름을 보여 준 인물로 파악했다. ㉡은 이광수 연구를 위해 그가 활동했던 일본에 답사했다는 사실을 적었다. ㉢은 '하나의 의미 있는 구조라는 것을 동우회의 이념과 그 운동 양상에서 찾고, 그것이 한 사람의 삶의 방식으로 어떻게 구조화되어 나타났는가, 동우회 사상이 어떻게 글의 형태로 나타났는가, 그것이 어떻게 문학이라는 간접화를 통해 나타났는가 하는 것이 이 책의 참주제입니다'라고 밝히고 있어 작품 연구의 주제가 무엇인지를 뚜렷하게 보여 주고 있다. ㉣은 이광수 연구를 통해 지적한 것, <춘원의 고아 의식>으로부터 출발하였음을 파악한다면, 이 <머리말>의 내용은 작품 연구에 대단히 중요한 것임을 알 수 있다. <머리말>을 참고한다면『이광수와 그의 시대』에서는 이광수의 고아 의식으로부터 그의 생애와 문학의 관련성을 큰 줄기로 파악할 수 있다. 이처럼 작가 연구는 반드시 책의 <서문> 혹은 <머리말>을 검토할 필요가 있다.

앞에서도 언급한 것처럼 저작물에는 간혹 저작 활동에 도움을 준 주변 인물들을 언급하는 경우가 있기 때문에 이를 유심히 살펴야 한다. 필자는『송욱평전』을 쓰면서 송욱의『님의 침묵-전편해설』에서 허웅 박사에 대해 다음과 같이 언급된 내용을 읽었다.

> 校正의 原則은 물론이거니와 校正에 있어서 의심이 가는 경우에는 일일이 國語史의 권위이신 許雄博士의 敎示를 받았다. 그리고 許博士의 敎示에서 특히 <고쳐서는 안될 것>을 배운 일은 나로서는 매우 귀중한 경험이었다.
>
> — (송욱, 「詩集『님의 침묵』의 텍스트와 板本」, 『님의 침묵-전편해설』, 과학사, 1974, 12쪽)

만해의 정신 세계와 님의 침묵의 세계를 이해하기 위해 오랫동안 노력한 송욱은 영문학자였다. 송욱이 영문학자이기 때문에 한글학자인 허웅에게 언어에 대해 조언을 받았다는 점을 알 수 있다. 이는 작품의 원전 확정인 동시에 영문학자인 송욱이 만해를 연구하면서 모국어에 대한 지독한 사랑을 읽을 수 있는 대목이다. 위의 인용에서 보듯이 송욱이 만해 시를 해석하면서 어학적인 문제를 허웅에게서 도움 받았다는 사실을 알 수 있다. 그래서 필자는 허웅의 인터뷰를 통해 『님의 침묵-전편해설』의 연구 과정과 주변의 인간 관계도 파악할 수 있었다. 이처럼 저작물 가운데 등장한 주변 인물들에 대해 주목할 필요성이 있는 것이다.

<발문>을 통해서도 작가의 인간 관계나 작품 세계의 일면을 들여다 볼 수가 있다.

> -노 여사는 시인이지만 정열이라 해서 거기에 쏠려 구사하기보담 넌지시 사모하는 편이요, 비애라 해서 얼른 절망하기보담 조용히 인종(忍從)하는 편이다.

> 이 짤막한 지적에서 보듯, 그녀의 빛나는 한 특성이 되고 있는 이 깨끗한 「단조(單調)의 절제」는 시에서 더더욱 두드러져 있다. 천명의 두 번째 시집 『창변(窓邊)』에 발표되어 있는 시 「장미」를 보면 이 점은 뚜렷이 감지된다.
>
> — (정공채, 「오월에 빛나리」, 『노천명평전』, 대가출판사,
> 1983, 75~76쪽)

위의 내용은 1930년대 모더니즘 문학의 중심 단체인 ≪九人會≫의 회원인 이태준(李泰俊)이 쓴 노천명의 처녀 수필집 『산딸기』의 발문(跋文)이다. 위의 인용에서 보듯이 저서의 <발문>을 통해서도 작품의 특징인 '단조의 절제'를 발견할 수 있기 때문에 유심히 검토해야 한다.

　그리고 작가가 작품을 발표한 이후, 작품과 관련하여 작가의 심정을 토로한 자료를 통해 창작 배경이나 작품 세계를 밝힐 수도 있다. 이상 문학의 한 정수리인 「烏瞰圖」는 《조선중앙일보》에 연재되면서 '미친 놈의 잠꼬대냐'라는 비판을 받으면서까지 연재되었던 작품이다. "숫자를 뒤집어 놓고, 活字의 크기를 달리 하고 超現實의 의식을 그린 작품으로서 그 당시에는 도저히 이해가 될 수 없었던 작품"[19]이었다. 그러나 이상의 「烏瞰圖」는 분명 한국시사에서 한 획을 긋는 작품임에는 틀림없다. 이 작품에 대한 여러 평가가 있지만 당시 발표되지 않았던 이상 자신의 심정을 밝힌 자료는 그의 의식을 들여다보는데 중요한 의미를 띤다.

　　「烏瞰圖」가 중단되었을 때 이상은 발표되지 않았으나 <烏瞰圖 작자의 말> 이라는 짤막한 글을 썼었고, 이것은 친지에 의해서 전해지고 있다.

　　<烏瞰圖 작자의 말>
　　왜 미쳤다고 그러는지, 대체 우리는 남보다 수십 년씩 떨어져도 마음 놓고 지낼 작정이냐, 모로는 것은 내 재주도 모자라겠지만, 게을러 빠지게 놀고만 지내던 일도 좀 뉘우쳐보아야 아니 하느냐. 여남은 개쯤 써 보고서 시 만들 줄 안다고 잔뜩 믿고 굴러다니는 패들과는 물건이 다르다. 二千點에서 三十點을 고르는 데 땀을 흘렸다. 三一년, 三二년 말에서 龍대가리를 떡 꺼내어 놓고 하도들 야단에 배암꼬랑지커녕 꼬랑지도 못 달고 그만두니 서운하다. 깜빡 신문이라는 답답한 조건을 잊어버린 것도 실수지만 이태준, 박태원 두 형이 끔찍이도 편을 들어준 데는 절한다. 鐵- 이것은 내 새 길의 암시오, 앞으로 제 아무에게도 屈하지 않겠지만 호령하여 애코가 없는 무인지경은 딱하다. 다시는 이런- 물론 다시는 무슨 다른 方途가 있을 것이고 우선 그만둔다. 한동안 조용하게 공부나 하고 정신병이나 고치겠다.

---

19) 구인환, 「일탈과 실험의 이상」, 『근대작가의 삶과 문학』, 서울대학교출판부, 1994, 177쪽.

— (구인환, 「일탈과 실험의 이상」, 『근대작가의 삶과 문학』,
서울대학교출판부, 1994, 177쪽)

"왜 미쳤다고 그러는지, 대체 우리는 남보다 수십 년씩 떨어져도 마음 놓고 지낼 작정이냐"고 당대 현실을 질타했던 이 글을 읽으면, 시대를 앞질러 간 이상의 문학에 나타난 그의 의식을 들여다볼 수 있다. 작가가 작품 발표와 동시에 여러 경로를 통해 문학적 메모를 발표할 수 있기 때문에 이를 참고할 필요가 있다.[20]

2. 2. 저작물 간의 비교와 검증

작가 연구를 할 때 저작물 간의 비교와 검증을 해야 한다. 작가가 직접 쓴 글이라 하더라도 실제 사실을 잘못 이해하고 있거나 기억에 의존하여 쓴 경우가 있을 수 있다. 물론 이를 발견하려면 주변 사람들의 인터뷰나 당대 현실을 검증할 수 있는 자료를 찾아 객관성 있게 검토해야 한다. 가령 만해 한용운의 생애 한 부분을 기술하면서 고은은 만해가 직접 쓴 글의 잘못을 발견하였다.

그의 기록에는 "그러자 그해가 甲辰(1904년)의 전해로 반도의 대세가 기울어지기 시작하여 서울에서는 무슨 조약(韓日議定書를 지칭하는 것 같다-筆者)이 체결되었다 하여 뜻 있는 지방 사람들이 자꾸 서울을 향하여 서울로 떠났다."라는 대목이 있다. 「시베리아를 거쳐 서울로」라는 수필이 그것이다. 그러나 동문(同文)은 설악산 백담사(百潭寺)를 강원도의 오

---

20) 가령 문학 초청 특강이나 공개 강의에서 자신의 문학 세계를 밝힐 수가 있다. 구상 시인은 실제 시 창작 과정을 자신의 작품(「禪定」)으로 설명(시적 감동, 관찰과 상념 집중, 표현과 형태)했는데(「제19장 시 한 편의 실제 창작과정」, 『현대시창작입문』, 현대문학, 1997, 227~236쪽), 이처럼 시인은 어떤 경로를 통해 자신의 문학 세계를 밝힐 수가 있기 때문에 이를 주목해야 한다.

> 대산의 백담사라고 오기하고 있으며 그의 갑진년이라는 시점 기억도 믿
> 기 어렵다. 그는 이밖에도 그의 기억이 사실과 다른 경우를 적지 않게 보
> 여 주는 글을 쓰고 있다.
>
> ― (고은, 「第一次 出奔」, 『평전 한용운』, 백민사, 1978, 69쪽)

고은은 만해의 기억 착오를 "출가자들의 풍속이 되어서 그들의 재가 시대에 대한 연보 제정에 고통을 주는 예가 많다. 한용운 역시 그런 출가자로서 세속적인 의미를 도외시하는 입산 체험 때문에 그를 위한 전기 사실이 틀려 버릴 경우에 해당한다."[21]는 것이다. 이처럼 작가가 쓴 글이라 하더라도 그것이 대부분 자신의 기억에 의존하여 쓰는 것이기 때문에 정확한 논거를 바탕으로 쓴 글이라고는 보기 어려운 점이 있다. 그래서 작가 연구에 필요한 부분을 저자의 저서를 통해 인용할 때 작가의 서술과 연구자가 찾은 증거나 자료를 비교, 검토할 필요성이 있는 것이다.

작가의 유족들의 회고라 하더라도 객관성 있는 내용인지를 면밀히 검토해야 한다. 왜냐하면 대개는 학문의 자세로 기술하는 것이 아니라 친근한 기억에 의존하기 때문이다. 그래서 당대에 영향을 끼친 작가일수록 검토의 필요성이 있다. 1920년대 카프(KAPF)의 대모격인 팔봉 김기진, 그의 딸인 김복희가 쓴 『아버지 팔봉 김기진과 나의 신앙』(정우사, 1995)에 나온 송욱 관련의 내용이 그 예이다. 김복희의 글 내용 중에 "내가 미국에서 살 때다. 유창순 전(前) 전경련 회장께서 ≪사상계≫ 월간 잡지를 매월 보내 주셨는데, 1965년인지 66년경인지 서울대 교수로 이제는 작고한 송욱 선생님의 「지식인의 사회 참여」라는 글을 읽었는데, 참으로 많은 것을 배우고 느끼는 바가 많았다."[22]는 대목이 있는데,[23]

---

21) 고은, 「第一次 出奔」, 『평전 한용운』, 백민사, 1978, 69~70쪽.
22) 김복희, 「제1장 그리운 아버지」, 『아버지 팔봉 김기진과 나의 신앙』, 정우사, 1995, 55쪽.
23) 김복희, 「제1장 그리운 아버지」, 위의 책, 55쪽.

그 느낀 바는 "아버지의 친일이 민족에게 끼친 영향이 크다는 것"을 알았다는 것이다. 그리고 김복희가 기억하고 있는 송욱의 글은 1965년에 발표한 「비평과 행동」(≪사상계≫, 1965. 7)이라는 평문이다. 김복희가 이를 잘못 기억한 것이다. 물론 이는 송욱의 비평문을 분석하여 김기진의 친일행위와의 관련성을 찾는데 필요한 자료이다.

　작가 연구를 할 때, 작가와 관련된 저작물 간에도 비교와 검증이 이루어져야 한다. 왜냐하면 작가를 바라보고 있는 시각이 서로 다르기 때문이다. 민족 시인 윤동주가 「서시」를 비롯해 19편을 묶은 『하늘과 바람과 별과 시』(77부 한정판)를 출판하고자 했을 때, 연희전문 후배였던 국문학자 정병욱의 증언과 『윤동주평전』의 저자 송우혜의 관점은 달랐다. 일제 강점기의 시국을 들어 윤동주 시집 출판을 만류했던 이양하 교수를 기억한 정병욱과 시집 출판이 단지 경제적인 어려움 때문인 것으로 고증한 송우혜의 입장이 그렇다. 『윤동주평전』에서 이를 인용하면 다음과 같다.

> 정병욱의 증언에 의하면, 윤동주는 이양하 교수 권고에 그대로 응해 출판을 아주 단념해 버린 게 된다. 그렇지만 사실은 그렇지가 않다. 언론계와 출판계에 발이 넓었던 이양하 교수에게 의논했지만 길이 열리지 않았을 뿐이지, 그대로 단념한 게 아니었다. 졸업 직후에 용정 집으로 귀향한 그는 이번에는 부친에게 출판 문제를 의논했다. 그러나 고향에서도 역시 여의치 않았다. 그래서 몹시 안타까워했다. 윤혜원 여사의 증언에 의하면 <3백 원만 있으면 출판할 수 있는데…… 3백 원만 있으면 되는데……> 하면서 안타까워하더라는 것이다. ……중략…… 결국 돈 문제로 좌절된 것임이 확실해진다.
>
> — (송우혜, 「젊음의 정거장, 서울연희전문학교」, 『윤동주평전』, 249쪽)

위의 인용을 검토해 보면 정병욱은 윤동주가 저항 시인이라는 점을 지나치게 의식함으로써 일제 시대 상황과의 불화 때문에 출판을 미루었다는 것을 알 수 있다. 그러나 이는 작가를 잘못 이해한 경우이기 때문에 관련 참고 문헌을 다각도로 고증할 필요가 있는 것이다. 가까운 사이라 하더라도 전기적 사실에 대한 오류를 사실처럼 인터뷰하거나 글로 남길 수 있기 때문에 작가 연구자는 주의해야 한다. 이처럼 작가 연구를 위해서는 자료 발굴과 함께 철저한 검증 작업을 해야 한다. 때에 따라서는 원작을 검증해야 하는 경우도 있다. 또한 원작과 위작 사이의 거리, 특정 부분의 표절 등이 문제가 되기 때문이다. 실제로 작가에 대한 발표 자료라 하더라도 다 믿을 수는 없다. 그래서 작가 연구자는 저작물 간의 검토를 필수적으로 해야 하는 것이다.

또 고증된 기존 저작물 자료라 하더라도 작가 연구에서는 반드시 검토해야 한다. 김희곤은 이육사의 일본에서 1년 동안의 무정부주의자(無政府主義者) 활동에 대해서 다른 자료를 제시하였다.

> 육사가 일본에서 1년 동안 그저 진학을 염두에 두고 학교 생활에만 몰두했을까? 아마 육사가 일본에서 그저 학교만을 다녔을 것 같지는 않다. ……중략…… 일본에서 활약한 노동운동가인 김태엽(金泰燁)은 육사가 아나키스트 모임인 흑우회(黑友會)의 회원이었다고 기록하였다. ……중략…… 하지만 이렇게 육사를 이야기한 김태엽은 스스로 육사를 일본에서 만난 적이 한 차례도 없는 인물이다. 뿐만 아니라 서술 내용도 부정확한 곳이 눈에 띈다.
> — (김희곤, 「육사가 자라면서 받은 교육」, 『새로 쓰는 이육사평전』,
> 지영사, 2000, 62~63쪽)

위의 인용에서 보듯이 김태엽은 이육사를 한 번도 만난 적이 없는데 이육사가 아나키스트(anarchist) 회원이었다고 언급한 것은 신빙성이 떨어진다고 볼 수 있다. 또 이육사가 의열단에 가입하여 저항 운동을 했다는 부분도 자료의 잘못이라고 제시하고 있다.[24] 그래서 작가 연구자는 작가와 관련된 모든 자료의 신빙성에 대해서 면밀한 검토를 해야 한다.

　이처럼 작가에 대한 전기적 사실들이 오류가 많기 때문에 이 사실들을 바로잡는 노력이 힘겨운 작업이라 하겠다. 더구나 작가 자신이 자서전 성격의 글을 남겼더라도 여러 상황을 고려해 볼 때, 이를 다 사실로 받아들일 수는 없다. 가령 춘원의 경우는 일제 시대에 친일에 앞장선 작가임을 누구나 다 아는 사실이다. 그러나 해방 이후에는 이의 변명을 위해 쓴 자서전의 글을 다 신뢰할 수 없다는 점을 김윤식은 다음과 같이 지적하고 있다.

> 　춘원의 회고적인 글은 여러 편이나 어느 것이나 정확하지 않음을 특징으로 하고 있어, 인용함에는 특별한 주의가 요망된다. 연대순으로 보면 「인생의 향기」(1924), 「그의 자서전」(1936~1937), 「40년」(1944), 「나」(1947), 「스무 살 고개」(1948), 「나의 고백」(1948) 등이 있다. 이 계열에 속하는 회고적 자서전은 어느 것이나 다분히 허구적이요, 창작적인 요인이 짙게 스며 있어 서로 비교하여 그 행간의 의미를 포착하지 않고는 직접 인용할 만한 성질의 것이 아니다. ……중략…… 이 계열의 자서전 중에는 「나의 고백」이 독특하다. 해방 후 자기의 친일적인 심정을 변호한 것이어서, 글 시작에서부터 자기의 민족 의식의 싹틈을 주축으로 엮어 내렸다. 「그의 자서전」을 쓸 시대에는 볼 수 없었던 상해 임정이라든가 독립지사들의 모습과 자기의 관련성을 크게 내세웠을 뿐만 아니라 그가 믿고 따랐던 도산 및 그 사상에 대한 서술이 나오고 있다. 그러나 이러한 변명의 자서전은 일변으로는 명백하고 사실적인 것 같으면서도 마음의 비밀을 알아내기에는 오히려 더 곤란하다. 감춤이 조직적으로 행해지고 있기 때문이다.
> 　— (김윤식, 「동학과 천도교의 틈바구니에서」, 『이광수와 그의 시대(1권)』, 한길사, 1986, 119쪽)

---

24) 김희곤, 「초급 군사 간부가 되다」, 『새로 쓰는 이육사 평전』, 지영사, 2000, 146쪽.

작가 자신의 신변을 주위 사람들보다 작가 자신이 가장 소상하게 드러낼 수 있지만, 대개 자신의 결점을 변명하거나 다소 완화하는 표현을 하기 마련이다. 가령 한국시사의 태두라 할 서정주의 친일시에 대한 소상한 내막과 변명을 참고할 수 있다.

> 이제 나는 여기서 내 생애에서 가장 창피한 이야기를 한바탕 벌여 놓아야 할 마련이 되었다. 그것은 1944년 6월, 내가 민족주의 연극 공연 사건에 영향을 주었다는 혐의로 석 달 동안의 구치소(拘置所) 신세를 진 뒤 풀려 나와서부터 이듬해, 즉 1945년 봄까지의 반해 남짓한 동안의 일들로서, 제목은 친일적(親日的)인 요소였다. ……중략…… 정치 세계에 대한 내 부족한 지식이 그릇된 인식을 만들고, 그릇된 인식에서 나온 언행들이 내 생애에 가장 부끄러운 일을 만든 것이다. 최재서(崔載瑞)와도 같은 의견이었다. 그래 그의 권유로 그가 경영하던 ≪國民文學≫이라는 일본어 잡지에 내 맨 처음의 일본어 시작(試作)의 시 「항공일(航空日)에」라는 것을 실었던 것이다. 그러니까 해방은 천지개벽과 같은 것이었다.
>
> — (조봉래 엮음, 「12. 생애에서 가장 창피한 이야기」, 『시인 미당 서정주
> — 그 문학과 생애』, 좋은글, 1993, 295쪽)

서정주는 "일정 말기에 내가 국제 정세에 대한 무지로 판단 착오를 일으켜 일본 지배가 오래 갈 걸로 알고 자손지계(子孫之計)를 위해 일본에 순응해 살기로 작정했던 사실에 대한 책임도 나는 내가 조끔치라도 문제가 되는 날까지는 꾸준히 지켜 피하지 않을 것이라는 걸 여기에 서약해 둔다."[25]는 것이 최근의 변명과 이유(≪新東亞≫, 1992. 4)이다. 따라서 작가 신변을 시대 상황과 사회 제도에 따라 객관적으로 파악할 필요가 있다. 또 주변 사람의 인터뷰를 통해서 작가에 대해서 상세하게 파악하는 것도 한 방법이다. 물론 이러한 자료 조사들이 작가 연구와는

---

25) 조봉래 엮음, 「27. 일정 말기와 나의 '친일시'」, 『시인 미당 서정주-그 문학과 생애』, 좋은글, 1993, 410쪽.

필연적으로 상관성을 지닐 때 의미가 있는 것이지 그렇지 않으면 한낱 작가의 오점을 기록하는 것에 지나지 않을 수 있다.

2. 3. 작가 주변 인물들의 글

작가와 관련한 작품(집)도 참고해야 한다. 작가 연구에는 작가의 창작품은 물론이거니와 작가 개인의 자료(일기, 메모 등)도 중요하다. 이에 못지 않게 중요한 것 가운데 하나는 작가 유족이 쓴 책이다. 유족이 쓴 글은 작가 주변에 대해 소상하게 알기 때문에 작가 연구에 도움이 된다. 가령 1920~1930년대 한국비평문학 논쟁사의 한 축이었던 팔봉 김기진에 대한 자료로 김복희의 『아버지 팔봉 김기진과 나의 신앙』은 팔봉을 연구하는데 중요한 자료이다. "딸이 본 아버지 팔봉의 삶의 모습을 솔직하게 보려고 노력"했기 때문에 팔봉에 대한 동경 유학과 해방 전후의 <朝鮮文人報國會>[26]의 행적, 가족에 대한 사랑이 깊게 배어 있는 글이기에 팔봉 연구에 기초 자료가 아닐 수 없다. 특히 친일 문필 활동에 대해서 해방 후에 김기진이 "나는 앞으로 5년 동안은 아무 것도 안 하겠오. 나 같은 친일을 한 사람은 조용히 자숙하며 근신하는 것이 올바른 자세일 것입니다."라고 참회한 대목을 기록한 김복희의 증언은 자기 변명으로 일관한 춘원 이광수와는 다른 김기진의 삶의 자세를 보여 준다.

춘원의 딸인 이정화가 쓴 『그리운 아버님 春園』(초판 1955/ 우신사, 1993)도 춘원 연구에 유용한 자료이다. 백석 시인의 연인이었던 김자야의 『내 사랑 백석』(문학동네, 1995/ 2판 1996)은 작가 연구에 직접적인 영향 관계가 있다. 특히 월북한 이후, 유족들이 북에 있기 때문에 이들에 대한 직접적인 인터뷰나, 월북 이후의 작가 행적에 대해 알기 어렵기 때문에 이

---

26) 임종국, 「朝鮮文人報國會」, 『친일문학론』, 평화출판사, 1963, 149~165쪽.

자료는 대단히 중요한 의미를 띤다. 그래서 이 책은 백석의 생애와 작품을 이해하는데 결정적인 영향을 끼친다고 볼 수 있다. 백석의 시를 이해하기 위한 전제로 김자야의 책은 큰 도움이 된다. 이처럼 작가 연구는 작가 주변 인물들의 글을 참고해야 한다.[27]

때에 따라서는 작가 주변 인물들의 자료만으로 작가 연구를 해야 할 경우도 있다. 작가의 주변 인물들의 글을 중심으로 쓴 작가 연구의 한 예는 정공채의 『노천명평전-우리 노천명』이라 할 수 있다. 작가는 이 저서를 쓰기 위해서 다양한 자료를 조사하여 작가의 생애와 문학을 재구성했는데, 그 자료들을 열거하면 다음과 같다.

최　연, 「노천명의 생애」(≪문학사상≫, 1975. 5)

박치원, 「노천명 그 문학과 생애-살을 깎듯 했던 고독의 화신」(≪수필문학≫, 1978. 5)

김지향, 「사슴의 孤獨, 그 虛像과 實像」(≪시문학≫, 1973. 10)

신경림, 「모가지가 길어서 슬픈 사슴은」(지문사, 1981. 6. 30)

박동규, 「향수의 미학」(≪문학사상≫, 1975. 5)

김현자, 「고독한 5월의 시어」(≪문학사상≫, 1975. 5)

이태준, 「산딸기」(처녀 수필집 <발문>, 정음사, 1945. 10)

이성교, 「노천명 연구」(≪성신여사대인문과학 논문-3≫, 1970. 11. 15)

구석봉, 「한국인의 사랑과 미움」(『梧谷文化院』, 1980. 12. 10)

박봉우, 「앵화원」(『사랑의 시인상』, 백문사, 1969. 10. 10)

김용성, 「청려한 고독의 성(城)」(≪한국일보≫, 1973. 5. 13)

최하림, 「문단이면사(15)」(≪경향신문≫, 1983. 5. 14)

『노천명평전』처럼 여러 필진들이 쓴 자료를 바탕으로 작가 연구를

---

27) 이상 주변 인물들의 글을 모은 『그리운 그 이름, 이상』(김유중·김주현 엮음, 지식산업사, 2004)은 이상 연구에 좋은 참고 자료가 된다. 이 책에는 이상을 그린 박태원, 김기림의 글과 여동생 김옥희의 「오빠 이상」, 부인 김향안의 「이상(理想)에서 창조된 이상(李箱)」의 글 등이 수록되어 있다.

할 수도 있지만, 작가 주변에서 같이 활동했던 작가들의 기억과 문단 생활에 의존해 묶은 자료도 작가 연구에 좋은 참고가 된다. 가령 박인환과 가까이 지냈던 문우들이 쓴『歲月이 가면-시인 박인환과 문학과 그 주변』(김광균 외, 槿域書齋, 1982)에서 김경린, 김규동, 김광균, 전봉건, 조병화 등의 기억과 문단 기록은 박인환 연구에 귀중한 자료가 아닐 수 없다.

작가가 월북했거나 유족이 월북한 상태일 때, 부득이 그가 남긴 저작물들을 중심으로 작가 연구를 할 수밖에 없다.28) 이때 고려해야 할 것은 해방 이후 한국의 분단 상황으로 한국문학사가 서로 상이한 관점에서 연구되고 있다는 점을 염두에 두고 작가 연구를 해야 할 것이다. 북한에서 김소월이 어떻게 다루어졌는가를 검토하는 것도 김소월에 대한 새로운 자료를 얻을 수 있는 방법이 된다.

김소월의 삶과 관련 지을 때, 아무리 김소월의 전기적 사실이 한동안

---

28) 「소설가 구보씨의 일일」, 「천변풍경」 등 60여 편의 작품을 남긴 월북작가 박태원(1909∼1986)의 북한에서의 문필활동과 말년 모습을 기록한 글이 발굴됐다. 월간 ≪문학사상≫ 8월호는 박태원의 의붓딸인 북한의 문필가 정태은 씨가 2000년 북한 문학계간지 ≪통일문학≫에 기고한 「나의 아버지 박태원」이라는 글을 실었다. 이 글은 미국 하버드대에 방문교수로 머무르고 있는 서울대 권영민 교수가 하버드대 옌칭도서관에 보관된 ≪통일문학≫과월호에서 찾아낸 것. 권 교수는 "박태원이 북한에서 어떤 생활을 영위했는지에 대해 가장 가까이에서 기록했다는 점에서 의미가 있다"고 밝혔다. 이 글은 '43년 가을날에' '력사와 아버지' '음악과 아버지' '지팽이' '빛을 따라' 그리고 '나는 누구의 딸인가' 등 6개 장, 250쪽으로 구성돼 있다. 1950년 월북한 박태원은 절친했던 친구이자 소설가인 정인택이 월북 직후 사망하자 1956년 그의 처 권영희와 재혼했다. 이 글을 쓴 정씨는 정인택과 권영희 사이의 딸. 박태원은 1958년 백내장 진단을 받고 창작 중단 권유를 받았으나 집필을 계속하다가 결국 1970년에 실명했다. 1972년에는 뇌출혈로 반신불수가 된 데 이어 1976년에는 전신불수에 언어장애까지 앓게 된다. 그러나 아내에게 구술함으로써 집필을 계속해 1977년 그의 대표작이 된 '갑오농민전쟁' 1부, 1980년에는 2부를 완성했다. 1981년 박태원이 구술 능력마저 상실하자 아내 권영희가 남편을 대신해 3부를 완성하지만 박태원은 출간을 보지 못하고 세상을 떠났다. 정씨는 "한때 서울에서는 아버지가 북에 들어가 불우하게 살다가 숙청됐다고 알려졌지만 아버지는 그 어떤 숙청이나 박해가 아닌 무서운 질병 때문에 고생했다"고 밝혔다(≪동아일보≫, 2004년 7월 29일, 강수진 기자, sjkang@donga.com).

적충되어 왔다고 해도 가려진 부분이 적지 않다는 사실이 늘 문제시되어 왔던 것이다. 그것은 그가 때 이른 나이에 세상을 버렸다는 점, 근대시인 중에서도 초창기에 가까운 시기에 시인으로 활동했다는 점, 또한 그의 생활 거점이 분단 상황의 제약성으로부터 자유로울 수 없었다는 점 등에 기인한다. ……중략…… 김소월에 관한 내용이라면 「소월의 고향을 찾아서」라는 글이 1966년 5월 10일에서부터 같은 해 7월 1일까지 모두 12회로 분재되어 있다. 이 연재물은 문학신문 김영희 기자가 김소월의 고향을 탐방하여 그의 작가적 생애를 추적한, 기행문 형식의 일종의 전기 비평(傳記批評)이라고 할 수 있다.

— (송희복, 「북한에서 김소월은 어떻게 보아 왔나」, ≪시와시학≫,
2002. 봄호, 161쪽)

위의 인용에서 보듯이 북한에서 연구되어진 자료는 작가 연구에서 취사선택할 부분이 많음을 알 수 있다.

또 고전 문학의 작가 연구일 때는 주변 인물의 생존 가능성이 없기 때문에 부득이 작가와 관련한 저작물의 자료 조사를 통해 작가 연구를 할 수밖에 없다. 가령 조선 500백 년의 시가인(詩歌人)인 송강 정철(松江鄭澈, 1536~1593)의 경우, 그의 유족이나 주변 인물을 인터뷰할 수 없기 때문에 그가 남긴 작품이나 역사적 사료를 통해 작가 연구를 할 수밖에 없는 경우이다.29)

3. 인터뷰와 작가의 초상(肖像)

작가의 저작물에 대한 자료들을 유족이나 가계의 친지,30) 친구가 가

---

29) 박영주의 『정철평전』(중앙M&B, 1999)은 이를 보여 준 작가 연구라 할 수 있다.

30) 조선 후기 대표적 실학자인 다산 정약용(茶山 丁若鏞·1762~1836) 선생의 친필 편지 등 미공개 유물이 공개된다. 전남 강진군은 다산 선생이 아들에게 보낸 친필 편지와 서첩(書

지고 있을 경우에 가장 손쉽게 구할 수 있다.[31] 그래서 이들에 대한 인터뷰는 반드시 필요한 것이다. 작가 주변 인물의 취재는 중요하지만, 이들이 작가를 바라보는 시각이 연구자가 생각하는 만큼 항상 긍정적인 시각을 가지고 있는 것은 아니다. 따라서 작가 주변의 인물 취재에도 긍정과 부정을 동시에 취재해서 객관적 태도를 작가 연구자는 견지해야 한다.

帖) 등 지금까지 공개되지 않았던 유물 등 21점을 18일 군청소회의실에서 공개한다고 15일 밝혔다. 이 유물은 강진군이 29일부터 한 달 동안 열리는 청자문화제 다산유물특별전에 전시하기 위해 다산의 후손 등 소장가에게서 빌려 왔다. 이번에 처음 공개되는 유물은 다산의 친필 요조첩(窈窕帖)과 편지, 사경첩(四景帖), 지도 등 13점이다. 특히 요조첩은 다산의 제자인 윤시유가 재혼할 때 지인들이 축하의 시를 지어 준 것으로 다산은 모두 5장 가운데 마지막 장을 썼다. 다산은 윤시유가 상처(喪妻)한 지 3년 안에 재혼을 금지한 제도와 자녀 양육 등 현실적 어려움 사이에서 고민하는 것을 시에서 표현해 눈길을 끌고 있다. (≪동아일보≫, 2005. 7. 16).

31) 6일(2005년 2월)은 윤동주 시인(1917-1945)의 순절(殉節) 60주기가 되는 날이었다. 이 날을 전후해 국내외에서 다양한 추모 행사가 이어진 가운데 16일 호주 시드니 한인회관에서도 뜻 깊은 추모 행사가 열렸다. 호주 한인문인협회와 시드니 우리교회, 호주 동아일보사가 공동 주관한 <윤동주 60주기 추모 문학제>에는 윤동주의 3남 1녀 형제자매 주 유일한 생존자인 여동생 윤혜원 씨(82세)가 참석했다. 북간도 룽징(龍井)에서 초등학교 교사를 지냈던 윤씨는 1948년 12월 중국 공산당의 기독교 탄압을 피해 귀국하면서 고향집에 남아 있던 윤동주 시인의 초 중기 작품 원고와 사진을 가져와 윤동주의 시세계가 국내에 더욱 풍성하게 알려지는데 결정적 역할을 했다. 그러나 윤씨는 그 동안 "공연한 말로 그의 '티 없는 초상'을 훼손시켜서는 안 된다"며 언론과의 인터뷰를 피해왔다. 남편 오형범 씨(82)와 함께 1986년부터 시드니에 정착해 살고 있는 윤씨는 올해부터 생각을 바꿔 본인만 알고 있는 비화들을 털어놓기 시작했다. 윤씨는 이날 행사에서 "동주 오빠 방의 책꽂이에 꽂혀 있던 노트 3권을 아버지의 권유로 가져왔는데, 당시엔 그 노트에 담긴 시들이 그렇게 중요한 것인지 몰랐다."고 회고했다. 이날 생애 처음으로 오빠의 대표시 「서시」를 공개 낭송한 윤씨는 "앞으로 동주 오빠에게 얽힌 재미있는 일화들을 공개하겠다. 그건 동주 오빠의 시 중에서 밝은 내용의 시들을 이해하는 데 큰 도움이 될 것"이라고 말했다. 윤씨는 "오빠는 늘 과묵했지만 유일한 여동생인 나에게는 무척 짓궂었다."며 오빠의 장난기를 털어놓기도 했다. 한편 이 날 강사로 초청된 『정본 윤동주 전집』의 저자 홍장학 씨는 강연을 통해 "그 동안 윤동주 삶의 비극성에 얽매여서 정작 그의 시 읽기에 소홀하지는 않았는지 반성해야 한다."면서 "60년의 긴 세월이 흘렀으니, 이젠 그의 시가 제대로 자리매김될 수 있도록 해주어야 한다."고 말했다.(≪동아일보≫, 2005년 2월 18일, 시드니 윤필립 재호주 시인).

3. 1. 인터뷰의 양면성

인터뷰는 항상 양면성을 지니게 된다. 왜냐하면 작가를 바라보는 시각차가 있기 때문이다. 『김수영평전』을 쓴 최하림은 김수영이 술을 먹은 뒤, 시와 문학에 대해 이야기를 한다는 쪽과 이야기를 전혀 하지 않았다는 정반대의 견해를 기술하고 있다.

> 평생 좋은 관계를 유지했던 김종삼(金宗三)은 '그는 한 번도 나와 시에 관해 논한 적이 없다'고 말했다. 술자리에서 시나 문학을 이야기하기 싫어한다는 것이다. 박태진(朴泰鎭)의 증언은 그와 다르다. 그들은 그때(그가 영국으로 가기 전에) 오든이라든가 스펜더를 비롯한 영국 시인들에 대해 늘 진지한 토론을 벌였으며 『새터데이 리뷰』, 『엔카운터』 신간 외국 문학 서적들을 나누어 보았다고 했다.
>
> — (최하림, 「시인들 다시 병동으로」, 『김수영평전』, 실천문학사, 2001, 261~162쪽)

위의 인용은 김수영의 문단 생활의 양면성을 보여 준 한 예이다. 이러한 양면성 문제에 대해서 김종삼(金宗三)과 박태진(朴泰鎭)[32]의 인터뷰를 통해 김수영의 양면성이 그의 시와 어떤 관련이 있는지를 밝히는 것도 작가 연구의 태도이다.[33] 그러나 최하림은 김수영의 이런 태도를 이해할 수 있는 내용을 보충 설명하지는 않았다. 필자는 김수영의 이와

---

32) 박태진, 「시인 박인환」, 『세월이 가면』, 근역서재, 1982, 82~90쪽. 박태진은 장인(丈人)의 힘으로 김수영에게 대구 미군 수송 부대의 통역 일자리를 부탁했다. 이 때 박인환이 김수영을 박태진에게 소개했는데 그는 극동해운(極東海運) 공사에 직장을 얻었을 때였다. 이 때를 박태진은 '인환과 수영의 사귐은 더 오랬고, 더 가까웠던 것 같다'(84~85쪽)고 회고했지만, 최하림은 『김수영 평전』에서 김수영과 박인환의 사이가 나빴다고 했다.

33) 김수영의 시에는 <아내>에게는 성(性)의 경멸과 모욕의 시어를, <엘리트·상류사회·레이디>인 미인에게는 이런 표현을 쓰지 않았다. 이는 그의 시에 나타난 양면성의 표현이라 할 수 있다.(졸고, 「김수영론 - 반지성의 감각」, 『한국 현대시의 탐색』, 역락, 2001, 55~73쪽). 이런 양면성의 원인을 아내의 비도덕적인 생활에서 찾을 수도 있다.

같은 태도를 그와 유사한 일화를 통해 유추한다면 다음과 같은 이유이
리라 판단된다.

> 술에 취하면 그렇게 감정의 끝을 달리는 김수영이지만 싫어하는 사람
> 이나 낯선 사람들 앞에서는 좀체 자신이 모습을 드러내지 않았다. 이야기
> 도 사람에 따라 달랐다. ……중략…… 술 매너도 그랬다. 술기가 오르기만
> 하면 목소리가 커지는 그였으나 안수길 앞에서는 무릎을 꿇을 정도로 정
> 중했다. 이병기에 대해서도 몇 번이고 풍도와 멋이 있는 사람이라고 했다.
> 그러나 싫어하는 사람에 대해서는 선후배를 가리지 않고 우라질 놈, 개놈
> 의 새끼라고 욕설을 퍼부었다.
>
> — (「시인들 다시 병동으로」, 『김수영평전』, 261~162쪽)

위의 인용에서 보듯이 김수영이 소설가 안수길과 시조시인 이병기에
게는 공손한 예를 갖추었다고 하는 것으로 보아 '평생 좋은 관계를 유
지했던 김종삼'에게도 마찬가지로 예의를 다했다고 볼 수 있다. 아마도
한국문학사에서 큰 작가에게는 자신의 문학적 소양을 낮춘 것이 아닌
가 한다. 물론 이들이 갖고 있는 인간적 수양 또한 큰 그릇이 되기 때
문이라 볼 수 있다. 또 김수영은 '싫어하는 사람이나 낯선 사람들 앞에
서는 좀 체 자신의 모습을 드러내지 않는다'고 한 점으로 보아 꽤 성격
이 까다롭다고 할 수 있을 것이다. 이러한 김수영의 이중적인 태도는
주변 인물들에 대한 인터뷰의 필요성을 의미하는 것이다.

필자는 『송욱평전』에서도 송욱의 인간성에 대해 상반된 견해를 보여
준 불문학자 정명환과 소설가 이호철을 인터뷰한 내용을 적었다. 물론
이들 시각차는 송욱을 바라 본 관점의 차이이지만, 결국 송욱의 행동에
서 비롯되었다는 점에서 정신분석학적 작가 연구가 필요한 것이다. 정
명환은 송욱을 학자로서 철저한 학문적 자세를 높이 평가했고, 이호철
은 그의 학력 콤플렉스에 대한 송욱의 지나친 엘리트 의식에 대해 부정

적 평가를 내린 것이다. 이런 점 때문에 작가 연구자는 특정의 내용에 대해서 주변 인물의 인터뷰와 자료를 통해서 냉철하고 객관성 있는 입장을 견지해야 한다.

작가에 대한 본격적인 연구는 작가 사후에 이루어지는 것이 대부분이다. 따라서 대상 작가 생전의 인터뷰는 작가 전기에 중요한 부분을 차지한다.[34] 그렇지 못할 경우 작가 주변의 여러 부류 사람들을 만나 인터뷰를 해야 한다.[35] 다행히 작가와 같이 생활했거나 많은 시간을 할애했던 사람이라 하더라도 문학사적으로 가치 있는 작품을 보는 안목이 부족하다면 이들을 인터뷰해도 연구자의 어려움이 따르게 된다.

작가 연구에서 인터뷰는 중요한 부분이다. 그러나 반드시 유족이나 주변의 인물들이 적극적으로 인터뷰에 응해 주지는 않는다. 『전혜린 평전』을 썼던 이덕희는 전혜린의 많은 친지들과 벗들이 모두 생존해 있다는 이점에도 불구하고 이들에 대한 인터뷰를 제대로 할 수 없었다. 특히 "유족들이 다 살아 있다는 사실은 <진실의 기록>에 한계점이 된다는 불리한 점도 있다. 특히나 이번 경우처럼 유족들의 협조를 전혀 기대할 수 없었을 땐 여간 힘든 작업이 아니었다."고 한 것을 볼 때, 유족의 인터뷰를 할 수 없는 상황이 생길 수도 있는 것이다. 이덕희는 주변 인물들의 인터뷰 거절과 비협조 때문에 집필의 어려움이 많았다고 한다. 때문에 작가는 전혜린의 일기나 작품을 중심으로 기술할 수밖에 없었다.

유족들이 인터뷰를 거절할 때도 있지만 유족들을 어떤 이유에서든 찾지 못할 수도 있다. 가령 납월북 작가의 경우는 남북 이데올로기 때

---

34) 강은교, 『시에 전화하기』, 문학세계사, 2005.
   김광일, 『우리가 만난 작가들』, 현대문학북스, 2001.
35) 가령 『휴전선』의 박봉우 경우는 그의 곁에 오랫동안 있었던 백학기의 증언(「내 가슴에 남아 있는 天下의 박봉우」, 제33회 ≪신동아≫ 논픽션 공모 우수작, 1997. 12)은 작가 연구에 도움이 되는 예이다.

문에 유족들이 신분을 숨겨야 하는 경우도 있다. 이때 연구자는 이들을 찾아 작가의 전기 혹은 문학사의 숨겨진 이면들을 취재할 수도 있기 때문에 이들의 인터뷰는 필요한 것이다.[36] 김학동은 정지용을 연구하면서 그동안 정지용과 그의 온 가족이 월북해 있는 줄로만 알고 있었지만 계속 추적해 1982년 초에 그의 유족을 찾았다. 그래서 "그의 유족과의 면담에서, 그동안 정지용에 대하여 유포된 소문뿐만 아니라, 논문 및 기타에서 논의되어 이미 정설로 정착 단계에 있었던 내용과는 판이한 사실들을 발견할 수 있었다."[37]라고 하였다. 이처럼 작가의 유족 인터뷰는 작가 연구에서 결정적인 단서를 발견할 수 있다. 물론 작가 연구는 "유족측이 한 말을 액면 그대로 받아들인다는 것은 물론 아니다. 원래 작가의 연구란 이런 사실들을 종합하여 어디까지나 객관적인 입장에서 기술"[38]해야 한다는 점을 간과해서는 안 된다.

대상 작가가 작고한 경우에는 유족들을 통해 작가의 생활면을 취재할 수 있다. 다행히도 대상 작가에 대한 모든 자료를 유족이 갖고 있을 경우에는 빠른 시일 내에 대상 작가에 대한 자료를 모을 수 있다. 그러나 유족의 생사를 모를 경우, 그 생사 확인 여부에 따라 새로운 자료와 증언이 나올 수 있다. 따라서 유족에 대한 생사 여부의 확인도 작가 연구의 한 몫이다. 최근에 백석 시인의 행방과 유족의 생사 여부가 확인되어 백석 연구에도 좋은 자료가 되었다.[39] 또한 만해 한용운의 자손들

---

36) 민촌 이기영(1895~1984)은 월북작가이면서 「고향」의 대표작을 남겼다. 이데올로기 때문에 문학사에 묻혔으나, 그의 차손(次孫) 이성렬이 그의 삶과 문학을 추적했다(『민촌 이기영 평전』, 심지, 2006). 이성렬은 이 책에서 민촌 작품과 실재한 가족사와 일치함을 밝혔다(28쪽).
37) 김학동, 『정지용연구』의 <서문>에서, 민음사, 1987.
38) 김학동, 『정지용연구』의 <서문>에서.
39) 일제 시대 정지용에 버금가는 토속적인 서정시로 명성을 날렸던 민족 시인 백석(본명:백기행). 1963년을 전후해 북한에서 사망한 것으로 추정됐을 뿐 미스터리로 남아 있던 백석의 북한에서의 행적이 처음으로 공개됐다. 90년대 중반부터 중국과 일본을 돌며 백석의 행적을 취재했던 소설가 송준 씨(39세)는 백석의 미망인 이윤희 씨(생존 76세)와 장남 화제 씨가 1999년 2월 중국 조선족을 통해 보내 온 서신과 말년의 백석 사진 두 점을 최근 공개

이 북한에 있다는 사실도 만해 연구에 큰 전기가 될 것이다.[40] 이들에 대한 인터뷰는 반드시 이루어져야 작가에 대한 연구가 풍부하면서도 다각도로 이루어졌다고 할 수 있을 것이다.

3. 2. 인터뷰의 대상 선정

작가와 가장 가까운 사이의 인터뷰라 하더라도 모든 것을 신뢰할 수는 없다. 이상화(李相和), 이장희(李章熙), 백기만(白基萬), 이근상(李根庠)을 6년 동안 연구한 이기철은 "늘 증언하는 사람들의 말들은 일치하지 않았고 당해 작가와 가장 가까운 사람의 말이 가장 애매하고 어려움을 줄 때가 많았다."[41]고 했다. 필자도 송욱을 연구하면서 가까운 사람들의 인터뷰가 상반되는 경험을 했다. 필자가 앞에서도 언급했지만 정명환과 민석홍의 경우가 그렇다. 이들은 송욱과 상당히 가까웠던 사이었지만 개인적 생활에서 느낀 점 때문에 정반대의 시각을 보여 주었던 것이다.

했다. 이에 따르면 백석은 1963년 북한 협동 농장에서 51세로 사망한 것으로 국내에 알려진 것과는 달리, 압록강 인근인 양강도 삼수군에서 농사일을 하면서 문학도들을 양성하다가 1995년 1월 83세의 나이로 세상을 떠난 것으로 밝혀졌다.(≪동아일보≫, 2001년 5월 1일).

40) 만해 한용운(1879~1944)의 아들 보국(保國) 씨가 월북해서 낳은 후손 5명이 현재 북한에 살고 있는 것으로 전해졌다. 한용운은 그 동안 슬하에 외동딸 한영숙 씨(68세, 경기 고양시)만 둔 것으로 알려져 왔다. 이 같은 사실은 평양시 중구역 보통문동에 살고 있는 한명심 씨가 북한 신문 ≪통일신보≫ 2001년 12월 29일자에 기고한 수기를 통해 밝혀졌다. 한씨는 수기에서 "할아버지(만해)는 창씨개명을 거부한 채 자녀를 일본 학교에 보내지 않고 집에서 직접 가르쳤다"며 "아버지의 이름도 몸 바쳐 나라를 보위하라는 뜻에서 '보국'이라고 지었다"고 말했다. 한씨에 따르면 보국씨도 여러 차례 옥살이를 했고 광복 후 충남 홍성군 건국준비위원회 부위원장 및 군인민위원회 위원장으로 활동했다. 『한용운 평전』을 펴낸 바 있는 시인 고은 씨도 "만해가 출가 전 본처와의 사이에서 아들을 한 명 두었으나 1·4 후퇴 때 월북한 것으로 알고 있다"고 말해 한씨의 주장을 뒷받침했다(≪동아일보≫, 2002년 1월 16일, 김형찬 기자, khc@donga.com). 이동순은 한보국 씨에 대해 "한국 전쟁의 소용돌이 속에서 좌익으로 활동하다가 불행하게 세상을 떠나고 말았다."(「한용운·만해를 일으켜 세운 네 여성」, 『시와 시인 이야기』, 월인, 2001, 12쪽)고 언급했다.

41) 이기철, 『작가 연구의 실천』의 <책머리에>, 8쪽.

가까운 사이일수록 대상 작가에 대해 대개가 긍정적 가치만을 언급하는 경우가 많다. 윤동주 문학에서 그의 동생 윤일주의 증언이 중요하게 다루어져 왔다. 그러나 그의 증언에서 윤동주 문학 연구에 중요한 역할을 담당했던 좌익 강처중에 대한 인터뷰를 언급하지는 않았다. 『윤동주평전』의 저자 송우혜는 이를 밝혔다. "혹시라도 강처중과의 인연이 형님의 이미지에 만의 하나 부정적인 영향을 끼치게 될까봐 염려하여 더 이상 자세하게 강처중에 대해서 언급하는 것 자체를 꺼렸다."[42]고 밝혔다. 이처럼 작가 연구자는 인터뷰 대상에 대한 검토와 조사를 게을리해서는 안 된다.

인터뷰 자료 조사는 1회에 끝내는 것보다는 여러 번 할 필요성이 있다.[43] 왜냐하면 증언자의 판단 착오와 당시의 기억의 오류가 있을 수 있기 때문이다. 민족 저항 시인인 윤동주와 함께 옥사한 고종 송몽규에 관한 증언자들의 착각을 새롭게 취재해서 <개정판> 『윤동주평전』을 출판한 데서도 그 이유를 찾을 수 있다.[44] 또 작가에 대한 인터뷰는 작가 주변의 여러 인물들을 대상으로 하는 것이 좋다. 왜냐하면 작가가 개인적 취향이나 성격, 혹은 자신의 문학적 혹은 개인적 행위를 노출하지 않고 가까이 지낼 수 있기 때문이다.[45]

---

42) 송우혜, 「시인윤동주지묘」, 『윤동주평전』, 387쪽.

43) 독일의 대문호 괴테의 말년을 곁에서 지켜본 요한 페터 에커만(1792~1854)이란 무명 시인은 1823년부터 1832년까지 무려 1천 회 가까이 그를 찾아 대화를 나눈 뒤, 그 내용을 꼼꼼하게 기록하여 『괴테와의 대화』(박영구 옮김, 푸른숲, 2000)라는 책을 썼는데, 이는 괴테의 문학과 삶을 이해하는데 중요한 인터뷰의 자료 조사의 한 본보기이다. 그래서 이 책은 주변 인물에 대한 대상 작가의 취재의 한 본보기를 보여 준 수작이라 할 수 있다.

44) 송우혜, 「송몽규의 자수설은 사실인가」, 앞의 책, 307쪽과 「송몽규의 무덤은 이렇게 찾아졌다」, 357쪽 참고

45) 가령 이육사의 시문학을 이해하기 위해서는 그의 지사적 풍모와 조선 독립이라는 시대적 열망이 전제되어야 한다. 이럴 경우 그와 가장 가까이 지냈던 신석초를 인터뷰할 경우, 육사에 대해 상당 부분 모르고 있을 수 있다. 왜냐하면 이육사와 신석초는 만 10년 동안 사귐이 꾸준히 계속되었지만, 전혀 육사의 행적을 알 수 없었고, 자신의 행적을 육사가 철저히 숨겼기 때문이다(조용훈, 「Ⅱ. 시인 신석초」, 『신석초연구』, 역락, 2001, 230~233쪽).

그리고 작가 주변의 인물 가운데 작가가 아닌 평범한 직업에 있는 사람들도 많다. 이럴 때 주변 인물의 직업이나 학력, 작가를 이해할 수 있는 정도의 정보를 가지고 있느냐의 여부에도 신경을 써야 할 것이다.46) 이상의 경우, 이상의 누이라 하더라도 당시의 시대 상황이나 건축에 대한 전문적 식견의 부족으로 이상의 건축 설계에 대해 지나치게 평

그래서 작가 연구 시에는 작가 주변에 대한 여러 인물들을 인터뷰해야 하는 것이다. 물론 이 두 시인은 이미 한국시사의 비명(碑銘)으로 남았기 때문에 인터뷰의 대상이 될 수 없지만 필자가 편의상 인용한 것이다.

46) 원로학자 김용준(金容駿·78) 고려대 명예교수가 춘원 이광수(春園 李光洙)와 인촌 김성수(仁村 金性洙)가 자신의 삶에 끼친 영향을 토로하는 글을 계간 ≪철학과 현실≫ 가을호에 썼다. 김 교수는 '나의 젊은 시절'이라는 회고문에서 춘원에 대해 "나를 충직한 황국신민으로부터 한국 사람으로 만들어 줬다"고 고백했다. 인촌에 대해서는 "고려대 교수로서 한평생을 마치게 된 것도 인촌 때문이며 지금까지 고려대 교수였음을 후회해 본 적이 없다"고 토로했다. 1927년생인 김 교수는 일제강점기 창씨개명을 했고, 황국신민선서를 외우며 "천황폐하의 적자(赤子)로서 천황폐하를 위해 내 생명을 새털과 같이 바치는 일이야말로 남아로서 가장 보람 있는 삶이라고 철석같이 믿고 있었다"고 고백했다. 그는 그때 이광수의 소설을 읽으면서 황국신민의 세계와 어딘가 분명히 다른 세계가 있다는 것에 눈을 떠 "일본어 일기 외에 한글 일기를 쓰게 됐다"고 밝혔다. 그는 "춘원 이광수를 친일문인 운운하며 매도하는 신문기사를 대할 때마다 아무리 그렇더라도 나는 춘원을 나무랄 수 없다는 생각을 하곤 한다"며 자신의 스승인 사상가 함석헌(咸錫憲)의 '육당(六堂) 춘원의 밤은 지나가다'는 글을 인용했다. 춘원보다 10년 아래였던 함석헌은 이 글에서 육당 최남선과 춘원은 "민족을 위해 슬프게 힘있게 우렁차게 울었던 사람들"이라며 "그들이 내처 힘 있게 울지 않고 중도에 그 소리가 막혀 버린 것은 이 민중의 역량이 그것뿐이기 때문이며 하나님의 이 민족에 대한 심판"이라고 안타까움을 토로했다. 김 교수는 또 6·25전쟁 이후 함석헌의 스승인 다석 유영모(多夕 柳永模)를 통해 인촌을 알게 됐다며 "좀처럼 남을 칭찬하는 일이 없었던 유 선생님이 한 강좌에서 장장 2시간에 걸쳐 인촌이라는 인물에 대해 말하시면서 극구 칭찬하셨다"고 회고했다. 김 교수는 1965년 미국에서 학위를 마치고 교수가 될 때 "고려대를 택한 것은 바로 다석이 심어준 인촌의 모습 때문이라고 감히 말할 수 있다"고 밝혔다. 김 교수는 고려대 교수로 박정희 정권 때와 전두환 정권 때 두 차례나 해직됐지만 "그래도 지금까지 고려대 교수였음을 후회해 본 적은 없다"고 덧붙였다. 김 교수는 진보 학술단체인 민족문제연구소와 친일인명사전 편찬위원회가 지난달 29일 '친일인명사전'에 수록할 1차 명단 3090명을 발표한 뒤 일고 있는 선정 기준의 편파성 등을 꼬집으려는 듯, '세상이 들고일어나 그를 칭찬해도 우쭐하지 않았고, 세상이 들고일어나 그를 비난해도 저어하지 않았다(거세이예지이불가권 거세이비지이불가저·擧世而譽之而不加勸 擧世而非之而不加沮)'라는 『장자(壯子)』「소요유(消遙遊)」 편의 글을 평생의 좌우명으로 삼고 있다는 말로 글을 맺었다(≪동아일보≫, 2005년 9월 7일).

가한 것을 볼 수 있다.

> 김옥희의 진술로는 이상의 설계가 중요한 청사 건립에 이바지했다고
> 하는데 그것은 그의 설계도 입안이 단독으로만 통과될 수 없는 실정을 고
> 려하면 약간의 회의가 생긴다. 특히 경성제대 예과 건물이 그의 설계에
> 의해 세워졌다는 것은 이미 1924년의 예과 개설, 1926년의 의학부, 법문
> 학부 개설로 본다면 시기가 맞지 않는다.
> ― (고은, 「김해경-이상의 전신」, 『이상평전』, 청하, 1980, 143쪽)

물론 작가의 부정적 모습을 드러내어 인간적 면모를 깎아내리는 것
이 작가 연구자의 올바른 태도는 아니다. 그러나 유족의 인터뷰라하더
라도 냉철한 자료 분석을 거쳐야 하는 것이다.

인터뷰 대상을 찾지 못할 경우, 작품의 <서문>이나 <발문>을 쓴
인물들을 찾는 것도 한 방법이다. 이들이 생존해 있을 경우 작가 연구
에 있어 귀중한 인터뷰 대상이다. 그래서 저작물에 대한 자료 조사는
선행되어야 한다. 필자는 『송욱평전』을 쓰는 동안 『문학평전』(일조각,
1969)의 <서문>에서 송욱이 13살 때 이원섭과 함께 이광수를 방문했던
사실을 찾을 수 있었다. 그리하여 그와 경기중학 동기동창인 이원섭 시
인을 만날 수 있었다. 그를 만나 당시의 춘원의 생활과 송욱의 의식, 춘
원에 대한 송욱의 비판적 시각 등을 인터뷰할 수 있었다.[47]

작가 연구를 하는 동안 저작물의 자료 조사에만 의존할 경우, 작가
연구에는 한계가 있다. 대상 작가의 작품에 대한 지면상 내린 평자들의
평가들이 수정되었을 수도 있다. 물론 지면상 수정되었다면 문제는 없
을지 모르나, 평자들의 새로운 시각 변화 때문이거나 발표 기회를 갖지
못해서 수정하지 못한 이유일 수도 있다. 그래서 대상 작가에 대한 평
가를 내린 평자들의 인터뷰는 새로운 사실과 작가 연구에 필요한 어떤

---

47) 졸고, 「일본 유학과 민족 의식」, 『송욱평전』, 31~38쪽.

단서를 제공해 줄 수도 있다. 필자가 1960년대 송욱 시를 감상적 수준의 작품으로 평가했던 염무웅의 비평 담론을 바탕으로 염무웅에게 인터뷰했을 때에는 송욱에 대한 평가를 다소 완화하여 표현하였다. 그러나 염무웅은 그의 비평집 『모래 위의 시간』(작가, 2002)에서 그대로 전재해서 출판했다. 물론 이는 그의 비평 문학적 궤적이기 때문에 그대로 실린 것이라 판단된다.

인터뷰 자료 조사의 경우에 주의할 점은 녹음, 필요에 따라 사진 촬영도 해야 한다. 대상 작가에 관한 정보를 제공받은 이후에 집필하기 때문에 쓰는 동안에 순간 판단의 오류가 발생할 수도 있다. 청취의 잘못을 고려해 종합적으로 판단하려면 녹음은 중요한 것이다. 녹음은 자료의 신뢰성과 객관성을 확보할 수 있다. 또한 새로운 사실이 나왔을 때 비교 분석의 자료로 삼을 수도 있다. 인터뷰가 여의치 않을 때, 가끔은 작가들의 강연 초록들이 책으로 출판될 경우가 있다.[48] 이때 이 자

---

48) 고려대 불어불문학과 김화영 교수는 2002년 가을부터 스물네 명의 문인들을 서울 대학로 문예진흥원으로 초청해 <금요일의 문학 이야기>라는 문학 토크쇼를 청중 앞에서 가졌다. 그는 그때 나눴던 이야기들을 녹음해 두었다가 새로 펴낸 책 『한국문학의 사생활』(문학동네)에 고스란히 담아냈다. 그는 당시 한 번에 두 명씩 짝을 지어 문인들을 초청했다. 김춘수-고은, 황지우-이인성, 하성란-윤대녕 씨 같은 이들이다. 대표적인 문학평론가인 김 교수는 "나로서 우리 문단에서 가장 중요하다고 생각하는 이들 가운데 썩 잘 어울리거나, 아주 대조적인 사람 둘씩을 모셨다"며 "가령 이청준-이승우 씨를 초청한 것은 내로라하는 진지함을 가진 작가 두 사람을 꼽은 결과였다"고 말했다. 불러놓고 보니 두 사람은 고향이 모두 전남 장흥이었고, 이승우씨는 『소문의 벽』 같은 이청준 씨의 작품들을 교과서처럼 여기면서 수십 번씩 들여다봤음이 드러났다. 김 교수는 "문학작품이 나오면 사회적 맥락이나 내적 구조처럼 딱딱한 걸 분석하는 건 평론가들 몫"이라며 "초청된 문인들한테서 책은 몇 권 팔렸느냐, 상금은 어디다 썼느냐, 그 이야긴 어떻게 떠올렸느냐, 하는 시시콜콜한 (그러나 사실 중요한) 이야기들을 꼬치꼬치 물어봤다"고 말했다. 그의 그런 의도 덕분이었는지 이 책을 읽고 있노라면 시인과 소설가들이 주인공으로 나오는 일일연속극을 보는 듯하다. 2인조 코미디언 같은 성석제-심상대 씨의 능청스러우면서도 화려한 입심들에 배를 잡고 킬킬대다가, 이문열-김원우 씨가 주머니 속을 뒤집듯 털어놓은 대조적인 창작법을 읽으면서는 신기한 느낌마저 든다. 김 교수는 "'문학의 사생활'이지 '작가의 사생활'은 아니라서 스캔들이나 비리 폭로 같은 건 다루지 않았다"며 웃었다. 그는 "개인적으로는, 구미호 소설을 쓰고 있는 하성란 씨가 캄캄한 방에 혼자 앉아 여우처럼 팔다리를 말면서 '지금 내가 여우

료를 참고로 하면 된다.

4. 답사와 작가의 행적(行蹟)

대상 작가가 국내뿐만 아니라 해외에서 왕성한 활동을 한 경우는 더욱 답사의 중요성이 부각된다. 작가의 해외 문단 활동과 행적이 작품 세계에 영향을 끼칠 수 있다. 물론 작품에 나타난 특정 공간과 지역이 실제 작품 배경이 되었는지를 답사할 수도 있고, 창작의 산실이 될 수도 있기 때문에 작가의 행적 답사 자료는 필요한 것이다.[49] 미처 작품에서 이해하지 못했던 특정 부분을 이해할 수도 있기 때문이다. 답사 자료를 조사하려면 많은 노력을 기울여야 한다. 연구자가 노력한 만큼 자료의 신뢰성과 객관성을 확보할 수 있다.

4. 1. 자료의 고증

『새로 쓰는 이육사 평전』의 저자 김희곤은 안동댐 입구에 세워진 이육사의 시비(1968년 건립)를 답사하여 시비에 새겨진 육사의 생애 부분의

라면 어떻게 할까' 생각하곤 한다고 털어놓은 게 기억에 오래 남는다"고 꼽았다. 그는 "독자들이 문학에 다가설 '뒷문을 열어두자'고 생각해서 펴낸 책"이라며 "녹음을 그대로 받아적은 이야기들을 우선 작가들한테 보내줬는데 '이 대목은 지워 달라'는 요청이 거의 없었다"고 말했다(≪동아일보≫, 2005년 1월 29일, 권기태 기자, kkt@donga.com).

49) 일본 교토(京都) 시내를 북에서 남으로 흐르는 가모가와(鴨川)강은 시인 정지용의 시 '압천(鴨川)'의 무대가 된 곳이다. 시인은 강가를 거닐며 '십리ㅅ벌에 해는 저물어… 저물어…'로 시작하는 '압천'을 지었다. 그를 가장 좋아하던 후배 시인들 중 한 명이 윤동주다. 습작 시절 '압천' 시 옆에 '걸작(傑作)'이라 써 놓았던 윤동주는 청년이 되어 선배가 걸었던 강가를 거닐며 식민지 지식인의 울분을 달랬다. 한국 근대 문인들과 인연이 깊은 교토는 윤동주가 투옥되기 전 생의 마지막을 보낸 곳이기도 하다. 윤동주는 이 곳 도시샤(同志社)대 영문과에서 수학하다 체포되어 결국 고향 땅을 밟지 못했다(≪동아일보≫, 2005년 1월 20일, 교토 허문명 기자).

오류를 지적하였다. 시비 앞쪽에는 그의 대표작 「광야(曠野)」가, 뒷면에는 그를 기리는 글을 청록파 시인인 조지훈이 지었다. 일제 암흑기의 시문학사 한 축이었던 조지훈이 썼기 때문에 독자들은 시비에 새겨진 이육사의 전기적 내용을 그냥 그대로 믿고 있다. 그러나 역사학자답게 김희곤은 중국 현지 답사에서 방증 자료를 찾아 이의 오류를 지적하였다. 그 내용을 인용하면 다음과 같다.

자세히 내용을 뜯어보면, 육사의 행적을 그린 부분에서 그대로 믿기 어려운 부분이 보인다.

> 「육사가 북경의 사관학교와 북경 대학 사회학과를 다녔고 정의부(正義府)에 가입했다.」
> 이 기록을 보면서 모두들 그냥 그대로 받아들인다. 아무리 돌아보아도 육사가 베이징의 사관학교를 다녔을 리도 없고, 베이징 대학의 학적부에서 그의 이름을 확인할 수도 없다.
> — (「1. 평전을 시작하면서」, 『새로 쓰는 이육사 평전』, 지영사, 2000, 15~16쪽)

김희곤은 이육사에 대한 전기적 오류가 특히 "오직 육사의 행적, 특히 독립 운동에 대한 정확한 자료가 없기 때문이고, 그래서 전해지는 이야기를 정리하다보니 그렇게 틀릴 수밖에 없었던 것이다."[50]고 하였다. 한 작가의 생애를 잘못 정리해서 전해진다면, 이육사에 대한 "잘못된 이해는 단지 여행객들에게만 영향을 주는 선에 머물지 않는다. 최근에 만들어진 인터넷 웹사이트에도 이육사의 생애에 대해 잘못된 자료가 그대로 올라 있기도 하다. 초등학생부터 대학생에 이르기까지, 또 문학 소녀부터 주부까지 엄청나게 많은 한국인들이 웹사이트를 방문하는

---

50) 「1. 평전을 시작하면서」, 『새로 쓰는 이육사 평전』, 16쪽.

데, 전달되는 내용에 틀린 곳이 많으니 잘못된 지식이 확산되고 또 확대 재생산되고 있다."[51]는 점에서 연구자의 답사와 자료 조사는 새삼 중요한 몫을 담당하고 있다는 것을 알 수 있다. 작가 전기를 구성하는 데 있어 답사의 필요성이 있지만 작품 자체를 이해하기 위한 답사도 중요하다. 심지어는 시 한 구절을 온전히 이해하기 위해서는 작품 속에 등장한 공간적 배경도 답사할 필요가 있다.[52]

작가의 행적을 통해서도 작가의 생애와 문학을 이해할 수 있다. 그래서 작가 연구자는 답사와 작가 행적을 추적 조사하는 것이다. 김윤식은 그의 역작 『이광수와 그의 시대』를 집필하면서 자료 조사를 위해 일본을 두 번에 걸쳐 답사(1차 답사 : 1969년에서 1970년 사이, 2차 답사 : 1980년)했고, 작가인 이광수의 행적을 추적했다. 책의 <머리말>에는 답사 과정에서 느낀 연구자의 고통과 희열이 역력히 드러나 있다. 이를 인용하면 다음과 같다.

> 조도전 대학 도서관 서고 속의 냄새, 명치학원 구관 앞 은행 나무, 국인형(菊人形)이 전시된 탕도(湯島) 신사, 동경대학 소나무 숲의 송장까마귀 떼들, 붓이 막혀 몇 달을 헤매다가 마침내 이광수의 오른팔인 아부충가(阿部充家)와 왼팔인 삼종제 이학수(운허 스님)를 발견했던 일, 자하문 밖 홍지동 산장 춘원의 옛집 근처를 몇 달을 두고 살폈던 일들.
> — 『이광수와 그의 시대』(1권)의 <머리말>에서

김윤식이 두 차례에 걸쳐 일본 답사를 하면서 특히 '이광수의 오른팔인 아부충가(阿部充家)와 왼팔인 삼종제 이학수(운허 스님)'를 발견한 것은 춘원의 생애와 문학 세계를 이해하는 데 큰 사건이 아닐 수 없다.

---

51) 「1. 평전을 시작하면서」, 앞의 책, 16~17쪽.
52) 이육사의 "까마득한 날에/하늘이 처음 열리고/어데 닭 우는 소리 들렷스랴"의 무대인 '광야'는 어디인가?를 검토한 박호영은 이육사의 고향인 안동군 도산면 원촌리일 것이다고 한다.(「이육사의 <광야>에 대한 실증적 접근」, 《시와시학》, 2001, 96~97쪽).

여기서 이광수와 관련하여 아부충가가 어떤 인물인지를 부언(附言)하면 다음과 같다. 이광수는 중국 천진에서 봉천으로, 다시 압록강을 거쳐 선천에 이르는 동안 이동 경찰에 잡혀 신의주로 왔다. 이때 총독부 경무국 고등 경찰 과장 산구(山口)의 명령으로 석방되어 1921년 3월 쯤 귀국했다. 이광수가 자연스럽게 석방되면서 귀국할 수 있었던 것은 당시 ≪매일신보≫ 및 ≪경성일보≫ 사장 아부충가(국민신문사 기자 출신)의 소개장을 갖고 갔기 때문에 이광수가 비교적 자유로웠던 것이다.[53] 이처럼 이광수는 현실의 '타산적인 처세술'에 능했던 인물이다. 아마도 이러한 '타산적인 처세술'은 그의 친일적 행위와 문단 활동과 무관한 것이 아니다.

또 삼종제 이학수를 떠나서는 이광수를 바로 알기 어렵다. 왜냐하면 이광수의 생애에서 이학수의 존재는 '보이지 않는 지주'였기 때문이다. 이광수가 정신적 위기에 놓일 적마다 그의 고해승과도 같은, '기댈 수 있는 곳'이 이학수였다. 이학수에 대해 좀더 구체적으로 소개하면 다음과 같다.

> 우리는 춘원의 작품에서 몇 번 이 삼종제 이학수, 운허라는 법호를 지닌 용하의 스님을 만날 수 있다. 춘원이 유일하게 믿던 신념이자 이데올로기이자 거점이던 도산의 체포·수감으로, 또 차남 봉근의 죽음으로 삶의 절벽에 부딪쳤을 때 운허가 나타나 법화경 한 질을 몸소 져다 주었고, 1940년 3월 그러니까 동우회 사건 계류 중이자, 친일파의 패를 차고 나서기를 시작했을 무렵 홍천사(興天寺)에 머문 춘원을 운허가 찾아와 주었고, 해방 후 친일파로 지탄 받을 때 봉선사 주지이자 광동학교 교장이던 운허가 춘원을 학교 교원으로 채용하였다 ……중략…… 춘원 문학을 검토하고 춘원의 생애를 살피면 운허 법사의 그림자가 점점 크게 부각됨을 우리는 느끼지 않을 수 없다.　　— (김윤식, 『이광수와 그의 시대』(1권), 56쪽)

---

53) 김윤식, 「귀국-아부충가와의 관계」, 『이광수와 그의 시대』 ②, 한길사, 1986, 675쪽.

위의 인용에서 보듯이 김윤식은 이광수를 연구하기 위해서 아부충가와 이학수를 찾았다. 이들과 이광수의 행적을 통해 그의 문학 세계를 이해하려는 연구자의 노력을 읽을 수 있다. 이처럼 작가의 행적을 찾으면 작가와 작품을 폭 넓게 이해할 수 있다.

4. 2. 작가의 정서

특정 지역의 답사를 통해 작가에게 영향을 미친 민족성, 전통성, 그리고 그 지역만의 독특한 정서를 발견해야 한다. 그리고 작가의 고향, 유학, 학력 정도, 성장 과정의 장소 등과 같이 특정 지역과 관련한 정서도 읽어야 한다.

이육사는 고향이 경북 안동이다. 이 지역이 이육사에게는 어떤 의미 있는 문학적 공간임을 알 수 있다.

> 독립운동사의 첫 장(1894년 갑오의병)이 열린 곳이 안동이요, 가장 많은 독립유공포상자(260명 정도:2000년 현재)를 배출한 곳도 안동이며, 1910년을 전후하여 가장 많은 자결 순국자(55명 가운데 10명)를 배출한 곳도 안동이다. 이러한 강직한 저항성이 퇴계 학통 속에서 나왔는데, 그가 곧 퇴계의 후손이요, 그러한 정신이 가득한 원촌 마을 출신이었다. 그 전통에서 꺾이지 않는 그의 기개가 나온 것이다. 그의 문학적 기질도 역시 퇴계 학통의 연장으로 이해할 수 있다. 전통적인 퇴계 학맥이 이어져 오다가 근대 신학문과 만나는 시기에 새로운 장르의 문학이 자리잡게 되고, 전통 한문학과 신문학이 만나는 접합점에 그가 서 있었다. 그래서 전통에 바탕을 둔 문학이 그의 손에 의해 꽃 피게 된 것이다.
>
> — (「백마 타고 온 초인」, 『새로 쓰는 이육사 평전』, 223쪽)

위의 인용에서 보듯이 이육사의 문학 세계 가운데 '전통에 바탕 둔 문학'이 이루어지게 된 원인을 그가 태어난 안동 지방의 전통과 관련시켜 설명한 이 논의는 작가 연구에서 출생지의 문화가 그의 문학 세계에 영향을 끼칠 수 있다는 점을 상기시켜 준 것이다. 이러한 예를 송욱 작가와 고향 관계에서도 찾을 수 있다.

> 충남 홍성은 한국시문학의 금자탑이라 할 수 있는 시집 『님의 沈默』(匯東書館, 1926. 5. 20)의 저자 만해 한용운(1879. 7. 12~1944. 5. 9)이 탄생한 곳이다. 그 이전 홍성의 역사적 인물들을 보면, 고려 시대의 최영(崔瑩, 1316~1388), 조선 시대의 사육신인 성삼문(成三問, 1418~ 1456), 청산리 전투의 김좌진 장군(金佐鎭, 1889~1929) 등이 태어난 충열의 고장이다. 충열의 고장인 홍성군 홍성면 오관리(五官里) 417번지에서 송욱은 1925년 4월 19일 태어났다. 홍성군은 충남 중서부에 위치해 있으며, 청산리 전투의 김좌진 장군상과 한용운 선생상, 대원군 척화비가 있을 정도로 애국 선열의 발자취가 남아 있는 고장이다.
>
> — (졸저, 「출생과 작고」, 『송욱평전』, 17쪽)

위의 인용에서 보듯이 충렬의 고장인 충남 홍성의 역사적 배경이 송욱의 문학성과 관련이 있음을 알 수 있다. 가령 1960년대 박정희 군사 정권하의 시대 비판이 그의 대표작 『何如之鄕』(일조각, 1961)에서, 그리고 만해 문학 연구에서 민족 정신과 모국어 사랑을 찾은 것은 그의 출생지인 홍성이 갖고 있는 역사적 배경과 전혀 무관하지 않음을 알 수 있다.

1930년대 민족 공동체 의식과 토속어로 알려진 백석의 고향은 평북 정주군 갈산면이다. 백석의 고향 정서가 작가의 의식에 영향을 미친다는 사실을 찾을 수 있다.

> 백석은 1912년 평안북도 정주군 갈산면 익성동에서 태어났다. 이 '정주'라는 곳은 우리 문학사에서 아주 의미가 깊은 곳이다. 무엇보다도 정주라는 근대 문학의 초기를 담당했던 큰 문인들을 여러 사람 배출했기 때문이

다. 춘원 이광수·김억·김소월이 모두 이곳 출신이다. 그리고 정주는 우리 나라에서 기독교가 아주 일찍 들어와 그 뿌리를 내린 곳 중의 하나이다. 기독교는 곧 서구 정신과 문물의 통로였기에, 정주는 그만큼 개화에 일찍 눈을 뜰 수 있는 사회문화적인 조건을 갖추고 있었던 것이다. 그리고, 정주에는 남강 이승훈이 세운 유명한 '오산(五山)학교'가 있었다. '오산정신(五山精神)'이라는 말이 있을 정도로, 오산은 기독교 정신에 입각한 근대 교육과 더불어 민족 정신을 가르쳤던 민족 학교였다. 이광수와 김억이 이곳에서 학생들을 가르쳤고, 백석과 김소월이 이곳에서 배웠던 학생이었다. 백석은 일곱 살이던 1918년에 오산학교에 입학해, 열여덟 되던 1929년 오산고등보통학교를 마칠 때까지, 10여 년을 오산 교정에서 보냈다.
　　　　─ (한수영, 「전통적 삶의 아름다움을 발견한 근대 시인의 슬픈 초상
　　　　-백석의 『사슴』」, 『소설과 일상성』, 소명, 2000, 282~283쪽)

인용 부분의 다음은 백석이 1930년에 일본 동경에서 기독교 계통 '아오야마(靑山) 학원'에서 영문학을 공부하고 돌아와 함흥의 영생고보에서 학생들을 가르쳤다는 내용이다. 여기서 중요한 것은 백석이 서구 문물과 지식으로부터 이탈하여 민족 서정과 토속적 세계를 이룬다는 점이다.[54] 이는 그가 살았던 정주라는 특수한 지역적 정서가 바탕한 것으로 볼 수 있다. 물론 이 지역의 작가들이 한결같이(춘원은 예외지만) 김억·김소월과 더불어 민족 서정과 토속의 세계를 노래했다는 점에서 공통점을 찾을 수 있는 것이다. 그래서 작가의 출생과 성장 지역의 정서가 작가의 문학 세계와 깊은 관련을 맺고 있음을 알 수 있다. 이를 보여 주

---

54) 이동순, 『백석시전집』, 창작사, 1987.
　　송　준, 『시인 백석 일대기-남신의주 유동 박시봉방』, 지나, 1994.
　　송　준 편, 『백석시전집』, 학영사, 1995.
　　김자야, 『내 사랑 백석』, 문학동네, 1995.
　　김재용 엮음, 『백석전집』, 실천문학사, 1997.
　　졸고, 「백석론-자연, 그리고 혈연의 합일」, 『한국현대시의 탐색』, 역락, 2001, 13~31쪽.
　　이숭원, 「백석의 삶과 문학적 대응 양상 연구-여성과 관련된 작품을 중심으로」, ≪한국시학연구≫(제7호), 한국시학회, 2002, 217~240쪽.

는 한 대목을 김동인과 춘원에게서도 확인할 수 있다.

> 『창조』의 구성원 대부분이 평양과 영변 출신의 소위 서조선인(西朝鮮
> 人)들이었다는 진술에 이르면 평북 정주 출신의 이광수까지를 포함한 서
> 북인으로서의 지역적 우월감이 동키호테와도 같은 동인 특유의 성격을
> 만들었고, 그것이 초기 근대 문학을 선도한 추진력의 하나였음을 목격하
> 게 된다. 평양 출신의 김동인이 정주 출신의 이광수에게 보낸 경쟁 의식
> 역시 이런 뿌리 깊은 지역적 연고와 무관했던 건 아니라고 할 수 있다.
> — (강진호 엮음, <책을 내면서>, 『한국문단이면사』, 깊은샘, 1999)

위의 인용에서처럼 작가의 특정 지역의 성장 과정과 작가 의식은 상
관 관계가 있다고 할 수 있다. 그래서 작가 연구에서 작가의 출생지에
대한 기초 자료 조사가 필요한 것이다(<Ⅲ. 연보의 작성> 참고).

김수영의 일본 체류와 윤동주의 복강 형무소, 전혜린의 독일 유학,
송욱, 이광수, 최남선 등의 일본 유학 등등, 작가들의 문학적 활동에 영
향을 끼친 곳은 답사의 필요성이 있다. 다만 답사가 여의치 않을 경우,
차선책으로 작고 이후 가까이 지냈던 인물과 해외에서 생활했던 이들
의 증언을 취재하여 연구의 자료로 활용해야 할 것이다. 그리고 답사를
통한 자료 보존과 문화 유적의 보존도 함께 해야 한다. 특히 우리 나라
작가들의 생가와 문학 속에 나타나는 공간은 철저히 보존하여야 함에
도 불구하고 이에 대한 인식의 부족으로 작가의 문학성을 훼손하는 예
가 허다한 실정이다.

참고로 답사의 길잡이가 되는 책을 소개하면, 동국대 한국문학연구
소가 엮은 『한국문학지도』(계몽사, 1995, 상권/ 1996, 하권)에는 출신도별로
100여 명의 작가를 답사할 수 있도록 안내하고 있다. 또 강진호가 편집
한 『한국문학, 그 현장을 찾아서』(계몽사, 1997)도 작가 연구를 위한 답사
안내서로 참고할 만하다.

5. 일기, 편지의 내면 심리

일기와 편지는 작가의 심리적 현상을 파악하는데 유용한 자료이다. 그러나 일기와 편지의 자료를 액면 그대로 받아들여선 안 된다. 왜냐하면 상황에 따라 예외적인 표현을 할 수 있기 때문이다. 때로는 작가의 작고 후, 주변 사람들이 작가의 가치에 따라 일기나 편지 등을 수정하여 자료의 가치를 높이는데 악용할 수도 있기 때문이다.55) 그래서 "서한문들을 마치 작가의 진실한 느낌을 표현한 것인 양 사용하는 수도 있다."56)는 점을 연구자는 경계해야 한다.

5. 1. 편지와 작가 심리

『김우진-그의 문학과 삶』(태학사, 1998)을 쓴 양승국은『김우진 전집Ⅰ』(서연호·홍창수 편, 연인과 인간, 2000)에 소개된 김우진의 유언 편지글에 대해 논란을 제기했다.57) 우선 논란이 된 편지글을 인용하면 다음과 같다.

> ① (나는 먼져 어머니 게신속으 / 로 가겠소)
> 진길모 보시오
> 집을 떠나 올 때에는 아모말 없이 온 것을
> 용서해 주시오 여러 말로 기록친 아니 합
> 니다. 다만 원하기는 몸 튼튼하야 진길
> 방한이를 위하야 죠은 어머니가 되어주

---

55) 비근한 예로『世宗御製訓民正音』의 첫장이 분실된 상황에서 사료적 가치를 높이기 위해 첫장을 새롭게 붙여 내놓은 일(정철, 「Ⅲ.2. 원본 ≪훈민정음≫ 보존에 대하여」,『풀이한 훈민정음』, 과학사, 1987, 225~226쪽)을 되새겨 볼 수도 있다.
56) 레온 에델(김윤식 옮김), 「전기 자료와 체험」,『작가론의 방법』, 삼영사, 1983, 108쪽.
57) 2000년 11월 13일 울산대 연구실에서 만남.

> 시오 당신과 갓히 있는 동안에 여러
> 가지 불안하게 한 일을 죠금도 생각
> 치 말고 니져주시기를 빕니다.
>
> ② 000000(낙서해 있음) 六月二十四日 우진

인용된 편지글에 대해 양승국은 김우진의 단순한 편지에 내용을 삽입(필자가 표시한 ① 부분)해서 유서라고 단정한 것에 대해 문제를 제기했다. 삽입된 내용의 필체는 김우진의 것과 거의 유사하다고는 한다. 이 편지의 마지막에 쓰인 날짜가 한 번 지운 상태에서 다시 <六月二十四日>이라고 적혀 있는데, 이는 글씨체가 완전히 다른 점이 유서가 아님을 반증한다는 것이 양승국의 주장이다. 김우진이 자살을 결심한 시점의 문제이기 때문에 이 편지의 중요성이 있는 것이다. 그리고 이 날짜는 김우진이 일본을 건너간 지 얼마 되지 않는 시점이기 때문에 유서라고 인정할 수 없다는 것이 양승국의 주장이다. 이런 양극의 주장이 있는 것을 고려해 보면, 작가 연구자는 일기나 편지에 대해 객관적 검토를 할 필요성이 있는 것이다.

고은은 이상이 동경에서 김기림에게 보낸 편지에 날짜가 분명하지 않는 점을 지적했다. 이것만 예를 들더라도 작가 연구에서 편지(편지 내용은 「동경의 고독과 절망」, 『이상평전』, 청하, 1980, 315쪽 참고)는 반드시 검증이 필요함을 알 수 있다. 고은이 지적한 내용을 인용하면 다음과 같다.

> 1936년 11월 14일자의 편지는 그러나 그의 여행이 그다지 음울한 것이 아님을 문면으로 보아 짐작할 수 있게 한다. 11월 14일이라면 그가 서울을 떠난 것이 11월 17일이므로 분명한 착오가 된다. 그것은 이상의 일자 오기인지, 이상이 서울을 떠난 사실이 잘못된 것인지는 미상일 수밖에 없다. 11월 17일은 물론 그의 가족의 기억에 의한 음력 9월 3일설에 기인한

것이다.

— (고은, 「동경의 고독과 절망」, 『이상평전』, 314쪽)

편지의 내용을 정확하게 검증하는 일은 작가의 생애나 창작 당시의 작가 내면 심리를 엿볼 수 있기 때문이다. 그래서 이런 작가의 내면 심리가 작품에 영향을 끼쳤는지 여부를 가늠할 수 있다. 동시에 작가의 작품 목록 작성과 함께 당시의 사회나 시대 상황을 통해서 작품의 주제를 이해하는데 중요하기 때문이다. 이상의 내면 심리와 그의 문학 연구를 위해 "김기림과 더불어 깊은 인간적, 내면적 유대 관계를 맺고 있었던 이상이 김기림에게 보낸 일련의 사신들을 참고할 필요"[58]가 있다.

> 1930년대 중반 당시 센다이의 동북제대에 유학 중인 김기림에게, 와병 중이던 이상은 무려 7통이나 되는 애절한 사연이 담긴 편지를 띄운다. ≪九人會≫ 회원들 가운데 유독 김기림만이 이상의 참된 동료로 인식되었다는 것, 그리고 동경에 건너간 이상이 죽음 직전까지 애타게 김기림의 방문을 고대하고 있었다는 것 등을 우리는 이 편지를 통해 알게 되거니와, 이들 두 사람은 이제까지 알려진 것 이상으로 서로에 대해 깊은 신뢰와 존경심을 보이고 있었다는 사실을 알게 된다. 이들의 문학 활동이 표면상 각기 다른 방향성을 보이고 있으면서도 모더니즘이라는 공통 분모 속에서 어떤 상관성을 갖는지 추적하는 데 더없이 중요한 자료라고 생각된다.

— (김유중, 「연구 시대와 저작이 편중되어 있다
— 김기림 문학 연구의 문제점」, ≪문학사상≫, 1996. 11, 95쪽)

위의 인용에서 보듯이 한국시사에서 1930년대 모더니즘의 기수였던 이상이 김기림에게 보낸 편지[59]를 통해 이들의 문학적 교류나 문학 세

---

58) 김유중, 「연구 시대와 저작이 편중되어 있다-김기림 문학 연구의 문제점」, ≪문학사상≫, 1996. 11, 94~95쪽.

계를 볼 수 있기 때문에 작가 연구에서 작가가 남긴 편지의 자료 조사
는 귀중한 일의 하나임을 알 수 있다.

일본의 교육 체계 속에서 일본어 시를 썼던 이상이 ≪九人會≫의 정
지용·이태준 등을 만나면서 국어시를 쓰게 된다. 그래서 일문시(日文詩)
보다도 국문시(國文詩)에서 이상 문학의 새로운 점이 발견되는 것이다.
이상 문학에서 보인 국어 파괴력은 1930년대 한국시문학사의 특이 사항
이 아닐 수 없다. 그런 단서를 이상이 김기림에게 보낸 편지에서 확인
할 수 있다.

> 요새 조선일보 학예란에 근작시 「위독」(60)연재 중이오 기능어, 조직어,
> 구성어, 사색어로 된 한글문학 추구시험(追求試驗)이오 다행히 고평(高
> 評)을 비오 요다음쯤 일맥의 혈로(血路)가 보일 듯하오
> -(고은, 「이상 언어의 진수」, 『이상평전』, 240쪽)

이상 문학에서 '국어 파괴력'을 보여 준 한글 문학의 추구 시험, 즉
'기능어, 조직어, 구성어, 사색어'의 특징을 그의 작품에서 보여 주고 있
다고 고은은 설명하고 있다. 이것은 그의 편지를 통해 그의 창작 태도
를 확실하게 밝힌 것이다. 또 이상이 김기림에게 보낸 편지에는 이상이
활동했던 ≪九人會≫의 상황이나 1930년대 경성(京城)의 사정을 잘 알려
주고 있다.(61) 또 이상이 동경에서 죽음 직전에 한상직에게 보낸 편지는

---

59) 편지의 구체적인 내용은 김윤식 엮은 『이상문학전집③』(≪문학사상≫, 1993, 215~240쪽)
을 참고
60) 연쇄시 「위독(危篤)」은 「금제(禁制)」, 「추구」, 「침몰」, 「절벽」, 「백주」, 「문벌」, 「위치」, 「매
춘」, 「생애」, 「내부」, 「육친」, 「자상」 등의 12편으로서 그의 「오감도」 이후의 성숙한 묘사
기능을 보이고 있는 이상 시의 큰 수확이다. 그는 이 작품들을 퍽 중요하게 여긴 흔적이 있
고 이상의 모더니티가 가장 세련되었으며 그에게 늘 붙어 있어야 했던 진술의 현학 취미가
거느린 지적 만행으로부터 떠날 수 있는 의식의 기교를 이상 문학의 정전(正典)으로서 시
도하고 있다.(고은, 「이상 언어의 진수」, 『이상평전』, 241쪽).
61) 고은, 「그의 탈출 그리고 종로 파산」, 『이상평전』, 260쪽 참고

이상의 마지막 암울한 세계를 보여 주고 있다는 점에서 작가 심리를 보여 준 것이다.

"1930년대 전후 한국시사를 究明하기 위해서는 박용철의 저변을 알지 못하고는 거의 불가능할 것으로 판단된다. 고쳐 말해서 박용철에 대한 究明은 당시의 한국시사를 해명하는 일과 거의 일치"[62]한다고 본 김윤식은 일본에서 사귄 김영랑에게 보낸 편지 속에는 박용철의 대표작 「떠나가는 배」(≪시문학≫ 창간호 발표)가 있었음을 적고 있다. 그리고 이 편지에서 박용철의 시론 의미를 해석한 점으로 미루어 볼 때, 작가의 편지는 작가의 문학 세계를 파악하는 한 축이 된다는 사실을 작가 연구자는 중요하게 인식해야 한다. 윤동주가 일본 동경 유학 시절에 강처중에게 보낸 편지 속에는 그의 시 다섯 편이 있었는데, 그 시들은 윤동주 문학을 이해하는데 중요한 대표작들임을 알 수 있다.[63] 그 시제는 「쉽게 씌어진 詩」, 「흰 그림자」, 「사랑스런 追憶」, 「흐르는 거리」, 「봄」 등이다.[64] 이처럼 작가 연구에는 작가가 남긴 편지를 조사하여 검토하는 것이 중요하다.

작가가 남긴 일기는 작가의 문학 경향과 문학 사상을 탐색할 수 있는 단서가 된다. 가령 송욱의 일기에는 이태백과 장자에 관한 것, 율곡, 베르그송과 같은 철학자들에 관한 시인의 단상들이 일기에 씌어져 있다. 이는 시인의 학문 경향과 문학 사상을 탐색할 수 있는 어떤 시적 메시지가 담겨져 있는 것이다. 그의 유고 시집 『詩神의 住所』(일조각, 1981)에 있는 장자와 이태백에 관한 시편들은 그가 남긴 일기와 무관한 것이 아니다. 노천명이 투병 속에서 쓴 일기에는 신앙 생활이 나타나 있다. 그리고 수필 「南行」에서 천주님의 딸로 되돌아갈 마음 가짐이 잘

---

62) 김윤식, 「10. 純粹詩論-박용철론」, 『한국근대작가론고』, 일지사, 1974. 124쪽.
63) 윤동주 시문학에 대한 참고 자료는 권영민이 엮은 『윤동주 연구』(문학사상사, 1995)를 참고
64) 송우혜, 「시인윤동주지묘」, 앞의 책, 378쪽.

드러나 있고, 「바닷가를 찾아서」와 「어느 봄철의 기(記)」에서도 천주님의 품안을 찾아든 그녀의 신앙 생활에 대한 고백을 하고 있다. 여기서도 송욱과 마찬가지로 노천명의 일기와 그의 문학과 관련성을 파악할수 있다.

5. 2. 자작 메모

작가들 가운데 자신의 작품 세계의 변모를 스스로 정리하는 경우는드물다. 그러나 작가가 남긴 유작 가운데 스스로 폐기하거나 남긴 메모에서 이를 찾는 작업도 게을리할 수는 없다. 왜냐하면 이것을 통해 작품의 발표 연대와 작품 세계의 변모를 한눈에 파악할 수 있기 때문이다. 송욱은 자신의 문학 세계를 메모지로 정리해 두었다. 이를 인용하면다음과 같다.

'서울대학교 문리과대학'이 새겨진 가로줄의 레포트 용지에 다음과 같이 적혀 있었다.

시집 『유혹(誘惑)』 1954년, 29세
시집 『何如之鄕』 1961년, 36세
　　　『詩學評傳』 1963년, 38세
　　　『文學評傳』 1969년, 44세
시집 『月精歌』 1971년, 46세
1971~1978, 45세~46세---53세
　　　『東西事物觀의 比較』 1970
　　　『東西生命觀의 比較』 1971
　　　『님의 沈默-全篇解說』 1974
율곡 『聖學輯要』 譯註 또는 解說 豫定 1979
　　　　　　— (「詩神의 住所와 栗谷評傳의 행방」, 『송욱평전』, 233쪽)

위의 인용에서 보듯이 송욱은 스스로 창작 세계와 자신의 연령의 변화를 의식하면서 창작에 임했다는 사실을 알 수 있다. 송욱에 관한 이 자료는 작가 생애와 전체 작품의 상관 관계를 한눈에 파악할 수 있는 장점이 있다.

송욱과 달리 서정주는 자신의 문학 인생을 고스란히 밝혀 놓았기 때문에 작가 연구의 한 방향을 제시해 주고 있다. 그 내용을 간단히 정리해서 인용하면 다음과 같다.

제1장 공산주의(共産主義)의 극복 :

14세 때 전북 부안군 줄포(茁浦)에서 초등학교 졸업 후, 중앙고등보통학교에서 공부했다. 이때 사회주의, 공산주의에 경도되어 있었고, 1930년 11월 광주 학생 사건 2차 때 4인의 주모자로 가담. 가장 감명 받은 작가는 <레프 똘스또이>

제2장 서구적(西歐的)인 한 휴매니스트가 되어서 :

18세 때 <프리드릿히 · 니체>의 『짜라투스트라는 이렇게 말했다』에 감명 받았다. 이후 프랑스 상징주의 영향도 받았고, 초현실주의(超現實主義)의 영향을 받은 작품은 『화사집』의 「서풍부」, <벵상 · 방고호>와 <폴 · 고갱>의 그림의 영향을 받은 작품은 『화사집』.

제3장 동양사상으로의 회귀(回歸):

일제 말기부터 해방 이후 인생관과 시정신의 중요한 노장자 사상에 경도되었다. 1947년 가을에 쓴 「국화 옆에서」 작품도 이 사상의 밑바탕이다. 친일시에 대해서도 변명.

제4장 신라주의(新羅主義) : 이하 생략

제5장 세계편력(世界遍歷)과 거기서 얻은 것 : 이하 생략

제6장 국사편력(國史遍歷)과 거기서 가려낸 것 : 이하 생략

— (서정주, 「나의 문학인생 7장」, ≪시와시학≫,
1996. 가을호, 42~51쪽)

윗글의 인용은 미당 서정주가 직접 기술한 것이기 때문에 시와 그의 문학 세계를 잘 보여 주고 있다는 점에서 작가 연구의 귀중한 자료라 할 수 있다. 물론 작가의 문학적 진술을 모두 받아들일 수는 없지만 작품을 이해하는 방향과 작가 연구를 통해서 그 거리를 파악할 수 있다는 점에서 유용한 것이다. 또 이 자작 메모 가운데 <제1장>에서는 성장 과정이 드러나 있기 때문에 작가(작품) 연보를 작성하는데 도움이 된다. <제2장>에서는 첫시집 『화사집』의 초현실주의의 영향, 그림의 영향 등을 통해서, <제3장>에서는 노장사상이 그의 문학에 바탕이 되었다는 점에서 서정주 연구의 방향을 파악할 수 있다.

또 작가가 자신의 작품 연대를 정확히 밝히지는 않았으나 자신의 작품 세계를 밝힌 경우도 있다. 가령 백릉 채만식의 경우 「自作案內」에서 자신의 대표작에 대한 경위를 다음과 같이 적어 놓았다.

> 세태적인 것도 아니요, 부정에 의한 역설적인 것도 아니요 내 딴에는 가장 건실하게 나가 보았다는 것이 희곡 『제향날』(《朝光》誌 丁丑 11월) 이다. 이것은 오래 전부터 3부작으로 장편을 쓰려고 뱃속에서 두루 길러 오던 것인데, 차차로 세정(世情)은 불여의(不如意)하고 손은 미처 돌아가 지를 않어 초조하던 끝에, 우선 시험 삼아 그러한 형식과 분량으로다가 모형을 만들어 보았던 것이다. 물론 세평마따나 뼉다구만 골라 세운 실패 작이나(그렇다고 유치진 씨가 말한대로 소성(小成)이라고 자인함은 아니 요) 장차 심신을 가다듬어 이 『제향날』을 가지고 동학 혹은 갑신 정변을 제1부로, 기미 전후를 제2부로 그 뒤에 온 시대를 제3부작으로 쓰고 다시 유보(遺補)로, 정축(丁丑), 무인(戊寅)으로 한 편을 더 쓰고 해서 그걸로 필 생의 사업을 삼을 엉뚱한 대망의 재료다. 만약 그것을 못 하고서 죽는다 면 임종에 눈이 감기지 않을 상 부루다(《靑色紙》, 1939. 5).
> ― (김윤식 편, 「自作案內」, 『채만식』, 문학과 지성사, 1984, 185~186쪽)

채만식은 1930년대 대표적 세태 풍자(諷刺) 작가로 평가받는다. 그러나 이는 그의 문학적 평가가 소설 쪽에만 치우친 것이다. 정작 채만식은 희곡 쪽에 더 애정을 가지고 있었다는 것을 위의 인용에서 알 수 있다. 작가 연구자는 작가가 가장 심혈을 기울였다고 하는 작품에 관심을 가져야 함이 마땅하다. 위의 인용에서 보듯이 채만식은 소설보다는 희곡에 많은 애착을 가지고 있었다. 이 희곡을 3부작으로 하여 '필생의 사업을 삼을 엉뚱한 대망의 재료다. 만약 그것을 못 하고서 죽는다면 임종에 눈이 감기지 않을 상 부루다.'고 한 점은 작가 연구자들이 고려해야 한다. 이처럼 작가가 남긴 메모는 작품 연구의 한 방향을 제시할 수도 있는 것이다.[65]

6. 서가(書架)의 탐방

작가가 애독했던 도서 목록의 파악은 작가의 문학적 영향 관계를 밝

---

65) "윤동주의 시 '별 헤는 밤'은 우리가 지금까지 알고 있는 것과 달리 마지막 10연을 제외하고 9연으로 끝나야 합니다." 현직 고교 국어교사인 홍장학씨(51·서울 동성고·사진)가 5년간의 연구 끝에 일제강점기의 저항시인 윤동주(1917~19　45)의 육필 원고를 토대로 어구와 어휘 등을 수정한 '정본 윤동주 전집'과 원전 연구서인 '정본 윤동주 전집 원전 연구'를 펴냈다(문학과지성사). 이 중 가장 관심을 끄는 것은 '별 헤는 밤'의 마지막 연(10연)에 대한 그의 주장. 지금까지 알려진 마지막 연은 '그러나 겨울이 지나고 나의 별에도 봄이 오면/무덤 위에 파란 잔디가 피어나듯이/내 이름자 묻힌 언덕 위에도/자랑처럼 풀이 무성할 게외다'이다. 그러나 윤동주가 처음 완성한 '별 헤는 밤'의 원고에는 '딴은 밤을 새워 우는 벌레는/부끄러운 이름을 슬퍼하는 까닭입니다'(9연)에서 끝난다는 것. 이 같은 차이는 윤동주가 지기(知己)인 고 정병욱 서울대 교수(1922~1982)에게 준 넉 줄의 메모를 어떻게 볼 것이냐에서 기인한다. 정 교수를 통해 지금까지 밝혀진 것은 1941년 윤동주의 시를 읽은 정 교수가 "끝이 좀 허한 느낌이 든다"는 의견을 말했고 윤동주는 며칠 후 원고를 정리해 정 교수에게 넘겨주면서 그때 의견을 언급하며 넉 줄을 더 적어 넣어주었다는 사실이다. 그러나 홍씨는 "그 메모는 윤동주가 시에 대한 설명 차원에서 정 교수에게 개인적으로 준 것이었을 뿐 시 자체를 수정한 것은 아니었다"고 주장한다. 그는 이에 대한 근거로 "윤동주는 시를 수정할 때 원래 작성 날짜를 지우고 수정한 날짜를 새로 써 넣을 만큼 꼼꼼했는데 유일하게 '별 헤는 밤'에는 그런 수정 작업의 흔적이 보이지 않는다"고 말했다(《동아일보》, 2004년 7월 16일, 강수진 기자, sjkang@donga.com).

히는 자료 조사의 한 방법이다.[66] 여기서는 작품의 영향과 사상서의 문학적 영향으로 나누어 살펴보겠다.

6. 1. 작품의 영향

윤동주의 경우 그의 애독서를 통해 그의 문학적 편력을 추리할 수 있다.

> 중학 시절의 그의 서가에 꽂혔던 책 중에서 기억에 남는 것은 『정지용 시집』(1936. 3. 10, 평양에서 구입), 변영로 『조선의 마음』, 주요한 『아름다운 새벽』, 김동환 『국경의 밤』, 한용운 『님의 침묵』, 이광수·주요한·김동환 『3인 시가집』, 양주동 『조선의 맥박』, 이은상 『노산시조집』, 윤석중 동요집 『잃어버린 댕기』, 황순원 『방가(放歌)』, 『영랑(永郞)시집』, 『을해(乙亥) 명시 선집』 등으로서, 그 중에서도 그가 계속 갖고 와서 서울에 두었기 때문에 지금 나에게 보관되어 있는 것으로서는 백석 시집 『사슴』(사본), 『정지용시집』, 『영랑(永郞)시집』, 『을해(乙亥) 명시 선집』 등이다. 그것은 특히 애착을 갖고 있었다는 뜻이 되겠다.
> — (송우혜, 「다시 용정으로 돌아오다」, 『윤동주평전』, 171~172쪽)

위의 인용에서 보듯이 윤동주의 서가에는 다른 시집과 함께 『정지용 시집』이 꽂혀 있었는데, 그는 이 시집을 애독했다고 했다. 그가 시를 창

---

66) 서포 김만중의 경우 여행기 등의 독서 체험과 서역의 노승이나 명나라 사신과의 만남이 그의 세계관 형성에 지대한 영향을 미쳤던 것으로 알려져 있다. 그것이 그가 서양의 지구설을 섭렵하는 계기가 된 것이다. 또 「사씨남정기」에서 중국을 직접 방문한 적이 없는 서포가 중국 지명을 꿰뚫고 있는 자체가 중국사람들이 저술한 책을 많이 읽었다는 증거이기도 하다. 따라서 작가의 독서체험과 여행기 등을 구해 분석하는 것은 그의 문학을 이해하는 데 중요한 기능을 하게 되는 것임을 입증한다(이선영·박태상 공저, 「역사·전기적 비평」, 『문학비평론』, 방통대출판부, 2005. 41쪽).
  그가 작품에서 반산문적 문체로 일관하고, 향토적 서정미가 넘쳐 흐르며, 해학적인 톤을 기조로 한 데에는 역시 그의 청소년기의 고향에서의 체험과 당대 영국 작가의 작품을 섭렵한 독서 체험이 결정적인 요인으로 작용한 것으로 보인다(위의 책, 54쪽).

작했을 당시에 『정지용시집』이 그에게 문학적 영향을 끼쳤음을 짐작케 하는 것은 그의 시집 『하늘과 바람과 별과 시』에 실린 동시에서 정지용 시의 영향을 엿볼 수 있기 때문이다.[67] 윤동주가 평생을 두고 가장 좋아한 시인은 정지용이었다. 지금도 윤동주 유품 중에 『정지용시집』이 남아 있는데, 도처에 붉은 줄이 그어져 있고, 곳에 따라서는 적절한 촌평도 가해져 있는 등, 그가 얼마나 정독했던 책인지 알 수 있다.[68] 그리고 백석의 『사슴』(200부 한정이기에 구입할 수 없어 윤동주가 필사함), 『정지용시집』, 『영랑시집』, 『올해 명시 선집』 등은 그가 시에 얼마나 애착을 가지고 있었는지를 짐작할 수 있게 한다.

1950년대 도시 문명의 우울과 불안을 노래했던 「목마와 숙녀」의 시인 박인환은 책에 대한 애착이 많았다. 그의 책에 대한 애착이 창작에 영향을 끼쳤음을 알 수 있다.

박인환만큼 평소 책을 좋아한 친구는 드물다. 그는 시와 예술 이외의 무슨 책이라도 신기해 보이는 것이면 무엇이든지 애지중지 모았다. 장만영이나 김광균, 이봉구가 애서가라면, 인환은 책에 대한 유다른 수집벽 같은 것이 있었다. 그의 서가에는 일본 제일서방(第一書房)의 한정본이나 호화 장정본이 꽂혀 있었다. 콕토Cacteau, Jean(1890~1963, 프랑스)나 자콥 Jacob, Max(1876~1944, 프랑스), 혹은 발레리Vale'ry, Paul(18 71~1945, 프랑스), 예이츠Yeats, William Butler(1865~1939, 영국)의 호화판 시집과 고

---

67) 김재홍은 "문학 형식적 면에서 시적 영향도 지적할 수 있을 것이다. 윤동주의 시는 형태·시어 이미지·제목 등에서 정지용과 유사한 것이 많다. 한 예로 윤동주의 「풍경」과 정지용의 「다시 해협」이 유사한 것 등을 들 수 있다"고 했다. 여기에서 보는 바와 같이 그의 시적 영향을 알 수 있다.(「운명애와 부활 정신」, 『윤동주 연구』, 문학사상사, 1995, 250쪽). 김윤식은 "시의 형태상으로 비교한다면 정지용과 윤동주의 시는 매우 흡사한 점이 있기 때문이다. 1936년 시문학사에서 간행한 『정지용시집』과 『하늘과 바람과 별과 시』(정음사)는 제4부 동시, 혹은 민요류, 제5부 「트르게네프의 언덕」 이하 「終始」까지의 산문시에서도 형태상의 대비가 가능한 것이다."고 한 점에서도 정지용에 대한 윤동주의 시적 영향을 확인할 수 있을 것이다(「어둠 속에 익은 思想」, 『한국근대작가론고』, 일지사, 1974, 264쪽).
68) 송우혜, 「평양에서의 7개월」, 앞의 책, 152쪽.

> 흐Gogh, Vincent(1953~1890?)라든지, 릴케Rilke, Rainer Maria(1875~1926,
> 독일)의 미끈한 서간집(書簡集) 같은 구수한 책들이……
>   이봉래와 마찬가지로 박인환은 책을 빌어 가면 영 소식이 없다. 아주
> 먹어 치우고 만다. 김경린이나 조향이 깎듯이 돌려주는 것과 아주 다르게
> 자기 소유로 만들어 버리는 것이다. 김수영은 자기 책을 더러 빌려 주기
> 도 했지만, 빌어 간 책에 붉은 줄을 잔뜩 그어 넣은 한이 있어도 대개는
> 돌려 준다.
>   ― (김규동, 「한 줄기 눈물도 없이」, 『세월이 가면』, 근역서재, 1982, 58쪽)

위의 인용에서 보듯이 박인환이 소장한 도서는 외국 유명 작가들의
작품집들이다. 특히 '책을 빌어 가면 영 소식이 없다'는 것은 그의 사소
한 욕심이라기보다는 책에 대한 남다른 애착이라 볼 수 있다. 작가들이
애정을 가진 도서들은 그만큼 작가를 이해할 수 있는, 창작의 길잡이가
되는 책들이라 할 수 있다.

박인환은 종로에 <마리서사>라는 서점을 했는데, 그 서점 안에는
숱한 시서(詩書)가 있었다. 그곳에는 외국의 현대 시인의 시집과 그것도
일본어로 번역된 것과 원서들로 메워져 있었다.[69] 그가 서점에 이런 귀
한 책들을 팔 목적보다는 그의 서구 취향의 멋을 부린 시인이었기에 특
히 이런 외서(外書)들에 대한 관심이 컸던 것이다. 이는 그가 그 만큼 외
국 문학의 영향을 받았다는 암시이다. 가령 박인환은 실제로 1913년 에
즈라 파운드(Pound, Ezra Loomis : 1885~ 1972, 미국)의 이미지즘이 수용된 일
본을 통해 간접적으로 영향을 받았다고 스스로 인정했다.[70] 그래서 그
의 시는 비교 문학의 영향 관계를 파악할 필요성이 있다는 단서가 되는
것이다.

---

69) 양병식, 「한국 모더니스트의 영광과 비참-박인환과 그 주변」, 『세월이 가면』, 근역서재,
    1982, 94쪽.
70) 김차영, 「박인환의 높은 시미학의 위치」, 앞의 책, 76~77쪽.

6. 2. 사상서의 영향

송욱은 성북동 시절, 그의 서가에는 동양 고전들이 많았다. 송욱 작고 후에 절친한 후배였던 정명환은 심경호에게 그의 서가 정리를 부탁했다. 그때 심경호가 놀랐다고 한 것은 송욱이 영문학자이면서 한학서가 많았다는 것이다. 특히 전문가가 아니면 읽기 힘든 『漢文大系』(20권)가 눈에 띄었다고 한다. 여기에는 「四書三經」, 「唐宋八家文」, 「唐詩選」 등 한문 고전을 교주(校註), 주석(註釋)해 놓은 전집인데, 이를 송욱이 탐독했던 것이다.[71] 송욱의 후기 시문학에 노장 사상이 용해되어 있는 점을 고려해 볼 때, 서가의 책들이 작가의 영향을 미쳤다는 사실을 보여준 것이라 할 수 있다.[72] 장자의 <逍遙遊>가 용해된 시 한편을 인용하면 다음과 같다.

가)
몸이 말을 안들으면
몸이 하는 말을 들어야한다
왜 逍遙山이 있지않는가?
逍遙遊가 있지않는가?
거닐다 노닐다가 바람 쐬며 시간 보낸다
목적을 노리면 모두가 허탕……
과녁배기는 가장 먼 他鄕!
과녁을 뚫으려면 목숨이 막힌다!

---

71) 졸저, 「문화 비판과 시대 정신 찾기」, 『송욱평전』, 213쪽.
72) 동생 윤일주에 의하면 윤동주는 부지런한 독서가로서 상당히 많은 외국 서적들을 탐독한 것으로 보여진다. 그 중에서도 발레리 시선집, 불란서 명시집과 키에르케고르의 작품 몇 권을 애독했으며, 특히 "키에르케고르의 것은 연전 졸업할 무렵 즈음 무척 애찬하던 것"이라고 한다. 그의 존재론적 자기 성찰은 키에르케고르의 철학적 사고와 밀접한 관련이 있는 것으로 보이는데, 이에 대해서는 김우창이 윤동주 연구에서 아주 구체적으로 분석하고 있다(문현미, 「윤동주의 나르시즘적 존재론」, ≪한국시학연구≫(2호), 한국시학회, 1999, 53쪽).

허탕칠양으로 실속 數脈있는 內案山外案山을 끼고 돌았다
말은 듣고도 못들은체
하고도 아니한체
많을수록 적은 것처럼—
萬이랑 푸른 물결을 마음이 거닐다 몸이 노닐다 말이 물보라친다!
실속도 數脈도 왕청 萬이랑 몸이랑 말이랑……

—「逍遙遊」

나)

송욱은 1970년대의 세상과 일정한 거리를 유지하고자 했다. 1970년대 유신 시대에 겪었던 고통 때문에 현실에 상당히 혐오감을 가지고 있었다 (서울 대학교 학장 시절 중앙정보부에서 고초를 당한 일 때문에 그의 의식에 큰 변화가 왔다고 판단된다)고 판단된다. 그래서 그는 소요산에 가고자 했고 소요유하고자 했다. '왜 逍遙山이 있지않는가? / 逍遙遊가 있지 않는가?'라고 하면서 송욱은 인생을 '거닐다 노닐다가 바람(이나) 쐬며 시간(을) 보내'고자 한 것이다. 이는 송욱이 인간 수양으로서 무하유향과 광막야(廣漠野)의 경(境)에서 노는 진인(眞人)을 닮고자 했다. 그래서 송욱은 소요유에 도달하고자 무위의 철학을 패러디하여 무하유향을 노래하고 있다. '목적을 노리면 모두가 허탕…… / 과녁배기는 가장 먼 他鄕! / 과녁을 뚫으려면 목숨이 막힌다!'는 것이다. 이는 바로 목적을 노리는 인위적인 행동을 하는 것이 아니라 무위해야 됨을 말한 것이다. 즉 장자의 「應帝王」 편에 나오는 구멍을 뚫지 않고 순수 자연의 상태에서 인공(人工)을 더하므로 불행을 초래하였다는 내용을 패러디한 것이다. 또한 너무 지나친 행위를 하여 자기 목적을 망쳐 놓은 사족(蛇足)의 고사를 패러디한 것이다. 이처럼 송욱은 동양 정신을 통하여 자신의 사상을 담고자 했다. 이것은 바로 송욱이 현실과의 부적응에서 발현된 시적 태도라 할 수 있다.

— (졸저, 「초월 지향성의 양상」, 『송욱문학연구』, 114~115쪽)

가)는 송욱의 유작 시집 『詩神의 住所』 가운데 노장 사상이 용해된 한 편의 시를 인용한 것이고, 나)는 그 용해된 내용을 필자가 해석한 것이다. 인용에서 보듯이 작가의 서가를 탐방함으로써 작가 세계를 간접적으로 해석할 수 있기 때문에 이에 대한 자료 조사의 필요성을 알 수 있는 것이다.

한 가지 덧붙인다면, 작가의 서가에는 작가가 평소 아꼈던 물건들이 있다. 이는 작가의 작품 세계와 관련시켜 볼 수 있다. 근대 문학의 태두라 할 이광수의 방에는 "고운 자개 박은 불상이 하나 놓여 있고 그 위에 관세음보살의 동상과 불경"73)이 있었다. 이광수는 불교 세계를 담은 작품(『육장기』, 『춘원시가집』 등)을 썼기 때문에 이러한 관련성을 찾을 수 있을 것이다. 이처럼 작가 연구의 한 가지가 작가 서가의 주변에 놓인 물건에 대한 관찰이다. 그래서 작가의 문학과 작가 주변의 애장품에 관심을 가질 필요가 있는 것이다.

7. 작가 세계의 영향 관계

작가의 작품과 그의 의식 세계에 영향을 끼치는 것은 여러 가지가 있지만 여기서는 작가 세계에 영향을 끼치는 세 가지, 즉 첫째 작가의 성장 과정, 둘째 사회 제도, 셋째 철학 혹은 종교 세계의 영향으로 나누어 검토하겠다.

7. 1. 작가의 성장 과정

작가의 성장 과정은 창작 배경에 영향을 끼치게 된다. 작가 연구자는 작가의 성장 과정에서 일어난 특정 사건이 특정 작품에 영향을 끼친다는 점에서 작가의 성장기에 일어난 사건을 조사해야 한다. 춘원 이광

---

73) 이정화, 「아버지 종교와 나」, 『아버님 춘원』, 우신사, 1993, 33쪽.

수는 조실부모(早失父母)했기에 가난한 집에서 자랐다. 어머니, 아버지가 춘원의 나이 열한 살(1902년) 때 돌림병인 콜레라로 9일 간격으로 함께 죽는다. 부친 이종원의 사망이 1902년 8월 14일(음력)로 향년 쉰두 살이었고, 8월 22일 죽은 모친 김씨의 향년이 서른세 살이었다.[74] 이런 성장 배경 때문에 춘원의 고아 의식이 자리 잡게 되고, 이러한 고아 의식은 그의 작품에 투영되어 나타난다.

> 그의 고아 의식은 시대 및 한민족의 고아 의식, 소위 국가 상실에서 오는 또 하나의 고아 의식에 닿을 때 비로소 완성되는 것이다. 그것이 그에게는 관념으로서의 민족이고, 어느 정도는 실체로서의 민족주의이기도 하였다. 그 개인으로서의 고아 의식과 박영채로 대표되는 한민족의 고아 의식이 결합되었을 때 만민을 울린 그의 걸작이자 우리 근대 소설의 대표적 장편 『무정』이 솟아올랐다. 그러기에 춘원에 있어 『무정』은 창작이 아니고 사실 그 자체였다. 그 자신이었다.
> — (김윤식, 「11세에 고아가 되다」, 『이광수와 그의 시대』 ①, 한길사, 1986, 38쪽)

앞의 인용에서 보듯이 춘원의 조실부모한 뼈아픈 경험이 그의 문학 속에 투영되었다는 점을 고려해 보면,[75] 작가 연구에서 작가에게 영향을 준 사건의 자료 조사는 필요함을 알 수 있다. 작가의 성장 과정에서 한 사건이 작가의 전 작품의 뼈대가 될 수도 있기 때문에 이에 대한 자료 조사도 필요하다.[76] 또 김소월의 시에서 여성의 비극적 삶을 노래한

---

74) 김윤식, 「11세에 고아가 되다」, 『이광수와 그의 시대』 ①, 35쪽.
75) 이장희도 5살 때 어머니를 여의고 성장했기에 그의 시에 죽음과 고독이 깊게 배어 있다.
76) 전쟁 전후에 소년기를 보낸 김원일(金源一)의 체험은 그의 작품에서 중요한 의미를 지닌다. "그 동안 발표한 소설로는 중·단편 소설이 60여 편, 장편 소설이 13종 쯤 된다. 대체로 내 가족사를 끌어들여 분단 문제에 천착했는데, 그만큼 내게는 사회 집단보다는 가족 단위 개념으로 작품 얼개를 짜는데 익숙해진 탓이다. 그러므로 내가 소년기를 보낸 전쟁 전후가 작품의 배경으로 설정되는 경우가 많을 수밖에 없었다."(권오룡 엮음, 「김원일-자전에세이」,

것을 보면, 그가 과부들 사이에서 성장했다는 사실을 알 수 있다. 물론 이는 작가의 생애를 정리하는 실증주의적 전기 작업임과 동시에 작가 의식이 작품에 투영되어 나타나는 증거를 정신분석학의 토대 위에서 작가 연구가 이루어져야 한다.

7. 2. 사회 제도

사회 제도는 작가에게 영향을 끼친다는 점을 염두에 두고 작가 연구를 해야 한다.[77] 사회 제도가 작품 이해의 중요한 면이 된다고 생각할

『김원일-깊이 읽기』, 문학과지성사, 2002, 57쪽).

황석영은 「문학에의 여로」(『33인의 자서전』, 양우당)에서 자신의 작품이 개인적 체험에 기인하고 있음을 밝히고 있다. 1971년 발표된 「객지」는 신탄진 공사장에서 체험한 것과 친구의 섬진강 간척지 공사장의 체험을 복합시킨 것이다. 또 「한씨연대기」는 모친의 구술을 토대로 한 것이며, 「아우를 위하여」는 유년 시절의 기억을 바탕으로 한 것이다. 「탑」은 월남에서 철수작전을, 「삼포 가는 길」은 조치원에서 청주까지 걸어간 기억에서, 「돼지꿈」은 공업단지에서 공원 생활을 토대로 씌어진 것이다(김영, 『이문열·황석영 소설 비교연구』, 부산대박사학위논문, 2005).

77) 6·25 전쟁이 터진 후 월북한 작가 박태원(1910~1986)이 북한인민군의 종군작가로서 겪은 전투체험을 담은 월북 후 첫 소설 「조국의 깃발」이 발견됐다. 단국대 교양학부 우정권 교수는 "중국 연변인민출판사 자료실에서 2003년 중편 분량의 이 작품을 찾았다"며 《문학사상》 5월호에 전문을 공개했다. 이 소설은 박태원이 자유주의적 모더니즘 문학 노선을 견지하다가 월북 후 완전히 전향해 북한의 전쟁이데올로기를 철저하게 따른 선전선동 문학을 구사했음을 보여준다는 점에서 문학사적 의미가 큰 것으로 평가된다. 「천변풍경」 「소설가 구보씨의 일일」을 쓴 박태원은 일제강점기에 사회주의 문학을 적극적으로 하거나, 광복 후 친북 문학을 한 적이 없었다. 우 교수는 "그 같은 박태원이 어떻게 북한에서 생존할 수 있었는지가 여태껏 미스터리였는데 「조국의 깃발」이 이런 의문을 풀어주게 됐다"고 말했다. 「조국의 깃발」은 1950년 7월 경북 영덕의 달걀고지에서 1개 중대 인민군이 1개 연대의 국군과 미군을 격파하는 '영웅적' 전투를 담고 있다(물론 이는 허구다). 소설에서 6·25전쟁은 '남조선 괴뢰의 북침'으로 촉발된 것으로 나온다. 인민군 김봉철은 단신으로 상대의 자동화기를 섬멸하고, 이영일은 어머니의 한을 풀기 위해 상대를 격파한다. 노동당도 전투의지를 북돋운다. "당증도 피가 배어 검붉게 물들어 있었다. 소대장 동무가 저의 목숨이 다하는 마당에 있어서도 오히려 결코 잊는 일 없이 외친 '로동당 만세' 소리가 이제 다시 그의 귀에 쟁쟁히 울린다. 아아, 동무의 원쑤를 기어이 갚고야 말리." 우 교수는 "박태원은 1950년 인민군 작가로 낙동강 전선에 투입됐다"며 "이 소설은 전쟁 중인 1952년

때, 사회 제도에 대한 폭 넓은 이해를 바탕으로 하지 않을 수 없다. 가령 한국시문학사에서 일제 암흑기 시대에 활동했던 만해, 육사, 윤동주의 경우는 시대 상황과 결부시켜 작품을 이해하는 것이 그의 작품을 이해하는데 타당성을 가질 수 있는 것이다. 마찬가지로 1960년대 군사 정권하에서 민주, 자유, 정의의 목소리를 담았던 김수영, 신동엽, 신동문(辛東門)78)을 이해할 수 있는 것이다.

당대의 시대 환경은 작가의 창작 태도에 어떤 영향을 주게 된다.79) 가령 시대 상황과 성 논란에 있어 마광수와 장정일의 경우는 심각한 사태까지 빚었다.80) 만약 이들에 대한 작가 연구를 쓸 경우는 당시 사회 제도는 중요한 문제가 아닐 수 없다. 이들이 당대 현실을 비판했던 일은 그의 문학 세계에 당대 현실이 큰 영향을 주었기 때문이다. 따라서 작가 연구는 당대의 상황을 고려하지 않을 수 없다.

그러나 사회 제도가 작가 연구를 집필하는데 장애가 되는 경우도 있다. 송우혜는 1998년도에 출판한 『윤동주평전』에서 윤동주 연구에서 큰

4~6월 북한 '문학예술지'에 연재됐다"고 말했다(≪동아일보≫, 2005. 4. 26.).

78) 그는 1928년 충북 청원군 문의면 가난한 선비 집안의 외아들로 태어났다. 1956년 ≪조선일보≫ 신춘문예에 「風船期」라는 원고지 23장 분량의 산문시로 당선된 데 이어 같은 해 시집 『풍선과 제3포복』을 들고 나와 서정시가 주류를 이루던 50년대에 혁명적 시어로 시대 상황을 꼬집었다. 4·19 현장에서 쓴 시 「아 신화같이 다비데군(群)」을 비롯, 「비닐 우산」, 「條件史」, 「아니다의 酒酊」 등 일련의 시들을 발표하여 저항시인으로 떠오른다. ≪사상계≫, ≪새벽≫ 등 종합지 편집장과 ≪문학≫, ≪창작과 비평≫ 등 문예지의 편집자로 문단 한 가운데 저력을 발휘했고 ≪경향신문≫에 잠시 몸담아 일하기도 했다. 신동문은 1965년 「바둑과 홍경래」를 끝으로 시작을 전혀 하지 않고, 단양에서 사과, 포도 농사를 짓는 농부로 침술가로 살고 있다(이규섭, 「농부가 된 저항 시인-신동문」, 『별난 사람들』, 인간 사랑, 1993, 215~217쪽).

79) 유진오의 「신경(新京)」(≪춘추≫, 1942.10)은 일제강점기 지식인의 절망을 그린 작품(「신경」은 실제의 사실에 근거하고 있는 것인데, 이는 엄혹한 사상 통제 때문에 이념의 개진이 거의 불가능한 상황에서 유진오가 택했던 市井의 리얼리즘-섣불리 미숙한 철학을 내두르기 보다는 편협한 시정의 사실 속으로 자신을 침체시키는 것)으로 이를 확인할 수 있다.(정호웅, 「일제하 지식인의 내면 풍경」, ≪문학사상≫, 1995.9, 279~282쪽).

80) 졸고, 「狂氣 혹은 異常 세계의 꿈꾸기-마광수론」, 『한국 현대시의 탐색』, 역락, 2001, 127~151쪽 참고

비중을 차지했던 정병욱(윤동주에게서 받은 19편의 필사본 시집 한 권을 선사
받아 해방 때까지 보관했음)보다도 "윤동주 연구에서 가장 핵심에 닿아 있
는 인물"인 강처중(姜處重, 379쪽 참고)을 발굴했다. 윤동주 사후 시집『하
늘과 바람과 별과 시』의 초간본에 <서문>을 정지용이 썼는데, 이를 부
탁한 이가 강처중이고 보면, 강처중의 역할은 윤동주 연구에서 중요한
의미를 가진다고 할 수 있다. 뿐만 아니라 윤동주 시집의 발문을 직접
써서 그의 문학에 대한 깊은 애정을 보여 주었지만, 초간본이 출판(정음
사, 1948)된지 2년 뒤에 6·25가 일어났고, 이후 좌우 대립으로 정지용과
함께 좌익으로 연관되었다고 해서 연구 대상에서 기피되었다. 그리하여
1955년에 서거 10주년 기념 증보판 시집이 출판될 때, 정지용의 서문과
강처중의 발문이 삭제되었다.[81] 강처중이 윤동주 연구에 어떤 역할을
담당했는지를 송우혜는 다음과 같이 밝히고 있다.

> 강처중-일본 유학을 떠나는 윤동주가 서울에 두고 간 「참회록」의 원고
> 등등, 필사본 시집에 들어가지 않은 나머지 시 원고들을 모아서 해방될
> 때까지 보관해 내었다. 그뿐 아니라, 책들과 연전 졸업 앨범이며 앉은뱅이
> 책상 등등…… 윤동주가 미처 일본으로 가져가지 못하고 서울에 남겨 두
> 었던 물품들까지 모두 챙겨서 보관했다가 해방 된 뒤에 서울에 온 시인의
> 동생 윤일주에게 전했다. 그리하여 현존하는 윤동주의 유품 중에서, 중학
> 교 시절까지의 시와 동시와 습작품들을 제외한 나머지 유품 거의 전부가
> 강처중에 의해 세상에 남았다. 더구나, 윤동주가 동경에서 자신에게 보낸
> 편지 속에 적어 넣었던 5편의 시를 보관해 낸 일로 해서 그가 윤동주 문
> 학에 기여한 공로는 특히 높이 칭송받을 만하다. 강처중이 아니었더라면,
> 윤동주가 목숨을 빼앗긴 땅 일본에서 쓴 시는 단 한 편도 세상에 전해지
> 지 못했을 것이기 때문이다.
>
> — (송우혜, 「시인윤동주지묘」, 『윤동주평전』, 378쪽)

---

81) 송우혜, 앞의 책, 385쪽. 정지용의 <서문>은 370~375쪽, 강처중의 <발문>은 375~377
 쪽 참고

"윤동주가 동경에서 자신에게 보낸 편지 속에 적어 넣었던 5편의 시를 보관해 낸 일로 해서 그가 윤동주 문학에 기여한 공로"를 볼 때, 윤동주 문학 연구에 결정적 영향을 끼쳤음을 인정하지 않을 수 없다. 강처중이 좌익 인사라는 이유로 그는 윤동주 연구에서 제외되어 있었던 자였다. 사회 제도가 작가에게도 영향을 미치지만 작가 연구를 하는 연구자에게도 큰 장애가 된다는 사실을 보여 준다.

1988년 납월북 작가들에 대한 해금이 되기 전에는 특히 해방 전후해서 한국 문단의 주류를 형성했던 수백에 이르는 작가들의 연구가 진행되지 못했다는 점에서 작가 연구와 시대 상황과의 관련성을 보여 준 예이다. 1988년 이전 금기시되었던 납월북 작가[82]를 연구했던 한 연구자의 고민을 들어 보겠다.

> 월북한 작가와 작품을 드러내놓을 수는 없으니 그 이름들을 삭제해야 할 것이 아니냐고 당국으로부터 주위를 받았기 때문이다. 그래서 나는 이 책에 허다히 발견되는 李箕永, 李泰俊, 金南天, 朴魯甲 같은 작가의 이름을 달리 처리해야 했다. 1983년 겨울, 모든 것이 돌아서려는 그런 시간에 내가 찾아낸 묘안은 이런 것이었다. 가령 李箕永은 李 永, 이기영, 民村, 이민촌, 李民村 등으로 고쳤고, ……중략…… 林和의 경우는 아예 잘 쓰지 않는 본명 林仁植을 썼는데 그것도 신경이 쓰여 '仁'자까지 빼고 나니 林 植이라는 엉뚱한 성명이 되고 말았다.
> — (오양호, 「재판서문」에서, 『농민문학론』, 형설출판사, 1989)

위의 인용에서 보듯이 작가와 작품이 전혀 일치하지 않은 한국문학사가 기술되었던 것이다. 단지 작품들만 남고 작품을 썼던 작가들은 묻혀 버리는 경우가 된 것이다.[83]

---

82) 이들 문인 가운데 전향의 문제 작가들도 연구 대상에서 중요하다. 김윤식의 『임화연구』, 『박영희 연구』가 중요하지만, 이들 작가의 전기적 국면과 결부시켜 연구한 노상래의 『한국 문인의 전향 연구』(영한, 2000)는 좋은 참고 자료가 된다.

또 근현대시사에 있어 반공법·국가모독죄·긴급조치법 등 군사 정권하에서 작가들의 작품이 영향을 받았던 것을 고려해 보면, 작가와 당대 사회 제도와는 밀접한 관련이 있음을 알 수 있다. 특히 해방 이후 시대 상황 때문에 작가 연구의 어려움을 보여 준 시대가 있었다. 이때 참고할 자료 『韓國文學筆禍作品集』(황토, 1989)은 이런 측면에서 좋은 자료가 된다. 이 자료의 내용을 정리해 보면, 김지하의 담시 「오적」(1970년 반공법 위반 혐의 투옥), 담시 「비어」(1972년 반공법 위반 혐의 투옥), 양성우의 「겨울공화국」(낭독사건으로 1975년 교사직 파면), 장시 「노예수첩」, 「우리는 열 번이고 책을 던졌다」(1977년 국가 모독, 긴급조치 9호 위반혐의로 투옥), 김명식의 장시 「10장의 역사연구」(1976년 긴급초치 9호 위반혐의로 투옥), 김준태의 「아아 광주여! 우리나라의 십자가여!」(1980년 교사직 파면), 이산하의 장시 「한라산」(1987년 국가보안법 위반 혐의 투옥), 유진오(兪鎭五)의 「누구를 위한 벅차는 우리의 젊음이냐」(낭독 사건으로 1946년 포고령 위반혐의 투옥), 정공채의 장시 「미8군의 차」(1963년 반공법 위반혐의 기소중지), 남정현의 단편 「분지」(1965년 반공법 위반혐의 투옥), 박양호의 단편 「미친새」(1977년 긴급조치 9호 위반 혐의 투옥), 현기영의 중편 「순이 삼촌」(1979년 합동수사본부에 연행, 고문 수사 당함), 한수산의 「욕망의 거리」(1981년 정규웅, 박정만 등과 함께

---

83) 현대문학사의 재구축을 위해서 이런 납·월북 문인들에 대한 연구가 시급히 요구되고 있다. 해금조치 이래로 납·월북 문인들에 대한 연구와 작품집의 간행이 활발히 이루어지고 있기는 하나, 아직도 미 간행본이 훨씬 더 많다. 이들에 대한 심도 있는 연구를 바탕으로 한 한국 현대문학사의 완벽한 기술이 우리들에게 부과된 과제가 되고 있다. 이들의 작품만을 대상으로 한 작가론도 중요하지만, 그에 못지 않게 생애 및 전기적 차원에 대해서도 소홀해서는 안 된다. 너무나 오랜 시간 금기되어 온 탓으로 그들의 생애 및 전기적 사실이 잘 밝혀져 있지 않고 일부 밝혀진 것조차도 와전되었거나, 아니면 오류 투성이로 점철되고 있다. 때문에 그들의 문학해석에도 잘못 유도된 예가 가끔 발견되기도 한다. 사실 우리는 그 동안 많은 실국적의 문학을 갖고 있었다. 국토분단에 의한 납·월북 문인이란 명목으로 그 시대 문학사에 크게 기여한 시인 및 작가를 제외시켰던 것이다. 비록 이들에게 그런 좌경적 이념의 문학이 있었다 하더라도, 이는 역사적 사실로 정리했어야 함에도 우리는 줄곧 금기하였던 것이다(김학동, 「책 머리에」, 『오장환 평전』, 새문사, 2004).

고문 수사 당함), 구상의 희곡 「수치」(1965년 반국가적 작품 혐의 공연 보류 조치 당함), 주인석의 희곡 「통일밥」(1988년 국가보안법 위반 혐의 투옥), 김정욱의 방송극 「송아지」(1965년 반공법 위반 혐의 투옥), 한승헌의 수필 「어떤 조사」(1975년 반공법 위반 혐의 투옥), 김지하의 옥중기 「고행…… 1974」, 옥중 메모 「장일담」, 「말뚝」(1975년 반공법 위반 혐의 투옥) 등의 작품을 들 수 있다.

7. 3. 철학 혹은 종교

작가는 문학 사상을 철학 세계 혹은 종교 세계에 도움을 받는다. 그래서 위대한 작가일수록 문학 사상의 배경이 되는 종교, 철학의 세계를 이해하는 것이 작품 이해의 중요한 척도가 된다. 작가의 문학 사상을 찾는다는 것은 작가의 세계를 이해하는 척도이다.

첫째 문학과 종교의 영향 관계를 찾아보면,[84] 윤동주, 박두진, 김현승의 시에서 기독교, 춘원, 김동리와 만해, 미당의 작품에서 불교 사상을 볼 수 있다. 둘째 시대 이념과 문학의 관련성을 찾아보면, 카프(KAPF)의 대표적 논객인 회월 박영희와 팔봉 김기진은 일본 유학 시절 나프(NAPF) 영향을 받았다. 셋째 학문적 영향 관계를 찾아보면 만해의 영향을 받은 송욱, 육사는 한문 교육의 영향을 받았다. 한국 문학의 종교적 기저를 정리해 보면 작가 연구에서 이의 필요성을 알 수 있다.[85]

---

84) 이인복, 『한국문학과 기독교 사상』, 우신사, 1987.
　　신익호, 『기독교와 한국 현대 소설』, 한남대학교 출판부, 1990.
　　박이도, 『한국현대시와 기독교』, 예전사, 1994.

85) 현대시와 종교의 관계를 보여 준 <기획논문>은 다음과 같다. 최동호의 「한국 현대시와 종교적 상상」, 나희덕의 「시적 상상력과 종교다원주의-고진하의 시를 중심으로」, 박몽구의 「김현승의 기독교 시 연구」, 유병관의 「육사의 시와 유교적 전통」, 윤석산의 「현대시에 나타난 동학-김지하 시를 중심으로」, 이선이의 「만해의 불교근대화 운동과 『님의 침묵』의 창작 동기」(이상 논문들은 《한국시학연구》, 2004년 11월 참고).

문화 예술의 토양이 되는 한국 종교는 다음과 같이 몇 가지로 나누어져 문화예술의 사상적 기저를 이루고 있다.

① 민간신앙이면서도 「처용가」 등 원시시대부터 계승되어 탈춤이나 생활 의 근간을 이루고 있는 무격사상

② 신라 이후에 「제망매가」 등 향가와 고려의 가요, 그리고 사찰문화의 찬란한 꽃을 피운 불교사상

③ 조선의 통치이념으로 악장과 가사, 조선소설 등의 문학과 서원문화와 생활문화의 기축이 된 유교사상

④ 신선의 낙원을 추구하려는 욕구가 「구운몽」이나 「허생전」과 같이 유토피아를 찾아 현실을 도피하려는 도교사상

⑤ 조선의 말엽에 도래하여 평등사상에 의한 인간성의 존엄과 질서를 자각케 하여 「무정」을 비롯하여 문학정신의 기축이 되고 교회문화를 형성한 기독교 사상

이 다섯 가지의 종교 사상 외에 천도교를 비롯하여 여러 자생 종교가 없지 않지만 문화 예술의 창흥에는 크게 기여하지 못하고 있는 실정이다.
— (구인환, 「한국의 문화 예술과 종교」, 『근대 작가의 삶과 문학』, 서울대 학교출판부, 1994, 268쪽)

위의 인용에서 보듯이 한국 문학에서 종교, 철학, 사상의 바탕을 읽을 낼 수 있는 것처럼 작가 연구에서는 반드시 종교 관점을 짚고 가야 한다. 그리고 통상적인 문학과 종교의 관점 -위의 인용에서처럼 통상화된 문학과 사상의 관련성을 제외한-에서 다소 이채로운 논의는 연구자에게는 돋보이는 연구 방법이다. 가령 한승옥의 「한국 현대 소설에 투영된 유교」와 김경완의 「심청전 해석의 한 시도-기독교적 조명」(『문학과 종교의 만남』, 동인, 1995) 등은 사뭇 다른 시각에서 연구되어진 논의들이다. 이는 기존 작가 연구에서 문학과 사상의 영향 관계를 새롭게 구성할 수 있는 한 방법이라 할 수 있다.

필자는 작가 연구서가 이미 많이 출판되고 있는 실정이지만 작가 연

구에 필요한 이론서가 부족하다는 사실에 주목하였다. 그래서 우선 작가 연구에 필요한 작가에 대한 기초 자료 조사 방법을 어떻게 할 것인가를 문제 삼았다. 본 장에서는 이런 의도에 따라 몇 가지를 검토하였다. 이를 정리하면 다음과 같다.

첫째, 원전(原典)의 확정과 방언 - 작가 연구를 위한 외재적 접근의 가장 중요한 조건으로 원전을 확정하는 작업이다. 그리고 원전 확정시에 방언을 고려하지 않으면 작품 해석에 오류를 범하게 된다.

둘째, 저작물(著作物)과 작가 의도 - 작가의 작품 세계를 이해하기 위해서는 반드시 작가의 발표된 작품에 대한 자료 조사가 필요하다. 뿐만 아니라 단행본의 경우 <서문>이나 <발문>을 통해서 작가 의식과 작품 세계를 유추할 수 있기 때문에 이에 대한 검토 작업도 아울러 진행해야 한다. 또한 작가를 이해할 수 있는 작가 주변의 글도 참고 조사할 필요가 있다.

셋째, 인터뷰와 작가의 초상(肖像) - 작가의 직접적 인터뷰 못지 않게 작가 사후 주변 인물들에 대한 인터뷰는 필요하다. 작가 생전의 모습을 되살릴 수 있기 때문에 필요하다. 그리고 반드시 긍정적 인터뷰만이 이루어지는 것이 아님을 주의해야 한다. 또한 1회에 그치는 것이 아니라 여러 번 인터뷰할 필요성이 있다. 왜냐하면 증언자의 판단 착오와 작가에 대한 당시의 기억의 오류가 있을 수 있기 때문이다.

넷째, 답사와 작가의 행적(行蹟) - 작가의 국외 활동이나 특정 지역에 대한 답사를 통해 그 지역의 독특한 정서를 발견할 수도 있다. 이 독특한 정서가 작가의 문학 세계를 이해하는 데 중요하다.

다섯째, 일기·편지의 내면 심리 - 작가의 심리적 상황을 이해하는데 중요한 자료 조사 방법이다. 그리고 작가가 남긴 메모를 통해서 작가 연구의 방향을 발견할 수도 있다.

여섯째, 서가(書架)의 탐방 - 작가의 독서력을 이해할 수 있고, 작가가 영향 받은 작품과 작가를 이해할 수 있기 때문에 중요하다.

일곱째, 작가 세계의 영향 관계 - 작가의 문학 세계에 영향을 끼친 성장기, 사회 제도, 종교 혹은 철학적 배경을 조사하여 이의 상관 관계를 밝히는 것은 작가 연구에서 필요하다.

작가 연구에 필요한 자료 조사 방법 일곱 가지는 순서가 정해진 것이 아니라 동시에 조사가 이루어져야 한다. 이외에도 작가 연구를 위해서는 작가와 관련한 많은 자료가 필요하다. 위에서 언급한 몇 가지 외에 작가 연구에 필요하다면, "작가의 정신적 자세, 교육, 교우 관계, 신체적 조건, 친척 관계, 직업, 재산 정도, 애정 관계, 읽은 책, 정치 사상, 습관, 취미, 심지어는 입맛까지도 작품 생산에 관련이 있다고 판단되면 가치 있는 정보로 간주하여 수집 정리"[86]해야 한다. 가령 이상은 폐결핵으로 비롯된 각혈의 신체적 고통이 그의 문학(소설 「12월 12일」 경우, 이상이 폐결핵의 죽음으로부터 불안과 공포, 죽음을 표현한 작품으로 이해)에서 반영되어 나타난 것을 본다면,[87] 작가에 대한 병명 자료 조사도 필요한 것이다. 또 작가의 애정 관계를 파악하면 작품을 이해할 수 있는 한 방법이 된다. 1930년 9월 ≪조선일보≫에 실린 김기림의 첫 발표시 「가거라 새로운 生活로」는 그 당시 자신의 애정 관계(첫 부인 月女와의 이별)을 표현한 작품이다.[88]

그리고 작가의 필명과 작품 세계의 관계를 고려해서 작가의 필명도 참고해야 한다. 본명 김해경보다 문단에 더 알려진 이상. 이상이라는 이름에는 일본문화적 속성이 있다는 점에서도 그의 필명(筆名)이 중요한 것이다. 또 필명을 통해서 작가를 추적할 수 있고 시대와 이데올로기의

---

86) 이상섭, 「역사주의 비평의 방법」, 『문학 연구의 방법론』, 탐구당, 1980, 30~31쪽.
87) 김윤식, 「제1차 각혈과 자살 충동」, 『이상연구』, 문학사상사, 1988, 73~104쪽.
　　김주현, 「2부 이상소설에 나타난 죽음의 문제」, 『이상소설연구』, 소명, 1999, 201~206쪽.
88) 김학동, 「김기림의 생애와 문학」, 『김기림평전』, 새문사, 2002, 39쪽.

양면성을 엿볼 수도 있다. 가령 월북한 작가와 작품을 드러내 놓을 수
는 없으니 그 이름들을 삭제해야 했던 시대가 있었다. 오양호는 "林和
의 경우는 아예 잘 쓰지 않는 본명 林仁植을 썼는데 그것도 신경이 쓰
여 '仁'자까지 빼고 나니 林 植이라는 엉뚱한 성명이 되고 말았다."[89]
고 한 데서도 이를 알 수 있다. 문인 필명에 대한 일람표는 김윤식 편『한
국현대문학연표』의「문인 필명 일람표」는 좋은 참고 자료가 된다.

　　모든 작가들이 자신의 생활 주변과 문학적 행위를 기록 보존하는 것
보다는 그렇지 않은 경우가 많다. 그래서 작가 전기에 필요한 자료가
풍부할수록 집필하는데 용이하다. 그러나 그렇지 못할 경우에는 작가
연구자는 곤혹스럽게도 자료 발굴에 많은 시간과 노력을 기울여야 한
다. 다른 방법은 작가 주변의 인물들에게 작가에 대한 방대한 인터뷰를
해야 한다. 이것조차 용이하지 못할 경우에는 일종의 초상화 같은, 소설
투의 작가 전기를 기술해야 하는 위험도 있다.

　　위와 같은 방법론 이외에도 작가 연구에 필요한 방법론이 많은 것이
사실이다. 이는 작가의 문학 세계를 이해하려는 다양한 방법론이 있다
는 의미이기도 하다. 그래서 작가 연구에 필요한 방법론은 각기 연구자
들이 할 수밖에 없다. 다만 작품 이해와 관련할 수 있는 조사 방법이어
야 한다는 점을 작가 연구자는 명심해야 할 것이다.

---

89) 오양호,「재판서문」에서,『농민문학론』, 형설출판사, 1989.

Ⅲ

연보(年譜)의 작성

　작가의 연보 작성은 작가의 일대기를 중심으로 하여 일기와 같은 구체적인 시기와 작품 발표 당시의 잡지, 신문, 당시의 지배적인 사상과 시대 사조를 한눈에 볼 수 있도록 정리하는 것이 좋다. 왜냐하면 작품 전후 관계를 일목요연(一目瞭然)하게 하여 작가의 문학 세계의 변모 과정을 검토할 때 중요하게 활용되기 때문이다. 또 문학 작품의 공시적 연구와 달리 통시적 연구 방법을 취할 때 유용한 자료로도 활용될 수 있다. 연보 작성 시에 ① 생년월일 및 출생지, ② 성장 과정, ③ 작품의 목록, 발표 당시의 신문, 잡지 및 발표 시기, ④ 미발표 원고, ⑤ 작가 사후의 변화(추모집, 선집, 전집 및 기념 행사), ⑥ 기타 - 국내 상황 및 국제 상황 등의 항목으로 나누어 작성하는 것이 보편적이다.

1. 생년월일 및 출생지와 성장지

작가의 생년월일은 작가가 속한 당대의 사회적, 시대적 환경의 지배 속에서 작가의 의식이 철저히 반영된다는 점에서 중요하다. 여기서 한 가지 주의해야 할 점은 실지 출생연도와 호적등본상의 차이이다. 특히 한국 사회에서 이러한 차이는 흔히 있는 일이었다. 기존에 나와 있는 작가에 대한 참고서지의 경우에도 확인이 필요하다. 필자는 송욱을 연구하면서 그의 사망일을 확인한 결과, 기존에 나와 있는 참고서지(≪한국현대문인대사전≫, 아세아문화사, 1990)와는 무려 5일이나 달랐다. 그 내용을 인용하면 다음과 같다.

> 송욱 선생의 출생과 사망에 대한 정확한 연도를 파악하기 위하여 연구자는 몇 가지 내용을 검토했다. 송욱 선생의 주민등록표에 의하면, 주민등록번호는 250419-1023115이다. 출생지는 충남 홍성이고, 본적은 서울특별시 종로구 화동 135 번지다. 1980년 4월 16일 0시 5분 서울대병원에서 급환으로 세상을 떠났다(향년 55세 → 이는 당시 언론에서 보도된 내용이다. 80년 4월 15일 오후 11시 30분에 성북동 자택의 서가에서 급환으로 사망했다. 언론 보도 내용과의 차이는 댁에서 서울대병원까지 이송하여 최종 진단하여 사망 시각을 정했기에 차이가 있는 것이다. 이 내용은 연구자와 장남 송정렬 씨의 면담 내용이다. 서울, 1996. 8. 21). 장지는 경기도 양주군 모란 공원 묘지다. 출생과 사망 사이의 문단 활동은 그의 작품, 서울대학교 교수 근무 기록 일지와 김용성의 「송욱 연보」, ≪한국일보≫(1982. 12. 25), 그리고 장남 송정렬 씨의 면담 내용을 토대로 삼는다.
>
> — (졸저, 『송욱문학연구』, 13~14쪽).

작가의 생년월일은 작가의 성장 과정에서부터 시작되는 시기이기 때문에 작가의 작품 활동 시기를 산정할 수 있다. 뿐만 아니라 그의 성장기의 성숙도, 즉 어느 나이 정도에서 어떤 작가의 영향을 받았는지 혹은 어느 때 작품 활동을 시작했는지를 알 수 있고, 또 어느 시점의 작가 주변 관계를 파악하는데 도움이 된다. 그래서 작가 연보에는 반드시 생년월일이 필요하다.

당연히 작가의 출생지는 <호적등본>을, 생존시 생활 근거지는 <주민등록등본>을 통하여 확인할 수 있다. 이런 출생지와 성장지의 세세한 부분들은 작가 주변 인물들을 통해서 반드시 확인하고 검증할 필요성이 있다. 실제 공식적 문서와 다를 수 있기 때문이다. 그리고 작가의 관직이나 공식적인 관훈의 사실들을 파악하여 정리하는 것이 좋다. 왜냐하면 작가의 관직이나 관훈은 재직 당시에 어떤 결정할 사항들에 대해 그의 사상적 성향을 검토할 수 있기 때문이다. 작가의 출생지 또한 연보 작성에 필요한 사항이다. 이는 역사적 현장이 역사에서 중요하듯이 작가의 출생지가 작가 의식에 반드시 영향을 주기 때문에 역사적 공간이라 할 출생지는 중요하다. 그런데 작가들의 생년월일이나 출생지가 잘못 기록되어 온 경우가 비일비재(非一非再)하다. 그 예를 몇 가지 들면 한용운, 노천명, 유치환, 이육사 등에서 찾을 수 있다. 일제 시대의 저항 시인이요, 독립 투사인 한용운의 출생지에 대해서도 정확하게 정해진 바가 없다.

3·1운동 직후 경성지방법원 예심괘(豫審掛) 예심판사 영도웅장(永島雄藏)의 조서에서 밝혀진 한용운의 진술에 의하면 충남 홍성군 남문리(南門里)로 그 출생지가 되고 있다.

그 밖에도 홍성군 서부면(西部面) 용호리(龍湖里) 설과 서부면 남당리(南唐里) 설이 있으며 심지어는 구항리(龜項里) 설이 있다.

그러나 당지(當地)의 한용운 추모자 손재학(孫在學)은 그의 집요한 조사로 이런 여러 가지의 출생지 설을 부정하고 있다. 그가 밝힌 바에 따르면 홍성군 결성면(結城面) 성곡리(城谷里) 491번지 전철동(磚鐵洞)에서 태어난 것으로 된다. ……중략……

　출생지 결성면(結城面) 성곡리(城谷里) 일대는 태안반도가 남쪽으로 굽
어서 안면도(安眠島)와 이어지는 서해 천수만(淺水灣)을 이루어 놓은 해
안에 자리 잡고 있다. 일제의 행정 구역 이전에는 홍주군과 결성군은 분
리되었다가 1914년에 홍성군으로 병합된 것이다.
　　　　　　— (고은, 「湖西緣起論」, 『평전 한용운』, 백민사, 1978, 20쪽)

　위의 인용에서처럼 한용운의 여러 가지 출생설 가운데 가장 신빙성
이 있는 손재학 설을 많이 수긍하고 있는 실정이다. 심지어 출생 연월
일과 출생지가 잘못되어 있는 경우도 있다. 노천명의 연보에서 이를 찾
을 수 있는데, 인용하면 다음과 같다.

　흔히 노천명의 연보, 또는 이전까지의 작품집 등을 보면 그녀의 출생
연월일에 어긋난 기록들로 혼동하기도 한다. 1912년 또는 1913년 출생도
틀린 햇수이거니와 9월 2일생 역시 잘못이다. 1911년 9월 1일이 정확한
그녀 출생연월일이다. 진명여고의 학적부에 밝혀져 있는 <명치 44년 9월
1일생>은 현재 우리가 쓰는 서력 기원으론 1911년에 해당되며, 이 정확
한 햇수가 1912년이나 1913년, 게다가 9월 2일로 오기된 잘못은 1960년도
에 출간된 ≪天命社≫ 발행의 『노천명전집, 시편』의 약력을 쓴 <C생
(生)>의 <단기 四二四五년 九월 二일>의 잘못된 기록에서 연거푸 인용
됨으로써 빚어진 誤謬가 아닌가 한다. 그러므로 다음처럼 노천명의 정확
한 본적과 생년월일을 거듭 밝혀 둔다.

　　*원적(原籍) : 황해도(黃海道) 장연군(長淵郡) 순택면(蓴澤面) 비석포
　　　　　　　　(碑石浦) 281
　　*생년월일 : 1911년 9월 1일

　이 빛나는 「시골뜨기」는 초가을 출생이고, 고향 또한 예부터 순나물[蓴
菜]이 유별나게 많고 맑은 못도 많은 순택면의 바닷가 포구 마을 비석포

리이다.
　　　— (정공채, 「시골뜨기」, 『노천명평전』, 대가출판사, 1983, 53~54쪽)

　　위의 잘못된 내용이 작가의 공식적인 기록으로 받아들여진다면, 이로써 작가의 비문에 새겨진 생몰 연대가 잘못 기재되어 후손에게 알려지는 사태까지 낳는 것이다. 또 앞에서도 필자가 언급한 『한국현대문학사탐방』의 저자 김용성이 쓴 「문학사탐방(28)」(≪한국일보≫, 1982)에서 송욱 관련 생몰 연대도 맞지 않다. 그리고 ≪한국 문인 대사전≫에도 송욱의 사망 연월일이 1980년 4월 21일로 정리해 놓아서 5일이나 차이가 난다.

　　『새 자료 조사를 통한-한국 작가 전기 연구』(하)에는 유치환의 출생지를 밝혀 놓았지만, 현재 이에 대한 이견(異見)이 분분한 상황이다. 유치환의 출생지와 관련한 내용을 정리하면 다음과 같다.

　　가) 1908년-음 7월 14일 慶南 忠武市 太平洞(속칭 東門 안)에서 儒生인부 晋州 柳氏 煥秀와 密陽 朴氏 又守 사이의 八남매 중 차남으로 태어남.
　　　— (김용성, 『한국현대문학사탐방』, 1973/ 중판 1979, 288쪽)

　　나) 청마는 1908년 7월 14일 경남 통영군 통영면 동부동(東部洞)(현 충무시 태평동) 5통 16호에서 출생하였다.
　　　— (『새 자료 조사를 통한-한국 작가 전기 연구』(하), 1975, 29쪽)

　　다) 1908년(1세)- 慶南 巨濟市 屯德面 芳下里 507번지에서 陰 7월 14일 儒生인 아버지 晋州 柳氏 煥秀와 密陽 朴氏 又守 사이의 八남매 중 次男으로 태어남.
　　　— (박철석 편저, 『새 발굴 청마 유치환의 시와 산문』, 열음사, 1997, 571쪽)

라) 東郎·靑馬의 부친 柳焌秀는 1887년 12월 25일 경상남도 巨濟郡
屯德面 芳下里에서 柳池英의 차남으로 태어났으며, 東郎·靑馬의
모친 朴又守는 1886년 1월 12일 巨濟郡 屯德面 하둔리에서 朴絢
碩의 차녀로 태어나 柳焌秀와 朴又守가 결혼(1904년)하였다. 결
혼 후 거제군 둔덕면 방하리 507번지에 거주하면서 1905년11월
19일 東郎 柳致眞을 낳고, 1908년 7월 14일 靑馬 柳致環을 낳았다.
— (거제시 편, 『東郎 柳致眞·靑馬 柳致環의 出生地 調査 研究』,
2000, 88~89쪽)

마) 청마 유치환 자신이 생존시에 직접 쓴 자작시 해설 『구름에 그린다』
(신흥출판사, 1959, 11~20쪽)에 의하면 1908년 현 통영시 태평동
(당시 東門 안)에서 태어났다.
— (차영한, 『청마 유치환 고향시 연구』, 경상대학교 석사학위, 2002, 1쪽)

『새 자료 조사를 통한 한국 작가 전기 연구』(하)에서는 유치환의 <호
적초본>을 바탕으로 하여 출생지를 조사했다. 『한국현대문학사탐방』은
작가 김용성이 직접 증인을 찾아 인터뷰했다. 인터뷰의 대상은 권재순
(權在順, 65, 부인, 서울 종로구 동승동 129의 83), 유치진(柳致眞, 69, 親兄, 劇作家,
드라마 센터 所長), 유치선(柳致善, 45, 누이, 부산시 동대신동 1가 262의 2), 홍영
기(洪永基, 48, 후학, 경주서림 주인, 대의원), 김소운(金素雲, 67, 親友, 시인, 수필
가), 김소순(金小順, 42, 충무시 태평동 500번지) 등으로 가족, 문우를 대상으
로 인터뷰해서 청마의 연보를 작성했다. 이어령과 김용성은 청마 출생
지를 충무(통영)로 밝혔지만, 박철석은 거제시로 출생지를 밝혔다. 또 거
제시에서 청마 출생지를 조사해서 거제시로 밝혔다. 거제 출생설의 근
거로 첫째, 東郎 自敍傳의 정리자인 柳敏榮 교수에게 東郎이 거제에서
출생하였음을 구술하였으며, 1993년 발행된 『東郎 柳致眞 全集 9卷』의
「自敍傳」에 거제 출생이 기록되어 있다는 점과, 둘째, 東郎·靑馬의 출
생지와 관련하여 유가족 및 친인척의 증언은 물론 靑馬의 유족이 친필

원고를 남기고 있다는 점을 들고 있다.[1] 이와는 달리 최근 통영 시청에서 오랫동안 근무한 경험을 살려 청마의 고향시를 주제로 연구한 차영한은 통영설을 주장하고 있다.[2] 어느 쪽의 주장이 타당한 것인지는 두고 볼 일이지만, 작가 연구에 있어 출생지에 관한 자료 분석이 얼마나 어려운가를 단적으로 보여 준 예라 할 수 있겠다. 물론 이러한 자료 분석의 경우에는 연구자가 직접 확인해야 할 사항들이 많음을 알 수 있다.[3]

이육사는 대구 장진홍 의거로 1년 7개월의 억울한 옥살이를 하고 바로 《중외일보(中外日報)》 대구 지국의 기자로 활동했다. 이때 옥고를 치른 뒤 발표한 첫 시인 「말」의 발표 시기와 이육사의 생애 과정을 바로 잡은 김희곤의 책을 인용하면 다음과 같다.

> 1929년 5월, 1년 7개월의 억울한 옥고를 치르고 나온 그는 바로 중외일보(中外日報) 대구 지국의 기자로 활동하였다. 이 당시 육사가 기자로서 활약한 신문이 조선중앙일보라고 전한 경우도 있었지만, 이때는 중외일보 시기였다. 시대일보(1924. 3~1926. 8)로 시작된 이 신문이 중외일보(1926. 11~1931. 9), 중앙일보(1931.1 11~1933. 2), 조선중앙일보(1933. 2~1937. 3) 등으로 변천하였으므로, 육사가 활동하던 1930년을 전후한 무렵은 바로 중외일보 시기였다. 그런데 그가 조선일보에 첫 시인 「말」을 1930년 1월에 게재했으므로 당시 그를 조선일보 대구지국의 기자로 판단한 경우가 많았다. 그렇지만 그가 중외일보 기자로 활약하다가 조선일보로 자리를 옮긴 시기는 1931년 8월이었다.
> — (「감옥을 드나들면서도 꺾이지 않다」, 『새로 쓰는 이육사평전』, 95~96쪽)

---

1) 거제시 편, 『東郎 柳致眞·靑馬 柳致環의 出生地 調査 硏究』, 2000, 88쪽.
2) 차영한, 「Ⅲ. 출생지 고찰」, 『청마 유치환 고향시 연구』, 경상대학교 대학원 석사학위, 2002, 21~56쪽.
3) 김윤식은 청마의 작품(「叡智를 잃은 슬픔」)에서 출생지를 추정하였다(「모더니즘의 한계」, 『한국근대작가론고』, 일지사, 1974, 122쪽. 출생지 출처의 인용문은 다음과 같다. "지용과의 마지막은 6·25 동란 발발 바로 한 달 전인 5月 下旬 때였다. 그 때 지용은 경향 신문에다 紀行文을 실으면서 南海쪽을 廻遊하던 중이었는데 그 길에 내 고향 統營에 들러 내 집에 一週日 남짓을 보냈다."(김윤식, 《현대시학》, 1970. 1~3).

김희곤은 "중외일보에 기자로 근무하던 시절을 보여 주는 다른 자료로 그의 서신이 한 장 남아 있기도 하다. 집안 아저씨 이영우에게 보낸 서신이 그것인데, 1930년 6월 6일자로 된 글이다."4)라고 자료를 제시했다. 이는 연보를 작성할 때 그 필요성을 보여 주는 단적인 예이다.

출생 연월일과 출생지가 잘못되어 있는 경우도 있다. 출생지에 따른 문제는 오늘날 문학 기념비를 세우거나 문학관을 건립하는 데에도 문제가 발생하는 경우가 많다. 물론 이는 지역 문화 발전이나 관광 산업 육성이라는 현실적인 득실의 문제를 놓고 진행되기 때문에 논란이 심각할 수밖에 없다. 청마 유치환의 문학관 건립 문제나 김유정의 문학비 건립의 문제가 지역 문화 사업의 문제 거리가 되었던 것도 작가의 출생지와 결코 무관한 것이 아니다. 이는 현실적 득실보다는 문학 자산 보존이라는 차원에서 정확하게 고증되어야 한다.

출생지와 성장지를 파악하면, 작가의 동향(同鄕) 문우(文友)를 통해 작가에 대한 간접 자료를 얻을 수 있다. 가령 "이상화를 연구하다 보면 여러 가지 면에서 이장희의 생애가 연관이 되고 이상화와 이장희를 연구하다 보면 계속적으로 백기만이 얼굴을 드러내는 것이다. 그것은 백기만이 자료의 불모지에서 『尙火와 古月』(청구출판사, 1951)을 펴냈다는 일 때문만이 아니라 이 세 사람의 생애는 많은 일들이 서로 얽히고 설켜 있기 때문이다. 이근상 역시 당시 대구 부호의 자제로서 앞 세 사람과 교유가 깊었으며 서로간 인척 관계에 있었다."5)는 점에서도 작가 출생지의 동향(同鄕) 문우(文友)들뿐만 아니라 가까운 친척들을 통해서 작가에 대한 간접 자료를 얻을 수 있음을 알 수 있다. 가령 작가의 출생지와 인척 관계를 통해서 시에 표현된 특수한 시어의 의미를 파악할 수도 있다. 이상화의 시 「나의 寢室로」의 첫 행에 나오는 '목거지'의 의미

---

4) 김희곤, 「감옥을 드나들면서도 꺾이지 않다」, 『새로 쓰는 이육사 평전』, 지영사, 2000, 98쪽.
5) 이기철, 『작가론의 실천』의 <책머리에>, 8쪽.

는 쉽게 그 의미를 찾기 힘들었다. 이런 때 동향 친척의 인터뷰를 통해서 그 의미를 찾은 한 예를 인용하면 다음과 같다.

> <마돈나> 지금은 밤도, 모든 목거지에, 다니노라 疲困하야 돌아가려는도다.

> 와 같은 첫 줄에서도 <목거지>라는 생소한 말이 보인다. 이러한 말은 국어사전에도 수록되어 있지 않으나, 작가의 생장지인 대구 지방의 속어로서 여럿이 모여 회식함을 뜻하는 말로 씌었음을 알 수 있다.
> — (신동욱, 「역사주의적 비평」, 『문예비평론』, 서문당, 1982, 25쪽)

위의 인용시에 나온 '목거지'의 뜻을 신동욱은 1968년 봄 이상화 선생의 계씨(季氏) 이상오(李相旿) 선생으로부터 직접 들었다고 했다.[6] 그리고 작가의 출생지를 알면 작품을 이해할 수 있다. 한 예를 들면 다음과 같다.

> 넓은 벌 동쪽 끝으로
> 옛이야기 지즐대는 실개천이 휘돌아 나가고
> 얼룩백이 황소가
> 해설피 금빛 게으른 울음이 우는 곳
> 그곳이 참하 꿈엔들 잊힐리야

이 작품에서 <해설피>는 정지용의 고향인 충청북도 옥천 지방 사람들의 말인 듯이 생각된다. 해가 질 무렵을 흔히 <해가 설핏한 무렵>이라고 이르기도 한다. <해설피>로 하면 헤픈, 자주 등의 뜻으로 풀이할 수 있겠으나, 1934년도 建設出版社판 정지용 시집에는 <해설피>로 나와 있고,

---

6) 목적지, 연회, 잔치 마당. 모임의 뜻을 가진 경상 방언 → 모꼬지.(김재홍 편저, ≪시어사전≫, 고려대학교 출판부, 1997, 394쪽).

1950년도 正音社版 현대시집 第一卷에도 역시 <해설피>로 적혀 있다.

— (신동욱, 위의 책, 26쪽)

위의 인용은 정지용의 출생지 충북 옥천 지방의 말을 모르면 이 시를 이해하는데 어려움이 있다는 것이다.[7]

작가의 출생지와 성장지는 작가 연구에서 중요하게 다루어진다. 왜냐하면 작품의 주된 배경이 되거나 작가 의식이 뚜렷하게 자리 잡을 수도 있기 때문이다.[8] 한국문학사에서 이광수, 김억, 김소월, 백석과 같은 작가는 빼놓을 수 없을 만큼 중요하다. 이들은 다 같이 평북 정주 출생이다. 이들은 분명 유사한 문학적 성향을 가졌음을 짐작할 수 있다. 가령 ① 민요시와 그 형식, ② 정주 방언을 통한 향토성을 꼽을 수 있다.[9] 이처럼 "이 지역이 배출한 문인들의 작품 특성 또한 공통의 요소를 많이 갖고 있음을 생각해 볼 때 한 지역의 역사성과 환경 요인은 문학 예술 분야에도 많은 영향을 끼친다는 사실"[10]을 확인할 수 있다. 김유정의 문학을 대개 향토 문학이라고 규정하는데, 이는 그의 작품 가운데 농촌을 배경으로 한 작품들(『소나기』, 『산골』, 『만무방』, 『산골나그네』, 『동백꽃』, 『가을』 등)이 우수하기 때문에 내린 평가이다. 농촌 배경의 문학에는 "소재만이 아니라 심정 자체가 향토적이라는 말이 되기도 한다. 왜냐하면 그가 성장해 온 환경을 떠올릴 때 이러한 생각은 한층 뿌리를 길게 내리기 때문이다. 그가 태어나고 자라난 곳이 강원도 춘성군 실레, 그 조

---

7) 해설피 : 해가 기울 무렵, 해질 머리, '서글프게'라는 뜻으로 해석하는 주장도 있으나 잘못된 것이다.(김재홍 편저, 앞의 책, 1609쪽).

8) 오세영은 "소월이 그의 시에서 즐겨 노래한 산과 바다, 그리고 강 등 자연의 아름다움은 실상 그가 태어나 자라고 그의 각별한 감수성이 숨쉬었던 그 고향 산천의 아름다움에 지나지 않는다."고 하였다. 김소월의 고향 풍경을 보여 준 시작으로 「풀따기」, 「부엉새」를 들 수 있다.(「인간과 삶」, 『김소월, 그 삶과 문학』, 서울대학교 출판부, 2000, 10~11쪽).

9) 박혜숙, 「전통 서정시 흐름의 원류」, 『한국 현대시 흐름의 양면 탐구』, 국학자료원, 2001, 118~126쪽.

10) 박혜숙, 앞의 책, 102쪽.

그마한 농촌임을 상기할 때 이는 당연한 귀결"11)이다.

그리고 출생지나 성장지 못지 않게 작가의 계층 의식이 문학에 반영되기 때문에 작가 연구에서는 때로는 작가의 신분에 대해서도 검토해야 한다. 김동인의 집안은 8대에 걸쳐 평양의 부호였다. 집안의 지주 계층 의식이 그의 작품에서도 반영되어 나타났다. 그의 지주 계층 의식이 그에게 오만함으로 자리 잡게 되면서 인간을 무시하는 태도가 그의 작품(『감자』,『金姸實傳』)에서도 그대로 나타난다는 점을 볼 때,12) 작가 연구에서 출생지와 계층 의식을 파악하는 것도 중요하다. 이처럼 작가의 출생지나 교육적 배경이나 계층적 배경과 관련한 작품의 미적 요소를 헤아려 볼 수 있다는 것을 알 수 있다.13)

2. 작품 목록

작가의 생년월일을 파악하고 난 뒤, 성장 과정에 따른 작가의 작품 목록을 작성해야 한다. 이는 작품의 주인공 의식이나 주제가 작가의 성장 과정에서 두드러지게 나타난 의식의 관계를 파악하기 위함이다. 그리고 작가의 통시적인 작품 세계를 통해 그 문학 세계의 지속성과 변화의 정점들을 들여다볼 수 있다. 한 작가의 문학 세계를 연구하면서 작가 세계의 지속성과 변화가 작품 속에 투영되어 나타나기 때문에 작가의 정신 세계의 성숙도를 알 수 있다. 작품 연보를 작성하게 되면, 창작 배경과 창작 세계의 흐름, 변모를 한눈에 파악할 수 있다. 이를 보여 주는 한 예를 들면 다음과 같다.

---

11) 이주일, 「향토적 해학과 풍자의 세계-김유정론」,『한국근대작가연구』, 삼지원, 1985, 240쪽.
12) 이동하, 「자존과 시대고-김동인론」,『한국근대작가연구』, 삼지원, 1985, 81쪽.
13) 신동욱, 「역사전기적 비평」,『문예비평론』, 서문당, 1982, 25쪽.

연도	작품 제목	출전	장르
1934 (33세)	「그리스도를 본바듬」	《가톨닉靑年》(1-7)	번역
	「다른 한울」	《 ″ 》(2)	″
	「또 다른 太陽」	《 ″ 》(2)	″
	「不死鳥」	《 ″ 》(3)	″
	「나무」	《 ″ 》(3)	″
	「卷雲層 우에서」	《조선중앙일보》(7)	″
	「勝利者 金안드레아」	《 ″ 》(9)	″

위의 인용표는 김학동의 『정지용연구』(민음사, 1987)에 수록된 「정지용의 생애 및 작품 연보」(361쪽)를 참고하여 작품 활동 시기와 작품 제목, 출전, 장르를 구별하여 재구성하였다. 1934년에는 정지용이 종로구 재동 45의 4로 이사했던 시기이고, 장녀 구원(求園)이 출생했던 해이기도 하다. 그리고 정지용 문학의 변화 시기 가운데 신앙시(信仰詩)를 발표한 시기이다.[14] 이처럼 연보를 통해 작가의 문학 세계의 변모 양상을 한눈에 파악할 수 있다. 작품 목록을 작성할 때는 작가에 관한 기초 자료 조사뿐만 아니라 단행본을 중심으로 작가가 속한 당대의 잡지, 신문 혹은 동인지를 참조할 필요성이 있다.

1930년대 평북 정주의 뛰어난 시인인 김소월과 백석. 백석의 경우, 해방 이후에 그의 행적을 알 수 없기 때문에 그의 작품 목록을 만든다는 것은 대단히 어려운 일이다. 그러나 몇몇 논자들의 노력으로 어느 정도까지는 정리가 되었으나 그의 대표작인 「南新義州 柳洞 朴時逢方」은 아직도 작품 연대가 확정이 되지 않고 있다.

---

14) 정지용의 문학적 변모 과정을 크게 나누면, 3단계로 나눈다. 이때 신앙시의 시기는 제2단계(1933~1935: 신앙 고백시)로 그의 실제 신앙 시기와 일치하는 부분이 있다(권오만, 「정지용 시의 은유 검토」, 『한국 현대 시인론』, 시와 시학사, 1995, 127쪽). 제1단계: 1926~1932-감각시/ 제2단계: 1936~1941-동양적 관조

　　백석은, 1935년 8월 31일자 ≪조선일보≫에 「定州城」을 처음 발표하고, 1948년 10월호 ≪학풍≫ 창간호에 「南新義州 柳洞 朴時逢方」을 마지막으로 발표하여 생애 동안에 모두 95편의 시와 12편의 산문(번역 포함)을 남겼다. ……중략……

　　이 시를 쓴 연대에 대해서는 최두석은, 「산」, 「적막강산」, 「마을은 맨천 구신이 돼서」 등과 같이 태평양 전쟁 전에 씌어졌으나 발표는 일제 강점기가 끝 난 뒤에 되었을 것이라 추정하고 있다(최두석, 「백석의 시세계와 창작 방법」, 김윤식·정호웅의 『한국근대 리얼리즘 작가연구』, 문학과 지성사, 1988). 그러나 그의 작품 연보를 통해 볼 때, 백석이 1945년 해방이 되던 해 만주에서 귀국, 한때 신의주에 거주하다 고향 정주로 돌아왔다(이동순 작성, 「백석 연보」, 『백석시전집』, 창작사, 1987)는 것을 참고하면, 이 시는 이 시기 즉 해방 전후, 백석의 신의주 거주 시절에 씌어진 것으로 봄이 좋을 듯하다.

— (이기철, 「체념의 시학」, 『현대시의 이해』, 문학과 비평사,
1990, 188~189쪽)

　　작품 연대를 정하는 것은 단순히 연대를 추정하는 것 이상으로 중요하다. 왜냐하면 작품 연대를 정할 경우, 작가의 생활 근거지 및 생활 주변을 파악하여 작품의 내용을 파악할 수 있기 때문이다. 백석의 이런 작품 연대 추정을 통해 작품의 내용을 이해할 수 있는 부분을 더 인용하면 다음과 같다.

　　그는 1939년경 만주로 가서 新京市 東三馬路 시영 주택 35호 황씨 방에 거처를 정했고, 1940년 잠시 서울을 다녀갔으며 1941년경에는 생계가 어려워 측량서기도 하고 소작인 생활도 하다가 을유 해방과 더불어 신의주에 와서 무직으로 고생을 하고 있었으므로 그의 방랑과 무기력이 이 시를 낳게 한 것이며, 이 시의 전체적인 분위기는 이러한 정황과 연결되어 있다.

— (이기철, 「체념의 시학」, 위의 책, 1990, 189쪽)

위의 인용에 따르면, 「南新義州 柳洞 朴時逢方」의 창작 배경에는 신의주에서 방랑과 무기력의 생활이 시에 짙게 배어 있다고 보는 것이다. 백석과 서울에서 몇 년 동안 동거한 김자야의 『내 사랑 백석』은 관련 도서로 참고할 필요가 있고, 이후 김재용의 『백석시전집』도 참고하여 이를 분석할 필요가 있다. 그래서 필자는 작가의 기초 자료 조사에서 관련 도서를 참고하라고 언급을 했었던 것이다.

작품 목록을 작성할 때, 특히 작고 후에 발견된 작가의 초기 작품은 작가 의식의 출발점이기 때문에 이의 발견은 대단히 의미 있는 일이다.[15] 물론 사후 유고 작품집의 경우, 작가의 마지막 문학 세계를 보여줄 수 있기 때문에 가치 있는 것이다. 때로는 왕성한 작가 활동 중에 이런저런 이유로 해서 발표하지 못한 작품이 작가의 문학 세계의 결정적인 영향을 줄 수도 있다. 더구나 시대 상황과 관련된 경우에 작가의 의식 세계를 들여다볼 수 있다. 작가들의 작품 가운데 미발표 원고가 많이 있을 수 있기 때문에 작가 연구에서 이를 꼼꼼하게 검토해야 한다.

31살에 스스로 생을 마감했던 수필가 전혜린의 유작 가운데 미발표

---

15) (서울=연합뉴스) 정천기 기자. 한국 최초의 구어체 자유시로 평가받는 「불놀이」를 쓴 주요한(1900~1979) 시인이 열여섯 살에 일본 문예지에 발표한 「5월 비 내리는 아침」 등 초기 작들이 발굴됐다. 일본 시인 사가와 아키(左川亞紀, 50세) 씨는 국내 시전문 계간지 ≪시평≫ 겨울호에 기고한 '주요한의 일본어로 쓴 초기 시편에 대해'에서 "주요한은 1916년 ≪문예잡지≫에 작품 2편을 투고해 10월호에 「5월 비 내리는 아침」, 11월호에 「광인」이 가작으로 게재됐다"면서 "주요한은 이 투고를 계기로 ≪문예잡지≫의 편집 일을 돕기도 했다"고 밝혔다. "바람은 비를 불어오고/묘지의 나무들음/즐거운 듯 춤춘다"로 시작되는 「5월 비 내리는 아침」은 주요한이 일본 유학시절에 쓴 것. 이 시에 대해 사가와 씨는 "조선인 시인이 일본어로 쓴 시가 활자화한 최초의 작품"이라고 밝혔다. 이후 주요한은 일본의 구어체 자유시의 창시자인 가와지 류코(川路柳虹) 씨의 시잡지 ≪반주≫의 특별 동인이 되어 「포도꽃」, 「봄」 등 문어체의 서정적 시 7편을 발표했다. 가와지 씨가 1918년 ≪반주≫를 폐간하고 ≪현대시가≫를 창간하자 주요한은 이 잡지의 창간호부터 1919년 1월까지 17편의 시와 시조를 소개한 「조선가곡초」를 발표했다고 사가와 씨는 소개했다. 주요한이 「불놀이」를 발표한 것은 1919년 2월 김동인 등과 함께 만든 조선어 문학동인지 ≪창조≫의 창간호였다(2004년 11월 12일, ckchung@yna.co.kr).

원고 「밤이 깊었습니다」가 언론과 잡지에 공개되었다. 그 내용을 인용하면 다음과 같다.

> 월간 《춤》 4월호가 공개한 특집 '田惠麟 未公開 隨想'은 그가 자살하기 1년 전인 1964년경 이 잡지 발행인 조동화 씨(80)가 원고 청탁해 받아 놓았던 것. 조씨는 "평소 친분이 두터웠던 전혜린으로부터 받은 글은 66년 창간하려다 중단된 무용 평론지에 실으려던 원고였다"며 "최근 서재를 정리하다 전혜린의 원고를 발견해 《춤》지에 공개하게 됐다"고 밝혔다.
> — (《동아일보》, 2002년 4월 5일, 황태훈 기자, beetlez@donga.com)

위의 인용에서 보듯이 작가 연구를 할 때, 신문과 당대 잡지를 참조해야 할 필요가 있다. 과거와는 달리 신문 기자들은 컴퓨터의 보급과 관련해서 개인 정보를 공개하기 때문에 자세한 사항을 취재할 수 있는 이점이 있다.

작가에 대한 깊은 애정과 관심이 작가 연구의 출발점이다. 그리고 작가에 대한 많은 정보를 캐기 위해서 주변 인물들에게도 깊은 관심을 가지고 있어야 한다. 왜냐하면 이들이 작가의 미발표 원고 혹은 유작을 보관하고 있을 수도 있기 때문이다. 윤동주의 시집 『하늘과 바람과 별과 시』가 정병욱과 강처중에 의해서 보관되어 전해졌던 사실과 이육사의 원고가 동생 이원조에 의해 전해졌던 예도 이를 증명한다.

3. 작가(작품) 연보 작성

작가(작품) 연보를 작성할 경우 크게 서술형과 도표형으로 나눌 수 있다. 서술형은 작가의 출생 연도와 성장 과정 및 주요 작품을 간략하게

정리한 것이다. 경우에 따라서는 작가의 관훈에 대해서 언급하는 경우
도 있다. 서술형은 작가와 중요한 작품을 한눈에 간략하게 볼 수 있다
는 이점이 있는 반면 작가의 구체적 문학 창작과 관련한 생애를 볼 수
없다는 단점이 있다. 그렇다고 해서 도표형이 세세한 부분까지 다 접근
했다고 할 수 없다. 다만 서술형보다는 자세하게 작가에 대해 정리한다
는 장점이 있다.

3. 1. 서술형

서술형의 경우, 부모 직계로부터 시작해서 출생과 성장, 학벌 사항과
작품 발표 지면을 간략히 소개한다. 대부분 서술형은 시대 상황과 관련
해서 서술하지 않기 때문에 문학과 사회 혹은 시대 상황과 작가 의식의
관계를 파악하는데 어려움이 있다.

가) 서술형의 예: 노천명 연보

1921년 - 황해도 장연군 순택면 비석포리에서 9월 1일 아버지 풍천
　　　　　노씨 啓一과 어머니 의성 김씨 鴻基 사이에서 차녀로 태어
　　　　　나다. 이름을 基善이라 지어 받다.
　　　　　　　　　……중략……
1932년 - 시 「밤의 讚美」로 ≪신동아≫6월 호에 발표, 이어 「斷想」
　　　　　「포구의 밤」 등을 발표하다.
1934년 - 梨專 영문과 졸업. ≪조선중앙일보≫ 학술부 기자로 입사하
　　　　　다(4년 간 근무).
1935년 - ≪詩苑≫誌 창간호에 시 「내 청춘의 배는」을 발표하여 문단
　　　　　에 데뷔하다.
　　　　　　　　　……중략……

> 1957년 - 3월 7일 오후 3시, 재생불능성 뇌빈혈로 청량리 위생 병원 1
> 호실에 입원. 이해 6월 16일 새벽 1시 30분 누하동 자택에서
> 운명하다.
>
> — (정공채, 『노천명평전』, 대가출판사, 1983, 313~315쪽)

위의 작가 연보에서 보듯이 출생과 성장 과정을, 그리고 작품 발표 중심으로 큰 줄기만을 서술함으로써 빠른 시간 내에 작가의 활동을 한눈에 보도록 하였다. 노천명의 경우는 인간의 근원적 고독에 대한 성찰을 작가 연구의 초점으로 맞추었기 때문에 서술형으로도 무방한 것이다. 그러나 이는 작가의 문학적 일대기를 한눈으로 보기에는 부족한 부분이 있다. 그래서 필요에 따라 작가(작품) 연보를 다양한 관점에서 치밀하게 작성하는 것도 좋은 방법의 하나이다.

3. 2. 도표형

가) 도표 Ⅰ형의 예: 송욱 연보

연/월/일	생 애	연구 활동 및 작품 / 저 술
1925. 4. 19	충남 홍성(洪城)에서 부 礪山 宋씨 良浩와 모 慶州 金씨 東成 사이의 3남 7녀 중 3남(7녀 중 누님이 3명 있었음)으로 출생	
1925. 4. 19	※부친 宋良浩 씨는 원래 전북 김제 출신으로 독학을 하며, 군청에 있던 이로 나중에 충남 唐津과 경기 江華의 군수를 지냈음	

1965(40살) 3. 1	서울대 문리과 대학 교수 (1975. 2. 28까지) ※1965년 여름 지리산을 시작으로 1971년까지 소백산 월정사까지 명 산을 두루 등산	평론 「批評과 行動」(≪사상계≫, 1965. 7) 시 「또 第二創世記」(≪사상계≫, 1965. 8) ※산행에서 얻게 된 자연 탐미의 세 계를 『月精歌』(일조각, 1971) 시집 으로 출판함
1981. 3. 5 4. 16	유고시집이 김현 교수(서울대 불문 학과 교수 역임, 1990년 작고)에 의 해 편집되어 출간됨 ※1주기 추도식과 함께 유고시집 『 詩神의 住所』(일조각, 1881) 출판 (서울 출판문화회관, 현재 중앙청 옆 위치): 민석홍, 한우근, 김현, 홍기 창 교수 참석. 민석홍 교수가 송욱의 문학과 인생에 대해 강연함	『詩神의 住所』(일조각) ※유고시집 『詩神의 住所』 ≪중앙일보≫(1981. 4. 14), ≪한국일보≫(1981. 4. 17) 소개 ※정명환, 「奇癖과 非妥協의 일생- 시인 宋稶선생의 1周忌에 붙여」 (≪동아일보≫, 1981. 4. 16) ※황동규, 「지적인 언어실험-유고시 집『詩神의 住所』」 (≪한국일보≫, 1981. 4. 24)

— (졸저, 『송욱평전』, 286~293쪽)

도표 Ⅰ형의 기본적 형태는 송욱 연보에서 보듯이 ①생년월일, ②이력(학벌/상벌), ③작품 발표(저술 활동) 등으로 나누어 작성한다. 생년월일과 출생지를 파악해야 하고, 그 출생지의 파악을 통해서 작가가 갖는 배경(문화적, 사상적, 문학적, 지역적)을 알 수 있다. 또 성장 과정에서 얻어진 그의 이력 사항들은 창작 과정과 밀접한 관련이 있음을 알 수 있기 때문에 정리할 필요성이 있다. 가령 위에서 보듯이 송욱은 1965년 여름부터 지리산 산행을 시작해 1971년까지 소백산 월정사까지 기행(紀行)했었다. 이러한 그의 산행은 그의 시세계에 지대한 영향을 끼친 사실을 증명해 준다. 그의 『月精歌』(일조각, 1971)에서 보여 준 자연 탐미의 세계는 그의 산행을 염두에 두지 않으면 이해하기 힘든 시집이라 할 수 있다. 그래서 작가의 생애는 반드시 조사할 필요가 있다. 뿐만 아니라 작품(저술 활동)의 연보는 작가 연구의 중요한 자료이기 때문에 그 조사의 가치는 중언부언(重言復言)할 필요가 없다.

나) 도표 Ⅱ형의 예: 이상 연보

이 상	1936(26세) ·《시와 소설》 편집(창문사) ·변동림과 결혼 ·금홍과 재회 ·9인회의 원로격인 김기림이 동북제대 법문학부에 재학 ·「날개」「종생기」「봉별기」「지주회시」 등 …생략…	국 내 사 회	·신채호 옥사함 ·조선사상범 보호관찰령 ·숭실 전문 학교장 신사 참배 반대로 파직 ·숭의여학교 신사 참배 반대 ·마산중학교 설립 …생략…
한 국 문 학	·김유정 「동백꽃」 ·김정한 「사하촌」 ·이기영 「인간수업」 ·이효석 「분녀」 ·허준 「탁류」 ·박종화 「금삼의 피」 ·박태원 「천변풍경」 ·강경애 「지하촌」 …생략…	국 제 사 회	·스페인 인민전선 결성 ·2. 26 사건(황도파 장교 반란) ·프랑코, 스페인 국가 주석이 됨 ·루즈벨트 재선됨 …생략…
일 본 문 학	·中野 「소설 못 쓰는 소설가」 ·阿部 「겨울 하숙」 ·棄山 「탁류」 ·德永 「여명」 ·山田 「일본사상 탐구」 …생략…		

대체로 연보는 작가 생애와 작품을 동시에 정리하는 것이 보통이나 김윤식은 이를 구별해서 정리하였다. 위의 인용에서 보듯이 김윤식의 『이상연구』(문학사상사, 1987)는 도표형으로 다른 연보와는 다른 면이 있다. 연보에다 일본 문학, 한국 문학 그리고 국내 및 국제 사회를 비교해 놓았다.16) 연보의 기본적인 항은 대체로 ①생년월일 ②이력(학별/상별) ③작품 발표 ④국내 상황 ⑤국외(세계사의 변화)를 중심으로 정리한다. 이처럼 작가의 기본적인 연보와 함께 작품 연보를 각각 독립해서 정리하는 것을 도표형의 또 다른 형태(도표 Ⅱ형)라 할 수 있다.

김윤식은 이상 연보를 시, 소설, 수필, 평론, 동화로 구별하여 ①제목 ②발표지 ③발표일로 나누어 정리하여 장르별로 볼 수 있도록 정리하였다. 이상의 작품과 자료 목록(『이상연구』, 문학사상사, 1987, 385~388쪽)을 정리하면 다음과 같다. 앞의 두 형태와 달리 도표 Ⅲ형이라 명명할 수 있겠다. Ⅰ형과 Ⅱ형이 작가 생애와 관련해서 정리되었지만 Ⅲ형은 순수하게 작품 연보만으로 정리된다는 점이 다르다.

다) 도표 Ⅲ형의 예: 이상 작품 연보

***詩**

제목	발표지	발표일
異常한 可逆反應	朝鮮과 建築	1931. 7
鳥瞰圖	朝鮮과 建築	1931. 8

---

16) 연보 작성시 국내 및 국제사회를 함께 조사하는 이유는 작가, 작품의 영향 관계를 파악할 수 있기 때문이다. "한편 文學的 傳記는 개인의 전기에 끝날 것이 아니라 항상 시대나 사회 배경의 문제로 확산된다. 우선 作家의 경우에 한해서 뿐만 아니라 엄밀한 의미에서 어떤 개인도 그가 태어난 시대나 환경의 제약을 벗어날 수가 없다. 어느 의미에서 그는 바로 시대의 산물이며 환경의 노예에 지나지 않는 것이다. 따라서 한 개인이 보다 올바르게 평가, 판단되기 위해서는 반드시 그가 시대나 사회 환경의 조명을 받아야 할 것이다. 文學的 傳記가 歷史的 方法에 의한 비평과 결부되어야 할 까닭은 여기서부터 대두된다."(정한모·김용직 공저, 앞의책, 310쪽).

***小說**

제목	발표지	발표일
十二月十二月	朝鮮	1930. 2~12
날개	朝光	1936. 6

***隨筆**

제목	발표지	발표일
血書三態	新女性	1934. 6
山村餘情	每日申報	1935. 9. 27~10. 11

***評論**

제목	발표지	발표일
文學을 버리고 文化를 形成할 수 없다	朝鮮中央日報	1935. 1. 5
현대 미술의 요람	每日申報	1935. 3. 14~23

***童話**

제목	발표지	발표일
황소와 도깨비	每日申報	1937. 3. 5~9

이러한 도표 Ⅲ형은 위에서 보는 바와 같이 구체적인 항목들을 세세하게 적어야 하기 때문에 연구자에게는 많은 노력을 요구한다.

서술형의 경우는 작가와 작품 중심의 연구이고, 도표형은 구성 요소에서 보듯이 주로 작가와 작품과의 세밀한 관계를 중심으로 작성한다. 도표 Ⅱ형에서 보듯이 세계사적 인식 위에서 작가와 작품을 비교 작성할 수도 있다. 이 때 국내와 국외 상황을 기록할 때는 작가의 성장 과정이나 사상의 영향 관계를 고려해야 한다. 그렇지 않으면 연보에 넣는 것을 고려해야 한다.

3. 3. 연보 작성의 실제

여기에서는 김춘수 시인을 대상으로 하여 연보를 실제로 작성해 보겠다. 이 연보를 바탕으로 작가 연구의 실제 쓰기까지를 해 보겠다. 우선 연보 작성시에 필요한 것은 그의 가) 문학 작품, 나) 창작 시기와 창작 영향을 밝힌 인용, 다) 작품의 주제를 밝힌 인용을 조사하여 연보 작성을 한다. 물론 가능한 한 작가와 관련한 모든 자료를 수집하는 것이 작가 연구에 유익할 것이다.

가) 작품의 예를 인용하면 다음과 같다.

내가 그의 이름을 불러 주기 전에는
그는 다만
하나의 몸짓에 지나지 않았다.

내가 그의 이름을 불러 주었을 때,
그는 나에게로 와서
꽃이 되었다.

내가 그의 이름을 불러 준 것처럼
나의 이 빛깔과 향기(香氣)에 알맞은
누가 나의 이름을 불러 다오
그에게로 가서 나도
그의 꽃이 되고 싶다.

우리들은 모두
무엇이 되고 싶다.
너는 나에게 나는 너에게

잊혀지지 않는 하나의 눈짓이 되고 싶다.

— (김춘수의 「꽃」, 《현대문학》, 1952)

나) 창작 시기와 창작 배경을 밝힌 내용을 인용하면 다음과 같다.

50년대로 막 접어들자 나는 꽃을 소재로 해서 여남은 편의 시를 쓰게 되었다. 일종의 연작시라고도 할 수 있으리라. 그중의 하나가 위에 인용한 시 「꽃」이다. 이 시를 나는 중학교사로 있으면서 교사를 군에 내 주고, 움막 같은 가교사의 침침한 교무실에서 방과 후에 혼자 남아서 썼다. 그 때 대구에서 낸 동인지(나도 동인이었음) 『詩와 詩論』에 실었다는 기억이 지금 되살아난다. 51년이던가?

나는 그 무렵 일본을 거쳐 임시 수도이던 부산에 상륙해 온 실존주의(實存主義) 사상에 심취되어 있었다. 특히 키에르케고르와 가브리엘 마르셀에 경도되어 있었다. 학생 때에 읽은 쉐스토프도 다시 펼쳐보게 되었고, 릴케의 후기시를 내 나름(내 멋대로)으로 읽고 수긍도 하고 고개를 좌우로 내젓기도 했다. 내 시는 점점 관념적이 되어 가고, 나는 철학(형이상학)을 시로 형상화하는 그런 시인(?)이 되어 가고 있었다. 한마디로 후기의 릴케를 닮아 가고 있었다. 나는 그 무렵 그것을 뚜렷이 의식하고도 있었다. 그런 상황 속에서 나오게 된 것이 위의 시다.

— (김춘수의 「꽃」, 《현대시학》, 1991. 여름호, 106쪽)

다) 작품의 주제를 밝힌 내용을 인용하면 다음과 같다.

시에 조금만 훈련된 독자라면 위의 시가 상징성이 매우 짙다는 것을 알아차릴 것이다. 꽃의 아날로지로서의 어떤 이데아의 세계, 즉 內包로서의 관념세계가 두드러지고 있다는 것을 곧 짐작하게 되리라. 좀 현학적으로 말하자면, 인간 존재의 원래적 고독성이랄까, 그것을 서로가 인식함으로써 전개되는 어떤 連帶儀式(도덕관) 같은 것을 이 시는 형상화하려고 했다.

— (김춘수의 「꽃」, 앞의 책, 106쪽)

위의 나)와 다)에서 보듯이 작품을 이해할 때 필요한 자료이다. 이를 바탕으로 하여 연보를 작성해 보면 다음과 같이 할 수 있다.

◎ 연보 작성의 실제: 김춘수 연보

연/월/일	생 애	연구 활동 및 작품 / 저술
1952(30세)	※ 실존주의 철학자 키에르케고르와 가브리엘 마르셀에 경도	· 대표작 「꽃」 발표 (≪현대문학≫, 1952) ※실존주의 파급

위의 연보를 바탕으로 하여 작가 연구의 실제 쓰기를 다음과 같이 할 수 있다.

김춘수의 대표작 「꽃」은 1950년대 한국에서 유행했던 프랑스의 철학 사조인 실존주의(實存主義)의 영향이 그의 시적 바탕이 되었다. 실존주의 문학론의 유입과 소개는 이미 1940년 후반 양병식(「싸르트르의 실존주의」, ≪신천지≫, 1948. 10)과 박인환(「싸르트르의 사상과 그의 작품」, ≪신천지≫, 1948. 10)을 통해서 이루어졌고, 1950년대에는 실존주의에 대한 논의가 활발하게 전개되었던 시기였다.[17] 이때 김춘수는 대구에서 중학교 교사 시절을 보내면서 삶과 전쟁 상황 속에서 실존의 문제에 빠져 있었다. 그렇기 때문에 그의 대표작 가운데 하나인 「꽃」은 인간의 실존의 문제를 다루고 있다. 이 시는 1952년 ≪현대문학≫지에 발표된 작품이다.[18]

연보를 작성하기 위해서는 몇 가지 조사와 인터뷰가 필요하다. 편의상 공통된다고 생각되는 부분을 정리하면 다음과 같다.

---

17) 김영민, 「제5장 1950년대 실존주의 문학론」, 『한국현대문학비평사』, 소명, 2000, 223쪽.
18) 이유경이 김춘수와 인터뷰한 내용(「슬프고 외롭고 심심해진 노시인-김춘수」, ≪월간조선≫, 2001. 6, 593쪽)에 그의 대표 연작시 「꽃」에 대해 언급되었다. 이 인터뷰의 글에서도 김춘수는 실존주의와 릴케의 관념시에 경도되었다고 밝혔다.

　첫째, 연보를 작성하기 위해 기존의 자료를 검색한다. 연보를 작성하기 위해 김용성의 『한국현대문학사탐방』(국민서관, 1979), 이어령 편의 『한국작가전기연구』(상/하, 동아출판공사, 1975)의 작가의 기초 자료 조사 부분과 사전류인 ≪세계문예대사전≫(성문각, 1985), ≪한국현대문인대사전≫(아세아문화사, 1990), ≪국어국문학사전≫(상/하, 한국사전연구사, 1994)을 참고한다. 특히 생몰 연대와 출생지는 호적등본를 검토하거나 주변의 생존 인물들에 대해 인터뷰해야 한다.

　둘째, 유족들과 작가 주변의 가까운 인물들의 면담과 이들로부터 건네받은 각종 자료와 일화담과 작가에 대한 주변 인물들의 평가를 활용한다. 또 작가에 대한 기존 평가자와의 인터뷰도 활용한다.

　셋째, 작가의 각종 발표 지면을 참고하여 연보를 작성한다.

　넷째, 서술형이든 도표형이든 대상 작가의 작고 이후 평가 목록까지 작성한다. 이는 작가 연구에서 그의 문학적 평가가 문학사적 관점에서 정리될 수 있기 때문이다.

3. 4. 연보의 활용

　연보를 작성했을 때 작가 연구와 실제 작품을 이해하는 데 어떻게 활용할 것인가를 살펴볼 차례이다. 윤동주의 「쉽게 씌어진 詩」를 분석한 김윤식의 「어둠 속에 익은 思想」을 참고하여 정리하면 다음과 같다.

◎ 윤동주 연보(송우혜, 『윤동주평전』, 세계사, 1998, 421쪽)

생애 및 작품	연대별 사건 (사회·정치·문화)
1942(26세) ·3월에 일본에 건너가서 4월 2일에 동경 입교대학	1월 ·일본군, 마닐라 점령

문학부 영문과에 입학. 송몽규는 〈宋村夢奎〉라고 창씨한 이름으로 도일하여 4월 1일에 경도 제국대학 사학과(서양사 전공)에 입학.	**2월** ·일본군, 싱가포르 함락
·여름 방학을 맞아 귀향했다가 동북제국대학 편입을 목표로 급히 도일. 그러나 동북제대로 가지 않고 10월 1일에 경도 동지사 대학 영문과에 전입학. 경도시 좌경구 전중고원정 27 무전 아파트에서 하숙 생활.	**6월** ·미드웨이 해전
	8월 ·스탈린그라드 공방전 시작 ·총독부, 연전을 접수, 일인 교장 임명
* 「懺悔錄」(1.24), 「흰그림자」(4.14), 「흐르는 거리」(5.12), 「사랑스런 追憶」(6.3), 「쉽게 씌어진 詩」(6.3), 「봄」(연대미상작품)	**10월** ·조선어학회사건
*산문 「별똥 떨어진 데」, 「花園에 꽃이 핀다」	**11월** ·영미연합군, 북아프리카 상륙

송우혜의 <윤동주 연보>(『윤동주평전』)에 따르면, 1942년(26세) 3월에 도일하여 4월 2일 동경 입교 대학 문학부 영문학과 입학, 여름 방학 때 귀향했다가 다시 도일해서 경도 동지사 대학에 전입학(10월 1일)했다고 조사되어 있다. 이때 일본 경도시 좌경구 전중고원정 27 무전 아파트에서 하숙 생활을 하면서 「쉽게 씌어진 詩」를 썼다는 것을 알 수 있다. 그렇다면 그의 작품 연보와 작품의 관련성을 통해서 이 시의 해석은 가능한 것이다. 우선 연보(위의 표 왼쪽)에 나타난 작품 「쉽게 씌어진 詩」를 인용해서 이에 대한 작품 해석을 그의 생애와 그의 의식을 토대로 작가 연구를 할 수 있을 것이다.

가)
窓밖에 밤비가 속살거려
六疊房은 남의 나라.

詩人이란 슬픈 天命인 줄 알면서도
한 줄 詩를 적어 볼가.

땀내와 사랑내 포근히 품긴
보내주신 學費封套를 받어

大學 노-트를 끼고
늙은 敎授의 講義를 들으려 간다.

생각해 보면 어린때 동무들
하나, 둘, 죄다 잃어버리고,

나는 무얼 바라
나는 다만, 홀로 沈澱하는 것일가?

人生은 살기 어렵다는데
詩가 이렇게 쉽게 씌어지는 것은 부끄러운 일이다.

六疊房은 남의 나라
窓밖에 밤비가 속살거리는데,
등불을 밝혀 어둠을 조금 내몰고,
時代처럼 올 아침을 기다리는 最後의 나.

나는 나에게 적은 손을 내밀어
눈물과 慰安으로 잡는 最初의 握手.
　　　　　　　　　—「쉽게 씌어진 詩」

나)

윤동주의 현존하는 마지막 작품은 1942년 6월 3일자에 쓴 「쉽게 씌어
진 詩」로 고증된다. ……중략…… 연보상으로 볼 때 이 작품은 동경에 있
는 입교대학(立敎大學) 영문과에 입학했을 때에 해당된다. 이 시를 쓴 그
해 여름 방학에 고향에 다녀오고, 가을 학기엔 경도에 있는 동지사대학(同

志社大學) 영문과로 적(籍)을 옮기게 된다. ……중략……

문제는 시를 쓰지 않으면 작가 존재 확인이 불가능한 시인에 있어 그 시의, 쉽게 씌어짐을 부끄러워하는 自覺의 의미가 무엇인가에 있는 것이다. 이 부끄러움을 초래한 것은 물을 것도 없이 六疊房 남의 나라에 대한 최초의 인식인 것이다. ....중략... 그렇다면 <남의 나라>의 인식이 그의 시정신을 일단 파탄시키는 과정으로서 이 작품을 검토해 둘 필요가 있는 것이다. 여기 두 개의 명제가 드러난다. 즉, 남의 나라라는 인식과 <天命>인 줄 아는 시인의 인식이 그것이다. 그런데 그 <남의 나라>가 바로 원수의 나라 敵都 동경이라는 직접성과 <天命>으로서의 시인의 정신의 준엄성이 잠복되어 있었기 때문에 이 시인에 있어서는 전에 없던 각오가 요청되지 않으면 안되었던 것이다. "등불을 밝혀 어둠을 조금 내몰고, / 時代처럼 올 아침을 기다리는 最後의 나."라는 각오가 <最初의 握手>가 경도 동지사대학이었다면 그것은 그의 시의 새로운 지평을 뜻하는 것인지도 모를 일이다.

— (김윤식, 「어둠 속에 익은 思想」, 『한국근대작가론고』, 일지사,
1974, 263~264쪽)

위의 인용 가)는 윤동주가 일본에서 쓴 작품 가운데 하나인 「쉽게 씌어진 詩」이고, 나)는 김윤식이 그의 연보와 함께 당시의 일제 시대라는 시대 상황과 작가 의식을 바탕으로 한 작가 연구의 한 보기이다. 이처럼 연보는 실제 작가 연구에서 유용한 단서를 제공한다는 점에서 의미가 있는 것이다.

작가의 전기적 오점과 작품 창작 당시의 <작가 연보>를 비교해서 창작 심리를 파악할 수도 있다. 뿐만 아니라 작가 전기를 집필할 때, 그 객관성과 증거 자료를 활용할 수도 있다. 가령 서정주가 <친일시>를 썼을 당시, 즉 일제 강점기의 상황과 <작가 연보>를 정리해서 참고하면 그의 창작 심리나 작가 전기를 기술하는데 도움이 될 뿐만 아니라 객관적 자료로도 활용할 수 있다.[19]

4. 〈증보판〉 혹은 〈개정 증보판〉

작가 연구서는 반드시 <증보판> 혹은 <개정 증보판>이 나오게 된다. 우선 작가에 대한 새로운 증언자가 나타날 수 있다. 그럴 경우 작가에 대한 인터뷰를 통해 작가 연구는 수정되어야 한다. 또 미발표 자료가 발굴되거나 새로운 자료를 바탕으로 한 작가 연구 때문에 당연히 수정된다. 특히 작가의 정신 세계에 중요한 단서가 되는 자료일 경우 <증보판> 혹은 <개정 증보판>은 필수적인데, 이때를 염두에 두고 작가 연구를 해야 한다.[20] 그래서 연구자는 작가 연구의 특정 부분에서는 작

---

19) 서정주 옹호자들이 애써 외면하고자 하는 서정주의 그늘은 과연 어떤 것이었을까? 서정주는 일제 시대에 조선인 지원병 송가를 쓰는 등 매우 다양한 친일 활동을 했다. 강요당한 것도 아니다. 시인 김춘수에 따르면, "그는 그때 겨우 문단에 발을 디딘 젊은 신진에 지나지 않았다. 그가 대일본 제국을 위하여 시를 쓰지 않았다고 해서 박해가 가지도 않았을 것이고 총독부나 기타 기관에서 그에게 어떤 시를 쓰도록 압력을 주며 강요하지도 않았을 것이다."라고 술회했다(강준만, 「미당 서정주를 이용하는 사람들」, 『한국 문학의 위선과 기만』, 개마고원, 2001, 76쪽).

20) 작가 이문열씨(56)의 소설 『사람의 아들』이 15일로 발간 25주년을 맞았다. 책을 낸 민음사는 『사람의 아들』의 은경축(銀慶祝 · 25주년 기념)을 기념해 14일 개정판을 냈다. 『사람의 아들』은 민음사가 제정한 <오늘의 작가상>의 1979년 수상작. 첫 출간 이후 25년 동안 100쇄를 넘기며 180만부 이상 판매됐고 은경축판까지 4번 개정됐다. 『사람의 아들』은 "이문열의 문학적 근원이자 회귀점"으로 평가되는 작품이다. 작가 스스로도 "내 문학 세계를 '사변적이고 본질적인 것에 대한 천착'이라고 규정할 수 있다면 『사람의 아들』은 그 중요한 부분"이라고 고백한다. 작품을 쓴 때는 작가 나이 스물여섯 살, 뒤늦은 군 입대를 앞두고서였다. 개정판을 내며 작품을 다시 한번 꼼꼼히 읽었다는 그는 "이 작품을 지금 쓴다고 한다면 시작할 엄두가 나지 않을 것 같다"며 "『사람의 아들』은 '젊음의 힘과 무모함'으로 쓸 수 있었던 작품"이라고 말했다. "나이가 드니 신이라든가 초월적인 존재를 이야기 하는 것에 대해 좀 더 겸허해야 한다는 생각이 듭니다. 아무래도 단정적인 말이나 생각도 덜 하게 되고요." 『사람의 아들』은 살인사건을 추적하는 형사의 이야기와 살해된 민요섭이라는 인물이 남긴 소설 속 이야기가 동시에 전개되는 '액자 소설' 형식의 작품이다. 인간 존재와 신과의 관계를 파고든 이 소설은 작가 이씨의 첫 책이자 그의 소설 중 단행본으로는 가장 많이 팔린 작품이다. 이씨는 "『사람의 아들』을 시작으로 수십권의 책이 더 출간됐지만 아직도 이 책이 내게 가장 많은 것을 준 것 같아 빚진 느낌"이라고 말했다. 책을 쓸 무렵 2년 가까이 기독교 철학에 관심을 쏟고 있었던 작가는 "헤브라이즘 등 생소한 신학적 주제들을 독파하기 위해 500권이 넘는 관련 서적을 읽었고 성경을 여섯 번 정독했다"고 회고했다.

가의 결정적인 판단을 유보하는 것이 좋다. 그래서 작가 연구는 현재진행형인 것이다.

새로운 증언자가 나타날 경우에 <개정 증보판>이 나오기 마련이다. 가령 최하림 편저의 『김수영평전』(문학세계사, 1981)이 주로 노모(김수영의 어머니) 외 몇몇 주변 인물들의 증언에 의존했던 것에 비해 20년 후에 출판한 『김수영평전』(실천문학사, 2001)은 "만주 길림시에서 함께 연극을 했던 임헌재, 거제포로수용소에서 함께 포로 생활을 했던 장희범, 서강에서 이웃에 살았던 김경옥, 그리고 박순녀, 김영태, 염무웅, 김철, 김우정"21) 등의 증언이 새롭게 추가되었기에 <증보판>이 나올 수 있는 것이다.

그리고 출판 이후, 작가에 대해 더 많은 인터뷰가 이루어지는 경우가 있다. 이런 인터뷰가 이루진 후에 수정 보완하는 경우가 많기 때문에 또한 <개정 증보판>이 불가피한 것이다. 졸저인 『송욱평전』을 출판한 이후, 몇몇 부분의 오류가 발견되었다. 가령 졸저의 표지화인 송욱의 초상화에 대한 설명 부분(19쪽)에서 송경이 송욱의 초상화를 그린 연월일이 잘못 표기되었는데, 이는 반드시 수정되어야 한다.

필자는 청마 유치환에 대한 논문을 쓸 때, 미발표 작품을 대상으로 삼았다.

青馬는 1939년에 시집 「青馬詩鈔」를 시단에 내놓았다. 그 이후 青馬의 문학적 성과에 대한 논의가 줄곧 이어져 왔다. 그러나, 青馬 詩世界를 시

소설에 달린 335개의 쥬(註)는 그 산물이다. 개정판에서는 소설을 열여섯장으로 나누어 이야기 전개를 따라가기 쉽도록 순서에 매듭을 지었고, 다소 길거나 난삽한 문장들도 깔끔하게 단문으로 손질했다. 이씨는 "『사람의 아들』 이후 종교나 신과 인간을 주제로 한 작품을 쓰지 않았다"며 "현재 인터넷사이트 이노블타운에 연재하고 있는 소설 『호모 엑세쿠탄스』가 『사람의 아들』과 가장 비슷한 주제를 다룬 작품일 것"이라고 말했다(≪동아일보≫, 2004년, 강수진 기자, sjkang@donga.com).

21) 최하림, <재판을 내며>, 『김수영평전』, 20쪽.

사하는 작품집이 최근 발견되어 그의 초기시에 대한 논의가 새롭게 전개
될 필요성이 제기되고 있다. 이성일(李誠一) 씨의 노고로 「현대문학」(1993
년 5월)에 미발표된 詩 41편이 전재되어서 靑馬 詩의 시적 인식 태도의
출발점을 보여 주고 있다. 그러나, 미발표 시집이라고 해서 무조건 연구되
어야 하는가 하는 문제는 여러 가지로 검토해 보아야 할 것이다.[22]

위의 인용에서 보듯이 청마에 대한 논의의 수정이 불가피한 상황이
되었다. 그래서 작가 연구는 계속되어야 하는 이유이다.[23]

1930년대 토속 시인으로 명성을 날린 백석에 대한 논의도 다소 수정
되어야 할 부분이 있다. 이를 소개하면 다음과 같다.

가)

평북 정주에서 출생(1912년), 오산고보를 나와 일본에서 유학한 후 조선
일보 기자 생활도 하다가, 일제말기 만주로 건너가 생활를 위해 측량서기
도 하고 세관업무에 종사했다는 백석 시인의 연보는 해방 후 귀국해서 신
의주에 머물렀다는 것 외에는 자세히 밝혀지지 않고 있었다.

— (신경림, 「눈을 맞고 선 굳고 정한 갈매 나무」,
『신경림의 시인을 찾아서』, 우리교육, 1998, 263쪽)

---

22) 김윤식, 「젊은 靑馬의 표정」, 《현대문학》, 1993, 82~83쪽.
　　미발표 시집에 대한 논의에 있어, 어떤 이유에서 靑馬는 첫 시집에 싣지 않고 미발표로
　　남겼는가? 이에 대해 김윤식은 세 가지의 이유를 들고 있다. 첫 번째 작품군은, 습작 수준
　　이거나 실패작들, 두 번째 작품군은 신문, 잡지에 발표한 작품, 이 중에는 첫 시집에 넣은
　　것도 있고 그렇지 않은 것도 있는데, 후자는 질이 떨어진다고 스스로 생각한 것. 셋째, 이
　　미 발표된 것 중에서 수준작이라고 스스로 생각한 것 등으로 나누었다. 이렇게 나눈 이유
　　는 다름 아닌 靑馬 자신의 머뭇거림의 드러냄 때문이다.
23) 최근에 정지용의 시 2편(「굴뚝새」와 「그리워」)과 동지사 대학 졸업 논문(「The Imagination in
　　the Poetry of William Blake」)이 공개됨으로써 작가 연구에 새로운 전기가 마련되었다. 또
　　저항 시인 이육사(1904~1944)의 시 3편(「山」, 「畵題」, 「잃어진 故鄕」)과 시조 2편, 신석
　　초에게 보낸 편지 4통과 산문 2편이 발굴되었다.

나)

일제 시대 정지용에 버금가는 토속적인 서정시로 명성을 날렸던 민족 시인 백석(본명:백기행). 1963년을 전후해 북한에서 사망한 것으로 추정됐을 뿐 미스터리로 남아 있던 백석의 북한에서의 행적이 처음으로 공개됐다. 90년대 중반부터 중국과 일본을 돌며 백석의 행적을 취재했던 소설가 송준 씨(39세)는 백석의 미망인 이윤희 씨(생존 76세)와 장남 화제 씨가 1999년 2월 중국 조선족을 통해 보내온 서신과 말년의 백석 사진 두 점을 최근 공개했다. 이에 따르면 백석은 1963년 북한 협동 농장에서 51세로 사망한 것으로 국내에 알려진 것과는 달리, 압록강 인근인 양강도 삼수군에서 농사일을 하면서 문학도들을 양성하다가 1995년 1월 83세의 나이로 세상을 떠난 것으로 밝혀졌다.

— (≪동아일보≫, 2001년 5월 1일)

가)는 요즈음 시가 읽혀지기 어려운 때, 시읽기의 안내가 되는 신경림의 책 내용의 일부분이다. 물론 이 책은 이미 1998년에 출판되었기에 이후의 변화를 추가로 정리하지 못한 것 같아 아쉽다. 나)는 백석 시인의 신상에 새로운 사실이 밝혀진 내용을 인용한 것이다. 나)를 참고할 때 가)는 수정이 불가피하다. 그렇기 때문에 『백석전집』의 경우 <증보판>과 <개정 증보판>은 필요한 것이다.

작가 연구에서는 작가의 추가 정보를 추적해서 보충해야 한다.[24] 윤

---

24) 전남 강진군이 국내 대표적 서정시인인 영랑 김윤식(1903~1950) 선생의 항일 독립운동 기록을 수집해 최근 국가보훈처에 독립유공자 포상 신청을 했다. 국가유공자 신청은 보통 유가족이 하지만 강진군은 영랑 선생이 민족저항 시인으로서 정당한 평가를 받아야 한다는 뜻에서 가족의 동의를 얻어 군수 명의로 신청했다. 강진군이 국가보훈처에 제출한 자료에 따르면 영랑은 1919년 서울 휘문의숙 재학 당시 고향 강진에서 3·1운동을 주도했다 검거돼 대구형무소에서 3개월간 옥고를 치렀다. 영랑 선생의 투옥은 같은 해 4월 4일 강진읍 장날에 전남 최초로 벌어진 대규모 독립만세 운동을 촉발하는 계기가 됐다. 그는 이후 문학 활동에 전념해 시(詩)로 일제에 대한 저항정신과 민족적 지조를 지켰다. 강진군은 공적조서에서 "영랑은 일제강점기에 지역에서 유일하게 창씨개명과 신사참배를 끝까지 거부했다"며 "광복 후에는 대한독립촉성회 강진단장과 공보처 출판국장을 역임하는 등 국가와 민족을 위해 헌신한 공적을 재평가해야 한다"고 주장했다. 강진군은 대구복심법원 판결문 사

동주 연구에 있어 치밀하고도 심도있게 접근한 『윤동주평전』의 저자 송우혜는 <개정판>을 낸 이유를 적었다. 그 가운데 "윤동주와 같이 옥사한 송몽규에 관한 기술 중에서 잘못된 부분"이 있었기에 바로 잡아야 할 필요성이 있었다. 물론 잘못된 이유는 개정판 <머리말>에서 윤동주의 소중한 원고와 유품을 보관했던 강처중에 대해 "증언해 준 분들의 착각에 의해서 옥사한 날과 묘소가 있는 지역이 세상에 잘못 전해졌던 것" 때문에 이를 추가해서 작가 연구를 했음을 밝혔다. 이처럼 작가 연구는 새로운 자료를 통해서 끝없이 수정되거나 작가에 관한 풍부한 해석과 평가가 나와야 한다.25) 이를 토대로 할 때, 한국문학사는 더욱 풍부해 질 것이다.

본, 독립운동사(제3권)와 삼일독립운동실록, 강진 3·1운동사에 수록된 기록을 제출했다. (≪동아일보≫, 2006년 6월 9일 금요일).

25) 예술을 사랑하고 음악을 가슴에 품었던 20대 청년 김수영(金洙暎·1921~1968)의 모습이 되살아났다. 김수영 시인이 1950년 2월 내무부 치안국이 발행한 잡지 ≪민주경찰≫ 21호에 발표한 시 「음악」이 재발굴 됐다. 문학평론가 방민호 교수(서울대·국문학)가 헌책방에서 찾아내 곧 나올 계간지 ≪서정시학≫ 여름호에 발표한다. 이번에 찾아낸 시 「음악」은 그동안 문단에 전혀 알려지지 않았던 작품. 지금까지 6·25 전쟁이 일어나기 전 김수영 시인의 작품으로는 「묘정의 노래」「공자의 생활난」「가까이 할 수 없는 서적」「아메리카 타임지」「웃음」「토끼」「아버지의 사진」「아침의 유혹」 9편만 공개돼 있다(민음사 편 『김수영 전집』). 시 「음악」에서 김수영은 "音樂은 흐르는 대로 내버려 두자/ 저무는 해와 같이/ 나의 앞에는 灰色이 뭉치고/ 疑結되고/ 또 주먹을 쥐어도 모자라는/ 이날 또 어느 날에/ 나는 춤을 추고 있었나 보다"라고 노래하기 시작한다. 김현경과의 결혼을 눈앞에 두고 있던 시인은 "나의 서름만이 立體를 가지고 떨어져 나간다/ 音樂이여"라며 비루한 일상을 극복하는 정신적 위안을 예술에서 찾고 있다. 방민호 교수는 "당시 김수영은 역사의 급류 속에서 결혼과 자녀를 압축되는 생활의 문제에 당면해 있었다"며 "이 시에서 음악은 이러한 생활의 차원을 넘어선 형이상학적 세계를 표상하는 시어였다고 볼 수는 없는 것일까"라고 풀이했다. 김수영에게 6·25는 일생의 큰 전기였다. 이 시를 발표한 직후 결혼한 그는 6·25 전쟁이 터진 후 서울에 남아있다가 북한 의용군에 강제 동원되어 북으로 올라갔다. 10월, 평양 부근에서 극적으로 탈출해서 서울로 돌아왔지만, 이번에는 한국 경찰에 체포됐다. 거제도 포로수용소로 보내진 김수영은 수용소 야전병원 통역관으로 일하다 풀려나와 가족에게 돌아갔다. 이번에 발굴된 「음악」은 역사의 격변을 온몸으로 겪어내기 전, 예술을 사랑했던 젊은 시인의 내면 초상을 보여주는 귀중한 자료다(≪조선일보≫, 2005. 6. 3).

IV

실제 쓰기의 방법과 유의점

1. 실제 쓰기의 방법

1. 1. 기존 작가 연구 방법론 검토

작가 연구는 이론보다 실제 연구 결과물들이 절대 다수를 차지하고 있는 실정이다.[1] 작가 연구는 하나의 통일된 방법론이 정해진 바가 없기 때문에 작가 연구를 하는 과정에서 작가와 작품 세계를 명징(明澄)하게 드러내는 방법론적 접근이 각기 하나의 작가 연구 방법론인 것이다. 그래서 작가 연구 방법론은 그 연구자마다 하나의 방법론을 견지하고 있다고 해도 과언이 아니다. 그럼에도 불구하고 공통되는 어떤 접근 방법이 필요하다고 생각한다. 그래서 작가 연구 방법에 대한 기존 논의를 검토하고, 공통되는 하나의 방법론을 찾고자 한다. 우선 기존 작가 연구 방법론에 대한 논의를 검토하고자 한다.

기존 작가 연구 방법론을 정리한 이기철의 논의를 참고하여 정리하

---

1) <부록-Ⅱ 작가연구연대별목록> 참고

면 다음과 같다.

지금까지 우리 나라에서도 작가론의 방법에 대해 몇 사람이 단편적으로 논술해 온 것이 있다. <작가론의 방법>(김윤식, 「작가론의 방법」, 『한국근대작가론고』 부록편, 일지사, 1974/ 레온 에델, 김윤식 역, 『작가론의 방법』, 삼영사, 1987/ 정창범, ≪현대문학≫, 통권 305호 등), <서(序) 작가론의 방법> (김우종, 「작가론」의 서언(序言), 동화출판공사, 1978), <문학연구방법론 서설>(김용호, 「단국대 국문학논집 1집」, 13~ 16쪽), <문학연구의 방법>(이상섭, 탐구당, 1972) 등이 그것인데 이러한 글들도 대체로 추상적이고 막연한 작가 연구의 편모를 지적해 놓았거나(김윤식) 상식적인 이론을 개술하고 있거나(김용호) 그 필요성을 말하고 있는 정도일 뿐 구체적인 방법론을 제시해 주지는 못했다고 해야 하겠다. 이외에도 <국문학의 방법>이란 표제를 내건 몇 몇 개설서(전규태, 『국문학의 방법론 연구』, 평민사, 1978/ 장덕순, 『국문학통론』, 신구문화사, 1983)가 있기는 하나 어느 것도 작가론에 대한 주의를 기울여 쓴 것으로는 보이지 않는다.

— (이기철, 「작가론의 방법」, 『작가 연구의 실천』, 영남대학교출판부, 1986, 19쪽)

위의 인용에서 보듯이 작가론에 대한 이론적 연구가 일정한 틀을 갖추지 못했다는 것을 알 수 있다. 그래서 이들에 대한 검토보다는 작가론으로 일정한 틀을 갖춘 몇몇 저작을 검토하는 것이 타당할 것이다. 우선 국내에서는 김윤식이 참고한 레온 에델의 『작가론의 방법-문학전기란 무엇인가』(삼영사, 1983)를 검토하고, 시를 중심으로 이론과 실천편을 나누어 저술한 이기철의 『작가 연구의 실천』(영남대학교출판부, 1986)을 검토한다. 그리고 소설을 중심으로 한 김용성과 우한용 공편의 『한국근대작가연구』 가운데 「제1부 작가론의 방법」(삼지원, 1985/ 2001, 제3판)을 검토하고자 한다.

『작가론의 방법』에서 제1장은 인물을 어떻게 구성하느냐의 예시(보스웰적 방법론)와 타당성, 제2장은 자료 조사 방법, 제3장은 비평으로 실제 작가론 가운데 엘리어트 「황무지」를 분석하고 있는데, 이 방법은 특히, 제4장 정신분석의 방법론에 근거하고 있다. 그리고 제5장 시간에서도 대상 작가를 세 유형으로 접근하였다. 특히 작가 연구에서 작가 전기를 구성하는 방법으로 레온 에델이 제시한 세 가지 방법은 주목할 만한 논의이다. 첫 번째가 연대기(chronicle life), 두 번째가 회화(pictorial), 서술적 회화(narrative pictorial) 혹은 서술투(novelistic)이다.[2] 즉 첫 번째는 전통적인 다큐멘터리식 전기로서, 전기 작가가 자료를 배열하여 대상 인물의 목소리가 끊임없이 들리도록 만든 완결품을 말하고, 두 번째는 창작, 다시 말해, 화가가 초상화를 그리는 식의 창작, 세 번째는 전기 작가는 전시적(omniscient narrator)인 입장에 선다. 이러한 작품에서는 대상 인물에 대한 전기 작가의 시각이 광범위하게 드러난다는 것이다. 이 저작은 국내의 기준 없이 혼란스러웠던 작가론의 일정한 방향을 설정하는데 많은 도움이 되었고, 대학에서도 작가 연구 방법론의 이론서로 활용되고 있는 실정이다. 그럼에도 불구하고 이 저서는 국내 작가를 연구 대상으로 할 경우 실제적인 이론의 적용과 그 적용의 타당성을 검토하면서 연구해야 하는 어려움이 있다.

이기철은 기존 작가론을 전기적 방법, 문학사회학적 방법, 그리고 문체론 또는 해석학적 방법으로 파악하였다. 이기철은 <작가론의 방법을 수립>하기 위하여 몇 가지 측면을 고려하였다. 즉 ①작가론의 방법 수립과 필요성 ②작가론의 행방 추적과 비판 ③자료 정리와 검토 ④작가의 사상과 행적, 사회사적 면에서의 검토 ⑤형식 율격면에서의 검토 ⑥작품의 해석학적인 면에서의 비판과 재해석 ⑦문학사적 위치에서 검토 등을 고려하였다. 이기철이 제시한 이러한 방법들은 작가 연구에서 충분

---

2) 레온 에델(김윤식 옮김), 「제5장 시간」, 『작가론의 방법』, 삼영사, 1983, 187~ 197쪽 참고

히 고려되어야 할 사항들이다. 다만 이론쪽보다는 연구의 실제 부분에 상당 부분 할애하고 있어 작가 연구 방법론이 좀 더 구체성을 띠지 못한다는 아쉬움이 있다. 이기철의 「2부: 작가 연구의 실천」을 들여다보면 시인들에 대한 관련 자료(시인에 관한 논의/ 전기적 검토/ 원고 검토), 그리고 작품 연구로 크게 대별되어 있다. 작가 연구 대상으로는 주로 대구 지역의 시인인 이상화, 이장희, 백기만, 이근상 시인 등이었다. 이기철은 작가론에 대한 이론적 고민을 가졌지만, 자신이 이론을 바탕한 작가론을 기술했다기보다는 주로 역사주의적 비평 방법으로 이육사, 이상화, 백기만 등을 연구했다.

우한용의 「제1부 작가론의 방법」에는 작가론의 성격 및 개념을 세 가지로 정리하고 있다. ①작품과 작가는 분리되어질 수 없다는 것, 다시 말하면 작품은 작가의 전체성이 문학적으로 형상화된 것이라는 전제이다. 이는 역사주의적 방법, 전기적 비평 방법에 속한다. ②작가론 혹은 작가 연구는 작가의 문학적 생애 연구로 그 범위를 국한시켜야 문학 연구의 영역 안에 제자리를 차지하게 된다. ③작가론은 전기적인 자료와 작품의 관련 분석에서 출발한다. 그래서 작가론은 결국 전기, 역사적 비평의 한 유형이라고 해도 지나치지 않는다는 것이다. 시인 연구를 중심으로 한 이기철과 달리 여러 필자들의 작가론을 한데 묶은 『한국근대작가연구』는 소설 장르만을 대상으로 하였다. 이광수, 김동인, 염상섭, 현진건, 나도향, 전영택, 최서해, 김유정, 채만식, 이효석, 이상, 심훈, 박영준, 안수길, 김정한, 김동리, 황순원 등을 대상으로 했는데, 필자들의 작가 연구 관점이 각각 다르기 때문에 작가 연구 방법의 다양성을 엿본다는 장점이 있으나, 작가 연구의 이론과 실제에 있어 그 차이가 있다는 점을 생각하지 않을 수 없다.

필자는 작가 연구를 위해 작가와 관련한 기초 자료 조사 및 그 방법과 이를 바탕으로 한 연보 작성이 필요하다고 생각한다. 또 이런 두 가지 작업과 동시에 실제 작가 연구의 쓰기가 진행되어야 할 것이다. 그 래서 작가 연구의 쓰기 방법인 역사전기적인 방법과 정신분석학적인 방법에 대해 알아보겠다.

1. 2. 역사전기적 방법

대부분의 작가 연구 방법은 역사전기적 방법[3]에 근거한다고 할 수 있다. 왜냐하면 작가와 작품은 분리될 수 없다는 전제에서 작가의 생활, 사상, 시대 상황 등이 작품 속에 투영되어 표현되기 때문이다. 작품 자체만의 분석 즉, 르네 웰렉(Rene Wellek)·오스틴 워렌(Austin Warren)이 말하는 내재적(內在的) 접근 방법이나 에이브럼즈(M. H. Abrams)의 논리에 따른 절대론 혹은 객관론으로만 작품 세계를 온전히 이해할 수는 없다. 그래서 외재적(外在的) 방법을 필요로 하는 것이다.[4] 그 가운데 작가의 생애와 관련한 부분은 작가 연구에 필수적 요소라 할 수 있다.

역사전기적 방법은 문학과 인접 학문 가운데 작가 전기와 관련된 사항이다. 즉 역사전기적 방법은 "개인의 역사, 즉 전기(傳記)를 이용하여 문학의 현상을 관찰, 해석"[5]하는 것이다. 여기서 개인의 역사, 즉 전기를 이루는 요소들을 수집, 정리한 것은 무엇보다도 작가 연구에 1차적 작업이라 할 수 있다(<Ⅱ. 기초 자료 조사> 참고). 이를 부연 설명하면 다음

---

3) "이 비평의 요점은 문학 작품을 주로 그 작가의 생애와 시대 또는 작중인물들의 생애와 시대의 반영을 살펴보는 것이다."(윌프리드 L·게린 공저/정재완 역, 「전통적인 비평방법의 특성과 범위」, 『문학의 이해와 비평』, 청록출판사, 1995, 44쪽).
4) 웰렉과 워렌은 작품 자체을 대상으로 연구(본질적 연구)하느냐, 작품 이외의 문학 외적 지식을 도입하여 연구(비본질적 연구)하느냐를 구별하였다. 박철희는 자설적 이해(自說的 理解)와 타설적 이해(他說的 理解)로 구별하였다(『문학개론』, 형설출판사, 1981, 207쪽). 민병기는 이를 자율적 연구(自律的 研究)와 타율적 연구(他律的 研究)로 구별하였다(신동욱 편, 「작품 분석과 전기적 연구」, 『문예비평론』, 고려원, 1985, 33~34쪽).
5) 이상섭, 「역사주의 비평의 방법」, 『문학연구의 방법』, 탐구당, 1980, 10쪽.

과 같이 정리할 수 있다.

> 문학 작품을 올바르게 고찰, 분석하기 위해서는 작자에 대한 충분한 연구가 선행되어야 한다는 논리가 성립되며, 방법을 채택하는 비평가는 한 문학 작품을 분석하기 위해서 그 작가의 출생에서 사망에 이르기까지의 여러 사실들(출생에 관한 제 사실, 혈연 관계 및 교우 관계, 체질, 건강 상태, 정신 상태, 학력, 인간 관계, 기타 경력 사항 등)을 고루 조사하여 참고하지 않으면 안 되며, 통상적으로 "어떤 작가의 작품도 그 작품을 쓴 인물에 대한 지식 없이는, 또 이 인물이 등장하게 된 배경으로서의 삶과 삶의 환경에 대한 지식 없이는 이해될 수 없다"는 견해에 기초하지 않을 수 없게 된다.
>
> — (박덕은, 「역사・전기적 비평」, 『현대문학비평의 이론과 응용』, 새문사, 1988, 31쪽)

위의 인용에서 보듯이 역사전기적 방법은 "작가의 출생에서 사망에 이르기까지의 여러 사실들을 고루 조사(출생년월일, 출생지 환경, 가족, 교우 관계, 건강 상태, 학력, 독서 편력, 재산, 애정 관계, 공식적인 활동 등)하여 참고"해야 한다. 그러나 역사전기적 방법에 따른 작가 연구에서 작품과 관련한 문학 전기의 문제점이 없는 것은 아니다. 이런 문제점을 웰렉과 워렌은 다음과 같이 지적하고 있다.

> 우리의 맥락에서 볼 때 문학의 전기는 두 가지 문제들이 핵심적이다. 즉, 전기 작가가 그의 목적을 위해서 작품들 자체를 증거로 삼을 때 얼마만큼 정당화되는가? 문학의 전기의 결과들이 작품들 자체를 이해하는데 얼마만큼 적절하고 중요한가?
>
> — (르네 웰렉・오스틴 워렌/이경수 역, 「문학과 전기」, 『문학의 이론』, 문예출판사, 1987, 103쪽)

위의 인용에서 제기한 문제점들은 결국 작가 연구에서 작품과 작가 전기와 관련성이 반드시 전제되어야 할 명제임을 강조하는 것이다. 즉 작품 이해를 위한 작가 전기의 적절한 적용은 반드시 유용해야 한다. 그렇지 않으면 작가 연구에서 작가 전기는 그만큼 본래 의미를 상실한 채, 단순한 전기일 뿐이다.6) 그래서 "모든 예술 작품에 대한 전기적인 해석과 이용이 각 경우마다 신중한 조사와 검토로 한다고 결론지어야 한다. 왜냐하면 예술 작품은 전기를 위한 기록이 아니기 때문이다."7)라 는 사실은 명심해야 할 것이다. 물론 구조주의(構造主義)나 형식주의(形式主義) 입장에 서면 작품과 작가를 분리해서 작품 주제를 파악하는 방법을 선택하지만 지나치게 형식주의 입장만 취하면 작품 주제를 파악할 수 없을 때가 있다. 이때 작품 주제를 이해할 수 있는 작가의 생애를 참조한다면 작품의 주제를 이해할 수 있는 방법론이 있다는 사실을 기억해야 할 것이다.

1930년대 한국 모더니즘 시의 대표 주자이며, 「鄕愁」의 시인으로 유명한 정지용의 시 가운데 「琉璃窓·Ⅰ」은 자주 인용되는 그의 대표작 가운데 하나이다. 그 전문을 인용하면 다음과 같다.

　　琉璃에 차고 슬픈것이 어른거린다.

---

6) 文學的 傳記를 작성한다는 것은 파란많은 위인이나 화려한 경력을 가진 영웅, 활동가의 이 야기를 쓰는 것이 아니다. 본래 作家는 그 外的인 活動에서 볼 때 대부분 보잘 것 없는 경 력을 지닌 사람들이다. 그리하여 그들의 생애를 이른바 밖으로 드러나는 것들을 중심으로 적는다면 그것은 아주 보잘 것 없는 것이 될 公算이 크다. 결국 作家의 傳記는 그와는 대 척되는 입장 곧, 한 개인의 독서 내용이라든가 사색의 자취, 상상력의 범위와 창작의 신비를 파헤치는 각도에서라야 비로소 제대로 서술될 수 있을 것이다. 그런데 이상 몇 가지 작업은 모두가 비평가 자신의 판단과 통찰을 요구하는 것으로 단순한 포괄적 연대기(시간 순서에 따라 작가, 작품을 설명)의 방법이나 文學的 肖像畵(작가의 경력과 작품 유관성을 중심으로 기술)의 방법으로는 제대로 목적이 달성될 수 없는 것들이다. 우선 여기에 모든 文學的 傳 記 내지 批評的 傳記가 되어야 할 까닭이 있는 것이다(정한모·김용직 공저, 앞의책, 309쪽).
7) 웰렉·웨렌(이경수 역), 「문학과 전기」, 『문학의 이론』, 문예출판사, 1987, 108쪽.

열없이 붙어서서 입김을 흐리우니
길들은양 언날개를 파다거린다.
지우고 보고 지우고 보아도
새까만 밤이 밀려나가고 밀려와 부딪치고,
물먹은 별이, 반짝, 寶石처럼 박힌다.
밤에 홀로 琉璃를 닥는것은
외로운 황홀한 심사이어니,
고운 肺血管이 찢어진 채로
아아, 뉘는 山ㅅ새처럼 날러 갔구나!

        — 「琉璃窓 · I」(≪조선지광≫ 89호, 1930. 1)

위의 시는 유리창을 매개체로 하여 '고운 肺血管'이 찢어진 채로 '산ㅅ새처럼' 날아가버린 사람에 대한 안타까움과 그리움을 표현한 작품이다. 물론 이 작품에 대한 내재적 접근만으로 작품의 주제를 이해할 수도 있다. 그러나 이 작품의 배경에는 사랑하는 사람을 잃은 슬픔과 그리움이라는 정지용 시인의 생애의 한 징후가 배경으로 자리한다는 전기적 사실이 뒷받침됨으로써 이해의 폭을 가질 수 있다. 이처럼 작품 이해를 전제할 때는 작가의 전기적 사실을 반드시 검토해야 한다. 그렇지 않으면 작품에 대한 오독(誤讀)이 발생하게 된다.[8]

---

8) 김홍규는 "시인이 29세 되던 1930년에 쓴 것으로, 자식을 잃은 젊은 아버지의 비통한 심경을 주제"(「유리창 · I」, 『한국현대시를 찾아서』, 한샘, 1982/ 개정증보판 1992, 321쪽)로 형상화했다고 한다. 또 김학동은 "그 자신 어린 아이를 잃고 썼다는 「유리창 · I」"(「신성성과 <서늘오옴>의 시관」, 『정지용연구』, 민음사, 1987/ 1997 개정판, 115쪽)이라고 하여 학계에서는 대체로 받아들이고 있지만, 필자는 쉽게 납득할 수가 없다. 오세영이 "이 시에서 '산새처럼 날아간 너'(죽은 사람)는 물론 화자가 사랑하는 사람이다. 시인(정지용)의 전기적인 사실에 비추어 볼 때 그는 아마도 유년의 나이에 폐렴으로 죽은 그의 첫 아이였을지도 모른다. 그러나 이런 전기적 사실이 이 시를 작위적 해석으로 몰고 가는 것은 바람직하지 않다"(「신성성과 <서늘오옴>의 시관」, 『정지용연구』, 민음사, 1987/ 1997 개정판, 115쪽)라고 한 대목에서도 비록 전기적 해석을 제외한 시 분석의 태도에서도 그의 전기적 사실이 언급되고 있다. 또한 가장 최근(정지용 탄생 100주년이 되는 2002년)까지도 이 시에 대한 평가를 이가림은 <"안으로 열하고 겉으로 서늘옵기"를 주장하면서 '시의 위의'를 고고히 지키고자 했던

1940년대 청록파의 한 일원이었던 박목월의 「下棺」은 "시집 『蘭·其他』에 실린 것인데 1956년 시인이 동생을 잃은 실제 체험을 시로 표현"9)한 것이다. 사랑하는 아우의 실제 죽음이라는 작가 전기적 사건과 결부될 때 이 시의 주제가 뚜렷이 부각된다고 할 수 있다. 시 전문을 인용하면 다음과 같다.

> 관(棺)이 내렸다.
> 깊은 가슴 안에 밧줄로 달아 내리듯.
> 주여
> 용납하소서.
> 머리맡에 성경을 얹어 주고
> 나는 옷자락에 흙을 받아
> 좌르르 하직(下直)했다.

정지용 시학의 실천적 본보기로서 높이 평가할 만하다>고 하면서 "어린 딸을 잃은 슬픔(한계전, 『한국 현대시 해설』, 관동출판사, 1994)을 애상적 어조로 토로한 낭만주의적 엘레지에서 벗어나 철저히 계산되고 통제된 구체적 시어의 사용 '유리', '언날개', '물 먹은 별', '보석', '폐혈관', '산새' 등 감각적 즉물적 이미지의 결합에 의해 빈틈없는 짜임새의 견고한 시적 건축물을 이루고 있는 점에서, 이미지즘을 표방하는 당시의 시편들 중 단연 돋보이는 광채를 발한다"(「정지용의 유리창·Ⅰ, ≪시와시학≫, 2002 여름호, 180~181쪽,고 평가했다. 그러나 이런 전기적 사실도 정확하지 않는 점이 이 시 분석을 어렵게 하고 있음을 필자는 주목한다. 왜냐하면 그의 가계도(김학동, 「정지용의 가계보」, 『정지용연구』, 352쪽)의 자녀 출생 연월일을 참고해 보면, 이 시의 배경이 되는 자식의 죽음의 근거가 미약하기 때문이다. 정지용(鄭芝溶)은 처 송재숙(宋在淑) 사이에 구관(求慣, 장남, 1928년 생), 구익(求翼, 차남, 1931년 생), 구인(求寅, 삼남, 1933년 생)과 구원(求園, 장녀, 1934년생)을 두었다. 정지용이 이 시를 창작한 시기(1929년 12월)나 발표한 시기(1930년 1월 ≪朝鮮之光≫)를 보면, 이 시의 배경이 되는 죽은 자식은 장남일 가능성이 제일 높다. 장남의 죽음이 사실이라면 이 시의 주제가 죽은 자식 대한 슬픔과 그리움이 될 수 있지만, 장남은 현재까지도 생존해 있다. 따라서 이 시의 전기적 사실은 검토의 대상이 될 수밖에 없다. 이 시의 주제와 전기적 사실이 관련성을 가지려면, 몇 가지 가능성은 제고해 볼 필요가 있다. 첫째 본처에서 난 자식이 태어나자마자(적어도 1929년 12월 이전) 죽었을 경우, 호적에 올리지 않았을 수도 있다. 둘째는 만약의 경우 또 다른 여인이 있었다는 가정하에서 태어난 자식을 상상해 볼 수 있다. 물론 호적상 등재되지 않았음을 전제로 할 때 가능한 이야기다. 여기서 필자는 다시 한 번 작가 연구에서 작가 생애 연보의 정리와 검토의 필요성을 강조한다.

9) 이숭원, 「박목월 시와 비애의 정서」, 『한국현대시감상론』, 집문당, 1996, 262쪽.

그 후로
그를 꿈에서 만났다.
턱이 긴 얼굴이 나를 돌아보고
형님!
불렀다.
오오냐. 나는 전신(全身)으로 대답했다.
그래도 그는 못 들었으라.
이제
내 음성을
나만 듣는 여기는 눈과 비가 오는 세상.
너는
어디로 갔느냐.
그 어질고 안쓰럽고 다정한 눈짓을 하고
형님!
부르는 목소리는 들리는데
내 목소리는 미치지 못하는
다만 여기는 열매가 떨어지면
툭 하는 소리가 들리는 세상

—「下棺」

이처럼 작가 연구에 있어 역사전기적 방법은 텍스트와 작가 생애의 관련성의 접근이라 할 수 있다. 정지용의 특정 사건과 관련한 시 분석, 즉 사랑하는 사람을 잃은 것이 작품 이해의 열쇠가 된다. 그리고 박목월의 「下棺」도 아우의 죽음이라는 특정 사건이 전제될 때, 이 시의 이해가 훨씬 절실하게 와 닿을 것이다.

작가가 체험한 사실을 바탕으로 창작된 시의 경우에는 작가 연구가 필수적이다. 체험이 바탕된 시 한 편과 이 시를 쓴 체험의 내용을 인용하면 다음과 같다.

가) 정일근의 「바다가 보이는 교실·10-유리창 청소」를 인용하면 다음과 같다.

참 맑아라
겨우 제 이름밖에 쓸 줄 모르는
열이, 열이가 착하게 닦아놓은
유리창 한 장
먼 해안선과 다정한 형제섬
그냥 그대로 눈이 시린
가을 바다 한 장
열이의 착한 마음으로 그려놓은
아아, 참으로 맑은 세상 저기 있으니

나) 창작 배경을 인용하면 다음과 같다.

산중턱에 위치한 학교는 앞으로는 맑고 푸른 남해 바다가, 뒤로는 벚꽃의 도시를 진해를 안고 있는 장복산이 펼쳐졌다. 내가 처음 담임을 맡는 교실에서는 유난히 바다가 잘 보였다. 다른 교실들은 앞에 서 있는 고등학교 건물 때문에 바다가 잘 보이지 않았는데 우리반 교실은 축복처럼 바다가 보였다. 푸른 바다는 접시 속에 담긴 것처럼 늘 고요했고 대죽도, 소죽도라고 부르는 형제섬이 다정하게 떠 있었다. ……중략…… 초년 교사로 어려움을 겪을 때마다 유리창에 이마를 대고 친구 같은 바다를 바라보며 오랫동안 생각에 잠기곤 했다. 그리고 아이들이 집으로 돌아간 빈 교실에서 바다를 보며 시를 썼다…중략… 학교에서는 학기초가 되면 환경미화심사라는 것을 했다. 어느 교실이 잘 꾸며져 있는가를 심사해 최우수반을 선정해 그 반 안내판 아래에 아름다운 교실이라는 펜던트를 달아주었다. ……중략…… 선천성 심장병을 앓는 열이는 체육시간이 되면 운동장에 나가 달리지 못하고 늘 나무 그늘에 앉아 쉬었다. 열이는 아픈 심장으로 하여 친구들과 함께 달릴 수 없었다. 체육 시간마다 풀이 죽어 종이비행기를 접어 날리는 열이의 모습을 지켜보는 내 마음도 아팠다. 열이는

유리창 청소에 아주 열심이었다. 많은 유리창 중에서 열이의 유리창이 가
장 빛났고, 열이의 유리창에 담긴 바다도 가장 푸르게 빛났다. 나는 열이
의 유리창을 볼 때마다 칭찬을 아끼지 않았고, 열이는 더욱 신이나 유리
창을 닦았다. 열이가 학교에 오는 이유는 오직 유리창을 닦기 위한 것 같
았다. 유리창은 열이의 희망이었다. 바다가 보이는 교실 연작시의 10번째
시에 열이의 마음을 담았다.[10]

위의 인용은 정일근이 진해 남중학교 국어 교사 시절(1986년)에 1학년
5반 교실의 윤우열이라는 학생의 생활이 바탕한 작품이다. 이는 작가가
남긴 메모와 인터뷰를 동시에 정리한 내용이다. 만약 그의 체험적인 바
탕을 검토하지 않았다면 시의 멋이 다른 쪽으로 정리될 수도 있는 작품
이다.

작가의 고향 체험이 문학 속에 형상화된 예를 김유정의 대표작 「봄·
봄」을 통해서도 확인할 수 있다.

가) 김유정이 고향에서 직접 체험한 내용과 「봄·봄」의 등장인물의
관계를 밝힌 내용은 다음과 같다.

유정의 대표작으로 손꼽히는 「봄·봄」에 등장하는 주인공 및 보조인물
들은 모두 실존인물이라는 데 그 특징이 있다. 우선 작품에서 보조적 인
물로 등장하나 욕을 잘 한다 하여 욕필이로 나오는 장인어른은 김종필이
란 실존인물이다. 그는 2남 6녀를 둔 인물로, 그 중 장녀가 바로 작품 속
에 점순이로 나오는 김씨만(金氏萬)이다.

작품과 현실이 다른 것은 김종필이 딸이 둘이 있는데, 작품 속의 봉필

---

10) 첫 시집에는 국어 교사 시절의 내 비망록과 같은 시편들이 담겨 있다. 나에게 모교였던 진
   해 남중학교에 발령을 받고 쓴 시 「바다가 보이는 교실」이 그것이다. 그 시들은 연작시인
   데, 같은 제목의 첫시집에 10편이 실려있고, 학교를 떠나 신문사로 옮겨서 낸 두 번째 시집
   『유배지에서 보내는 정약용의 편지』에 한 편이 더 실려 있다.

이는 딸이 셋이 있는 것으로 나온다는 점뿐이다. 다른 부분은 마을에서 욕필이로 불렀다는 사실까지가 모두 일치한다. 장인 김종필의 묘소는 현재 실레마을 위쪽 금병산 능선 중턱의 수풀 사이에 자리잡고 있다. 일제시대 때 마을에서 일본인 지주들의 산(금병산 전체가 일본인들의 소유였음)과 농토를 관리해 주며 행세하던 사람이었으므로, 산을 깎아 봉분 주변에 바위로 석축을 쌓을 정도로 장엄한 형태의 묘소가 현재 남아 있다.

봉필의 사위로 작품 속에 나오는 머슴은 최순일(催淳壹)이란 이름을 가진 사람으로 실제에도 유정의 고향마을에서 30리쯤 떨어진 강원도 춘성군 동내면에서 3년을 일했을 경우 새경으로 딸을 준다는 조건의 데릴사위로 유정이 살던 실레마을로 온 인물이다. 최순일은 키와 골격이 크고 힘이 센 머슴형의 인물로 순박한 성격을 가졌다고 한다.

그에 비해 본명은 김씨만이나, 집에서 김점순으로 불리어지던 점순이는 미인형의 곱상한 얼굴을 가진 여성으로 성격이 쾌활하고 작품에서와 마찬가지로 적극적인 성격의 인물이라고 한다. 작품에서는 두 인물이 갈등을 빚다가 끝을 맺지만, 실제에서는 두 인물이 결혼하여 최규석이란 아들을 둔 바 있는데, 이 아들이 유정의 고향인 실레마을에 살다가 몇 년 전에 교통사고로 죽었다.

나) 문학전기와 작품 주제와의 관계는 다음과 같다.

유정의 전기적인 사실 중에서 중요한 것은 왜 김유정이 실제 체험한 김종필씨 일가의 일을 소설화하였는가 하는 점이다. 여기에는 서울에서 학창시절을 보내다 드문드문 고향을 다니러 왔다가 유정이 바라본, 당대 식민지 치하의 농촌의 궁핍화 현상과 변모되어 가는 인심을 정확하게 깨닫게 된 작가의식이 작용하지 않았나 생각된다. 특히 김종필(작품에서의 장인 봉필)은 그 당시 일본인 지주의 산과 농토를 관리해 주던 인물로서 마을에서 인심을 잃고 있던 인물이다. 이러한 식민지 지배계층의 화신을 작품 속의 인물로 등장시켜 당대의 식민지 치하의 농촌 현실을 독자들에게 생생하게 보여 주려는 의도가 담겨 있는 것으로 보인다. 특히 교묘한 착취방법으로 당대의 농민계층을 '뿌리 뽑혀진 존재'로 전락하게 만드는 식민지 농촌정책을, 데릴사위라는 빌미로 머슴의 노동력을 착취하는 수법으로 전환하여 형상화한 작가의 수사적 기교와 치밀한 플롯이 돋보인다.

　(…중략…)

「봄·봄」에서 일만 잔뜩 시키고 성례를 시켜 주지 않는 장인의 행위에 화가 난 주인공 '나'가 데릴사위를 주선한 구장을 찾아가 항의를 하나, 구장을 잘 구슬린 장인의 꾐에 빠지게 되어 다시 일터로 돌아오는 이 같은 장면에서 당대 식민주의자들의 감언이설과 위협, 그리고 이러한 체험을 형상화하게 된 유정의 작가의식을 생생하게 엿볼 수 있게 된다.

　　　　— (박태상, 「역사전기적 비평」, 『문학비평론』, 앞의책, 60~61쪽).

그리고 작가의 일상 생활도 작품 이해의 관건이 되기 때문에 이를 통한 작가 연구 방법도 한 예가 될 수 있다. 1960년대 시대 비판 정신의 시세계를 보여 준 김수영과 신동엽, 이들과 더불어 한쪽의 모더니즘을 주창하면서 도시의 감수성을 시로 표현한 박인환은 대비가 되는 시인이다. 그는 대체로 귀족적이면서도 세태에 대해서는 지독히 통속적인 것을 비극적으로 바라 본 시인이다. 귀족적 시인이라는 수식어는 그의 생활과 무관한 것이 아니다.

"어서 겨울이 왔으면 좋겠다. 여름은 이게 뭐냐. 통속(通俗)이고 거지지. 겨울이 빨리 와야 두툼한 호움스펀 homespun의 양복도 입고, 버어버리 burberry도 걸치고, 머플러 muffler도 날리고, 모자도 쓸 게 아니냐."

어느 여름 날 술집에서의 말이었다. 노타이 바람의 여름 차림은 누구나 똑 같고, 통속적이라는 말이다. 과연 그는 좋은 오우버 코트를 가지고 있었다. 멋있는 넥타이, 양복, 양말, 와이셔어츠, 그리고 소프트 해트 soft hat 를 가지고 있었다. 초겨울부터 겨울옷을 차려 입고 명동에 나타났었다.

　　　　— (조병화, 「나를 부르는 소리」, 『歲月이 가면』, 근역서재, 1982, 201쪽)

위의 인용에서 보듯이 박인환의 옷차림새는 귀족적 풍모를 풍긴다.

그의 귀족적인 멋이 그의 문학 세계와 무관한 것이 아니라는 것을 짐작할 수 있을 때, 작가 연구는 작가의 전기에 해당하는 의식주에도 관심을 기울여야 한다는 것을 알 수 있다. 이는 이광수가 불상과 불경에 애착을 가지고 있었다는 점은 그의 불교 관련의 작품들이 있음을 짐작할 수 있는 것과 같은 것이다.

현대시사에서 최초의 자유시냐 산문시냐의 논란이 되고 있는 주요한의 「불노리」(≪창조≫, 1919년 2월호 발표)[11]의 작품 배경을 구인환은 다음과 같이 설명했다.

> ≪창조≫ 창간호의 주요 작품이라고 하는 「불노리」는, 동인이 결혼하고 신혼 여행으로 금강산을 돌아 집으로 돌아와 관등놀이가 있어서 觀燈船에 섞여 유쾌한 저녁을 보냈는데 이 말을 듣고 요한이 지은 것이다.
> ― (구인환, 「미의 탐구와 향수의 김동인」, 『근대 작가의 삶과 문학』, 서울대학교 출판부, 1995, 46쪽)

위의 인용은 「불노리」의 창작 배경을 설명한 자료이다. 이처럼 작가 주변에 대한 자료 조사를 통해 작품의 창작 배경을 파악하는 것도 역사 전기적 방법의 한 예이다.

역사전기적 방법의 한 범례를 이동하의 「자존과 시대고-김동인론」(『한국근대작가연구』, 삼지원, 1985, 79~93쪽)에서 볼 수 있다. 이동하는 김동인의 삶이 그의 문학과 어떠한 양식으로 결부되어 있는가를 검토했다. 그래서 ①출신 배경, ②시대적 위치, ③생활 방식의 세 가지 방법으로 김동인의 소설 세계를 개략적으로 접근했다. 출신 배경을 ㉠출신 지역, ㉡출신 계층, ㉢유년 시절의 가정 환경으로 나누어서 김동인의 문학 세

---

11) 윤여탁, 「「불노리」는 최초의 자유시도 산문시도 아니다」, ≪시와시학≫, 1989, 여름호, 200~209쪽.

계를 분석했다. 이동하는 출신 지역의 경우 기독교를 위시한 소위 신문물의 세례를 적극 받아들인 서북인(1900년 12월 2일 평양 출생)으로 자연스럽게 문학을 쉽게 접했다는 것이다. 물론 아버지와 형이 모두 교회의 장로였지만 그에게는 기독교 의식이 지배하지 못했다는 것이다(단편 『明文』을 보면 기독교에 대하여 김동인이 지녔던 태도를 잘 알 수 있는데, 그 태도란 바로 냉소 이외의 다른 것이 아니다. 80쪽). 또 김동인은 8대에 걸친 대부호 집안의 출생으로 안하무인(眼下無人)의 성격이었다. 그래서 그의 작품 대부분에 인간을 경멸하는 태도로 나타났다는 것이다(『감자』에 나오는 복녀와 같은 무식한 서민에서부터 『金妍實傳』의 김연실 같은 자칭 선각자에 이르기까지 일관되게 작가의 모멸을 받고 있다. 81쪽).

이처럼 작가 연구에서 역사전기적 방법은 작가의 자료 조사를 바탕한 작품과의 관련성을 기술해 가는 것이다. 다만 작가의 생애가 모두 문학적 행위와 관련을 가진다는 인식은 잘못이다. 왜냐하면 문학적 행위와 관련이 없을 수도 있기 때문이다. 그래서 "전기와 예술가의 작품을 관련시키려는 그 어떤 시도도, 특히 작품에서 창조자의 생애를 읽어내려는 그 어떤 시도도 '전기적 오류'를 성립시킨다고 주장한다."[12]는 레온 에델의 말에 귀를 기울여야 한다.

오세영은 한국시 연구의 반성을 몇 가지 제시하였다.[13] 이 가운데 "시인 자신의 전기적 사실과 작품의 상상 세계를 혼동하는 우를 많이 범하고 있다는 사실이다. 작가의 전기를 전제하고 연역적으로 작품을 그에 맞추어 해석하는 경우 [발생학적 오류(genetic fallacy) 혹은 의도론적 오류(intentional fallacy)]이다."[14]라고 하였다. 왜냐하면 시인 자신이 겪은 체

---

12) 레온 에델(김윤식 옮김), 「제3장 비평」, 앞의 책, 106~107쪽.
13) 첫째는 너무 이념 중심으로 작품에 접근한다는 점이다. 둘째는 지나치게 시류를 편승한다는 점이다. 셋째 기존 평가에 대한 맹목적인 추수를 들 수 있다. 마지막으로 넷째 시인 자신의 전기적 사실과 작품의 상상 세계를 혼동하는 우를 범하고 있다는 사실이다.(오세영, 「현대시 연구에 대한 성찰」, ≪시와시학≫, 2002, 가을호, 187~203쪽).

험을 시로 쓰지는 않는다는 것이다. 오히려 전기적 사실과 전혀 반대되
거나 배리된 내용을 쓰는 경우가 많다는 것이 오세영의 언급이다. 그가
예로 제시한 윤동주의 「서시」를 참고로 하여 설명한 내용은 다음과 같다.

가) 윤동주의 「서시」 전문을 인용하면 다음과 같다.

죽는 날까지 하늘을 우러러
한 점 부끄럼 없기를,
잎새에 이는 바람에도
나는 괴로워했다.
별을 노래하는 마음으로
모든 죽어 가는 것을 사랑해야지
그리고 나한데 주어진 길을 걸어야겠다.

오늘 밤에도 별이 바람에 스치운다.

나) 내재적 접근 방법에 의한 작품 분석 내용을 인용하면 다음과 같다.

아마도 그 대표적인 예로는 윤동주를 꼽을 수 있을 것이다. 가령 다음
과 같은 시는 평단과 학계에서 일반적으로 일제 저항시와 기독교 사상이
반영된 시로 규정되어 왔는데 사실을 말하자면 전혀 다르다.
먼저 이 시는 기독교 사상이라기보다는 유교 사상을 반영했다고 보는
견해가 옳다. 그것을 패러디라 해도 좋고 인유(allusion)라고 해도 좋지만
어떻든 이 시의 첫 부분이 문자 그대로 맹자(孟子)의 몇 구절을 직접 인용
하고 있기 때문이다. 다 아는 바와 같이 맹자는 인생의 세 가지 큰 기쁨
[人生三樂]에 대하여 이야기한 바가 있다. 부모 형제의 무고함[父母俱存
兄弟無故　一樂也]과 하늘과 땅에 부끄럼이 없는 삶[仰不愧於天　俯不怍
於人　二樂也]과 천하의 영재를 얻어 가르치는 일[得天下英才而敎育之

---

14) 오세영, 「현대시 연구에 대한 성찰」, 《시와시학》, 2002, 가을호, 200쪽.

三樂也]이 그것이다. 그런데 「서시」는 그 주제를 언급한 첫 4행에서 바로 이 제 이락[仰不愧於天 俯不炸怍人]을 그대로 인용하고 있으니 아무리 맹목적인 기독교도라 한들 이를 어찌 부정할 수 있겠는가. ……중략……

그럼에도 불구하고 이 시를 기독교적인 시라고 주장하는 근거는 윤동주가 기독교 가문에서 태어나 그 자신 기독교인이었다는 사실에서 비롯했을 것이다. 즉 작가가 기독교인이니 그가 쓴 시는 당연히 기독교인이어야 한다는 편견 즉 발생학적 오류인 것이다.

다) 작가 전기를 통한 작품 분석 내용을 확인하면 다음과 같다.

기독교인이 썼다고 해서 시기를 가리지 않고 그의 모든 시가 기독교 사상을 옹호하거나 반영했다고 생각하는 것은 아주 잘못된 판단이다. 그가 총체적 생애를 기독교인으로 살았다 하더라도 그 과정 중 기독교에 회의하거나 방황한 시기가 있었다면 그때에 쓴 시는 얼마든지 반기독교일 수도 있기 때문이다. 그러한 관점에서 나는 일반적으로 윤동주의 대표적인 기독교 시라 규정된 「십자가」, 「간」, 「또 태초의 아침」, 「팔복」 같은 시도 사실은 반기독교 시라 생각한다. 이유는 간단하다. 작품 그 자체의 내용이 그렇기 때문이다. 그런데 최근에 나의 그와 같은 생각에 확신을 가져다준 발견이 하나 있었다. 송우혜가 쓴 윤동주 전기에서 윤동주가 시를 창작할 무렵 즉 연희 전문 수학 시절에 기독교에 대해 깊은 회의를 느끼고 신앙적으로 매우 방황하였다는 기록을 읽었기 때문이다. 신앙적으로 회의를 가진 사람이 신앙에 대한 신념을 이야기할 수는 없지 않겠는가.
　　　　　　　— (오세영, 「현대시 연구에 대한 성찰」, ≪시와시학≫,
　　　　　　　　　　　　　　　　2002, 가을호, 200~203쪽).

위의 인용에서 보듯이 가)의 시가 갖고 있는 기존 평가 즉, '기독교 시'와 '저항시'로 규정한 내용의 근거를 윤동주가 기독교 가문에서 태어났고, 또 기독교인이었다는 역사전기적 관점의 발생학적 오류를 비판하고 있다. 이는 작품론의 관점이지만 이러한 작품 평가의 근거로써 오세영은 윤동주의 창작 당시의 생애를 연구한 송우혜의 논증을 인용하여 다)로 제시하고 있다. 특히 그가 윤동주의 시를 기독교시가 아니라고 하는 이유를 "윤동주가 이 시를 창작할 무렵 즉 연희 전문 수학 시절에 기독교에 대해 깊은 회의를 느끼고 신앙적으로 매우 방황하였다는 기록"을 윤동주 전기에서 찾았다. 위의 인용 다)에서 보듯이 작품론이라 하더라도 작가의 생애를 통해 작품의 주제를 파악하는 것이 중요하다는 것을 새삼 알 수 있다. 그래서 작가 연구에 필요한 기초 자료를 철저하게 조사해야 하는 것이다. 이처럼 작가론이든 작품론이든 상호보완적 관점에서 작가 연구가 이루어질 때 작품에 대한 객관적이며 새로운 해석이 가능한 것이다. 다만 역사전기적 방법의 문제점 즉, 작가의 생애와 관련한 작가 연구가 발생학적 오류(genetic fallcy)나 의도론적 오류(intentional fallcy)15)를 범하지 않도록 경계해야 한다.

1. 3. 정신분석학적 방법

근대 시민 의식이 성장하면서 개인 전기를 주로 쓰던 시대에 실증주의(實證主義)가 팽창함으로써 개인 작가 주변의 자료를 통해 전기를 구성하는 형태가 발달하였다. 또 20세기 초에는 정신분석학을 받아들이면

---

15) 「의도론적 오류」라는 논문은 많은 오해를 불러일으키기도 하였는데 가장 큰 반대 이유는 그것이 작품의 의미를 저자의 정신은 물론 역사적 배경으로부터 완전히 단절시켜 일종의 진공 상태에서 찾으려 한다는 것이었다. 그러나 이것은 오해이다. 저자의 의도, 역사적 배경 등은 모두 비평가의 참고 사항이 되어야 한다는 것을 부정할 이유는 없다. 작품을 이루고 있는 말 자체가 역사의 소산이며 역사와 더불어 변천하며 인간의 역사적 체험의 반영인 까닭이다. 그러나 한 작품은 역사의 한 순간에 완결된 하나의 <말 덩어리>이다. 이 말 덩어리는 저자의 어떠한 사적인 의도에도 불구하고 당시의 말의 관습(문법, 어휘 등)에 따라 해석되고 평가되어야 한다. 작품 속에 살아 있지 못한 저자의 사적인 의도는 간혹 참고 재료는 되지만, 작품의 해석과 평가에 절대로 결정적 요인이 될 수는 없다.(…중략…) 그러나 작품보다 작가에 관심을 가지는 것은 문학비평이 아니라는 생각은 문학비평에 대한 지나친 순수주의다(이상섭, 『문학비평용어사전』, 민음사, 2001, 267~268쪽).

서 작품과 작가 생애에 대한 정신분석학적 접근이 시도되면서 작가 연구는 활기를 띠었다.

작품 분석이나 이해를 위한 증거로써 작가의 생애는 충분히 가치가 있지만 반드시 생애가 그대로 작품 속에 투영되는 것은 아니다. 생애의 특정 부분에 끼친 작가 의식이 변형되어 작품 속에 표현될 수 있다. 그래서 작가의 의식적 측면을 작가 연구에서 소홀히 해서는 안 되는 것이다. 웰렉과 웨렌은 작가 전기의 문제점을 다음과 같이 지적했다.

> 전기적 접근 방법은 또한 아주 단순한 심리학적 사실들을 무시한다. 예술 작품은 한 작가의 실제 생활보다는 그의 '꿈'을 구체화할 수도 있고, 혹은 그것은 작가의 진정한 개성이 뒤에 숨어 있는 '가면', 즉 '반자아(反自我)'일 수도 있고, 혹은 그것은 작가가 도피하고 싶어하는 인생에 대한 묘사일 수도 있다. 더욱이 우리는 예술가가 인생을 그의 예술이라는 면에서는 판이하게 '체험' 할 수도 있다는 사실을 잊어서는 안 된다.

> — (르네 웰렉·오스틴 웨렌/이경수 역, 「문학과 전기」, 『문학의 이론』,
> 문예출판사, 107쪽)

위의 인용에서 보듯이 역사전기적 방법의 맹점은 작가들의 심리학적 사실을 무시하는데 있음을 알 수 있다. 그러나 "예술 작품은 한 작가의 실제 생활보다는 그의 <꿈>을 구체화"시킬 수 있다는 점에서 정신분석학적 방법이 작가 연구에 필요한 것이다. 정신분석학적 방법은 작가 의식이 작품 속에 표현될 때 사실일 수도 있고, 가면(仮面)일 수도 있다는 점을 고려해야 한다. 작가의 문학 행위나 생활, 행동이 작가 의식의 내면에 기인한다는 점에서 정신분석학의 접근이 문학적 의미를 가지게 되는 것이다.[16]

---

16) 레온 에델은 『작가론의 방법』에서 T. S. Eliot의 『황무지』를 정신분석학의 방법으로 분석하

작가 연구에서 프로이트(S. Freud)의 정신분석학을 중요하게 원용하고 있다. 정신분석학의 방법으로 작품을 분석했다 하더라도 독자들이 쉽게 이해할 수 있도록 어떤 현상(사건, 생활)에 대해 일대기를 기술하고 그에 따라 작품의 내용을 분석해야 한다. 일대기적 기술이 아니라 특정 작품에 대한 사건의 증거들을 토대로 분석해야 한다.[17]

레온 에델이 제시한 정신분석학의 방법론을 인용하면 다음과 같다.

> 정신분석이란, 인간이 개발해 놓은 상징을 연구함으로써 인간의 행동을 설명할 수 있도록, 지그문트 프로이트가 개발해 내고, 그의 후계자들이 더욱 발전시킨, 특수 테크닉에 적용되는 개념이다. 실상 두 개념 모두 우리의 목적을 위해서는 완전히 만족스러운 것이 못된다. 즉, 전자는 너무 폭이 넓고, 후자는 폭이 좁다. 정신분석 과정에나 분석학자는 피험자의 상징적 생활-꿈이라든가, (말이나 글로 된) 표현의 유형, 연상 작용, 체험의 상호 연결, 합리화, 무의식적 기억, 일상 생활 속의 사건들-에 끊임없이 접근한다.
>
> — (「제4장 정신분석」, 『작가론의 방법』, 144쪽)

정신분석학자들이 가진 관심들을 작가 연구자들은 똑같이 관심을 가져야 한다. 위의 인용에서 보듯이 정신분석학적 방법은 '작가의 꿈, 말

고 있다. 츠바이크의 『천재와 광기』에서도 프로이트의 정신분석학적 방법론에 바탕을 두고 위대한 작가의 삶을 그려내고 있다.

17) 전기와 정신 분석의 관계를 예시해 주는, 전형적인 연구서로서 어니스트 존즈(Ernst Jones) 박사의 『지그문트 프로이트의 생애와 작품』이다. 이 전기는 풍부한 내용을 담은 세 권의 책으로 되어 있다. 존즈 박사는, 그의 대상 인물에 대한 깊은 우정과 그의 생애에 대한 보스웰적인 해박한 지식에 근거하여, 이 전기를 기술하였다. 아울러 프로이트의 집안에서 그에게 사용을 허락한 폭 넓은 문서들은 참고로 해서 이 전기를 완성하고 있다. ……중략…… 남아 있는 자료의 양이 상당했으며, 프로이트의 글-심오한 문학적 감각을 지닌 이 사람의 글-이 수 없이 많이 있었던 여기에서 존즈 박사는, 프로이트 자신의 자아 탐구와 그가 지닌 꿈의 세계를 찾아낼 수 있었다. ……중략…… 전기는 아마도, 긍적적인 측면에서뿐만 아니라 부정적인 측면에서도, 전기와 정신분석의 관계를 예시해 주는, 전형적인 연구서로서 남을 것이다.(레온 에델, 「전기와 정신분석」, 『작가론의 방법』, 149~150쪽).

이나 글로 된 표현의 유형, 무의식적 기억, 일상 생활 속의 사건들'에 대한 연구를 바탕으로 작품 연구에 접근하는 방법이다. 즉 작가 연구에 있어 <피험자의 상징적 생활>에 깊은 관심을 가져야 한다.

정신분석학적인 접근 방법은 몇 가지 방향으로 대별할 수 있다.[18] 우선 생애 과정에서 나타난 독특한 사건이나 상황을 정신분석학을 통해서 작품과의 관련성을 찾는 방법이다. 이는 이상과 박용철의 콤플렉스 논의가 이에 해당된다. 이와 반대로 먼저 작품 속에 나타난 특징(주인공 의식, 상징, 비유 등)을 정신분석적으로 접근해서 작가의 생애(정신 세계)와 관련성을 찾는 방법이 있다. 만해 문학의 특징인 여성주의(女性主義)와 만해의 생애가 이에 해당된다고 할 수 있다. 이와 같은 두 방향은 동전의 양면과 같기 때문에 어느 것이 먼저냐 혹은 올바르냐의 기준은 없다. 다만 작가 연구자가 편의상 접근해야 한다. 또 작가 의식은 작가가 처한 사회와 시대 상황 속에 나타난 실제 생애를 바탕으로 하기 때문에 작가 의식과 작가의 전기의 관련성을 무시할 수 없다. 그래서 정신분석학적 방법과 역사전기적 방법을 서로 보완적 입장에서 작가 연구가 이루어져야 한다. 이는 이상 작가의 작품을 통해서 설명할 수 있다.

고은은 『이상평전』에서 이상의 어린 시절 <가족 콤플렉스>를 중심으로 그의 문학 의식의 일부분을 구성하고 있다. 시 「門閥」의 분석에서

---

18) 문학 비평에서 검토하는 정신분석학적 비평 방법은 크게 세 가지 관점으로 접근하고 있다. 첫째 창작(작가)의 심리는 작품 속에 투사된 작가를 발견하여 작가의 개인적 체험과 개성이 어떤 관련성이 있는가를 검토하는 일이다. 이는 작가 연구에서 말하는 정신분석학적 접근 방법이라 할 수 있다. 비평론과 작가 연구의 차이점은 두 가지를 더 염두에 두는 비평론을 작가 연구에서는 중요하게 다루지 않는다는 점이다. 그 두 가지 중 하나는 작품 심리이다. 즉 등장 인물의 성격을 분석하거나 한 작가의 특징적인 상징을 파악하여 주제에 도달하는 것이다. 다만 차이를 보이는 것은 작가의 생애와 관련성을 짓지 않는다는 점이다. 또 다른 하나는 독자 심리인데, 작품이 독자에게 주는 심리적 영향이다. 독자의 개인적 체험이 작품의 내용과 일치하는지에 대한 논의이다. 이는 작가 연구에서는 염두에 두지 않는다. 다만 작가의 주변 인물들을 어떻게 평가했는지를 관심 가질 뿐이다.

이를 확인할 수 있다.

　가)
墳塚에계신白骨까지가내게血淸의原價償還을强請하고있다.
天下에달이밝아서나는오들오들떨면서到處에서들킨다.당신의
印鑑이이미失效된지오랜줄은꿈에도생각하지않으시나요-하고
나는의젓이대꾸를해야겠는데나는이렇게싫은決算의函數를내몸
에지닌내圖章처럼쉽사리끌러버릴수가참없다.

　나)
　해경의 심층 의식에는 가족적 강박 관념이 자리잡고 있다. 이런 관념은
이미 어린 시절부터 보이고 있었으나 보성고보의 고학, 경성고공의 가난
한 학생 생활과 함께 심화되었다. 그가 가족을 맡아야 할 의무 때문에 그
는 어떤 자유도 마음 속으로 완벽하게 누릴 수가 없었다. 그것은 그에게
불행한 계율이 되어서 그 관념은 그의 의식 구조의 양성화를 불가능하게
한 것이다. 그의 시 「門閥」이 진술한 것처럼 무덤 속의 백골까지가 혈청
의 원가 상환을 강요하는 것이다. 키우고 길렀다면 그 값을 다시 바쳐야
한다는 결산의 함수 때문에 그는 극도로 비열해진다. 그는 잠을 잘 자는
일이 드물고 늘 가위에 눌렸다. 그는 자살을 생각하기 시작했다.
　　　　　　　　　　— (「그의 경성고등공업학교」, 『이상평전』, 118~119쪽)

　가)의 인용시에 대해 나)는 정신분석학의 입장에서 작가 이상의 생애
와 관련한 작품 분석이다. 즉 성장 과정에서 가족적 강박 관념에 사로
잡힌 이상을 통해 그의 시를 분석한 내용이다. 다만 이상의 나머지 작
품에 대해서는 모두 가족 콤플렉스와 관련을 시키는 것은 무리이다. 그
래서 정신분석학의 방법은 작가의 생애와 작품, 그 관련성의 일부만을
밝힐 뿐이지 전체에 대한 의미 해독은 아니다.
　이상의 가족 콤플렉스와는 달리 누이 콤플렉스(sister-complex)로 박용철
의 문학 세계를 접근한 김윤식의 논의도 하나의 방법론을 이해하는데

참고가 될 것이다. 1930년대 ≪詩文學≫ 창간의 주도적 역할을 한 "박용철이 이들 누이 및 누이의 친구(후에 두 번째 부인 林貞姬)에게 있어서의 존재가 시를 통한 것이었다면, 박용철은 이들을 확보하고, 이들에게 훌륭한 존재로 보이기 위해서는 그가 필연적으로 문단적 야심을 가지지 않을 수 없었던 것으로 볼 수 있다. 이 문단적 야심이 곧 그의 상경을 촉진시키고, 마침내 ≪詩文學≫을 발간하기에 이른 것이 아닌가 생각한다."[19]고 김윤식은 평가하고 있다. 이는 박용철이 사랑하는 연인의 마음을 얻기 위해 그의 문단적 야심을 보였는데, 그것이 바로 ≪詩文學≫ 창간의 영향이었다는 의미다. 이처럼 작가의 문단 활동도 생애의 과정에서 나타난 작가 의식과 관련이 있음을 알 수 있다.

정신분석학의 작가 연구 방법에는 작품의 특징과 작가의 생애와 관련한 예를 이광수의 대표작인 「무정」에 나타난 누이 콤플렉스, 만해의 시에 나타난 여성주의 표현을 통해서 알아 보자.

먼저 이광수의 성장 과정에 나타난 누이 콤플렉스가 그의 작품에서 변형되었음을 볼 수 있다. 「무정」의 주인공 "이형식이 선형을 만나 선형을 <자기 누이>라고 생각하는 장면(제3장)과, 평양에 가서 칠성문 밖 박 진사 무덤을 안내해 준 어린 기생 계향을 <내 누이입니다>하고 아는 사람에게 소개하는 장면(제64장)"[20]을 볼 수 있는데, 이들을 한결같이 누이라고 하는 "누이 콤플렉스는 춘원 문학의 해명에 빠뜨릴 수 없는 주춧돌의 하나"[21]이다. 이 누이 콤플렉스는 조실부모하여 11살 때부터 두 누이와 함께 고아로 자란 작가 이광수의 전기적 사실에 깊이 뿌리내려진 것이어서 그 어느 감정보다 감정의 추가 깊이 내려간 것이다. 그래서 「무정」은 이광수의 자서전을 바탕으로 한 것이지 결코 꾸며 낸 얘기

---

19) 김윤식, 「순수시론·박용철론」, 『(속)한국근대작가론고』, 일지사, 1981, 127쪽.
20) 김윤식, 「7. 「무정」-그 기념비적 성격」, 『이광수와 그의 시대』 ②, 한길사, 19 86, 545쪽.
21) 김윤식, 위의 책. 547쪽.

가 아니라 작가의 전기적 사실이 변형되어 표현된 것임을 알 수 있다.22) 그렇기 때문에 춘원의 문학을 이해하기 위해 정신분석학적 입장에서 작가 연구는 중요한 것이다.

다음은 만해 문학의 예이다. 이를 인용하면 다음과 같다.

특히 외면적으로 남성다움의 표상이라고 할 수 있는 의지적이고 용감한 행동을 해야만 하는 사람은, 내면적으로는 오히려 그러한 현상에 대한 반동이 형성되어 극단적인 여성 취향을 띠게 된다고 한다. 분석 심리학에 의하면 인격에는 외면적 생활에 적용하는 외적 인격과 내면적 세계에 적응하는 내적 인격이 있는데, 어느 한쪽이 억압을 당할 경우 다른 쪽이 대상 작용을 하게 된다는 것이다. 그러므로 만해 한용운의 경우 독립 운동을 위한 활동이나 불교 개혁 운동 등은 외적 인격이 맡아서 한 일이고,『님의 침묵』시집 전편에 깔려 있는 여성 취향적 이미지는 만해의 내적 인격에 포함된다고 할 수 있다.

만해는 겉으로는 당당한 독립 투사의 면모를 가졌으나 내적으로는 그러한 것에 반발하는 잠재의식이 특별히 강했던 것 같다. 그래서 그의 작품에는 단순한 여성 취향성뿐만 아니라 여성 취향성의 극단적 표현 형태라고 할 수 있는 매저키즘적 피학성이나 자기 학대의 표현이 빈번하게 등장한다. 「의심하지 마세요」라는 작품에서는 '당신의 사랑의 동아줄에 휘감기는 체형(體刑)도 사양치 않겠습니다/당신의 사랑의 혹법(酷法) 아래에 일만가지로 복종하는 자유형(自由刑)도 받겠습니다'라고 읊고 있고,「복종」에서는 '남들은 자유를 사랑한다지마는 나는 복종을 좋아하여요/자유를 모르는 것은 아니지만 당신에게는 복종하고 싶어요'라고 읊고 있다. 그리고 일일이 예를 들지 않더라도 만해의 시 전편에는 님에게 버림받은 이별을 오히려 기쁨으로 감수하는 화자의 변태 심리가 주조를 이루고 있는 것이다.

　　　— (마광수, 「한국 현대시의 정신 분석학적 해석」, 『정신분석과 문학비평』,
고려원, 1992, 193~194쪽)

---

22) 김윤식, 위의 책, 546쪽.

위의 인용에서 보듯이 정신분석학적 방법은 작품 속에 나타난 어떤 특징을 작가의 행동 심리학에 근거하여 설명하는 것이다. 즉 작품에 나타난 여성취향적 이미지(매저키즘적 피학성)가 외면적 생활에서는 외면적 남성다움의 표상(독립 운동, 불교 개혁 운동 등)이 나타난다는 점을 설명하는 방법이다. 그러나 작가의 전기적 실제 행동이 작품 속에 투영되어 나타난 것과 관련하여 설명했지만, 위의 인용처럼 작가의 생활 행동이 작품에서는 반대로 나타나는 경우도 생각해야 한다. 따라서 이 두 방법을 적절하게 원용해야만 올바른 작가 연구를 할 수 있는 것이다. 작가 연구에서 정신분석학적 접근 방법을 이용하려면 정신분석학에 대한 이론적 기반을 갖추어야만 한다.[23] 그렇지 않으면 작가 생애나 작품에 드러난 특징마다 임의로 접근하여 해석하는 결과를 가져올 수 있기 때문에 이론적 기반을 풍부하게 이해한 상태에서 접근해야 할 것이다. 여러 정신분석학에 관한 이론적 기반이 약한 작가 연구 방법은 "문학평론가들의 심리비평을 정신분석적 입장에서 놓고 볼 때, 반은 그럴 듯하고 반은 비약적인 것이 많았다."[24]는 지적을 받을 수 있다.

이 같은 작가 연구의 한 범례는 조두영(趙斗英)[25] 의 「李箱의 인간사와 정신분석-초기 작품을 중심으로」(『심리주의 비평의 이해』, 청하, 1987)에서 찾을 수 있다. 그의 작가 연구의 접근 방법과 그 과정을 정리하면 다음과 같다.

---

23) 프로이트 출생 100주년 기념으로 국내에서는 프로이트 전집이 출판사 ≪열린책들≫에서 20권으로 번역되어 있어 이에 대한 이론적 기반을 갖추는데 도움이 될 것이다.

24) 조두영, 「손창섭 문학의 일반적 특징」, 『목석의 울음·손창섭 문학의 정신분석』, 서울대출판부, 2004, 41쪽.

25) 서울대 의과대학 졸업(1961). 뉴욕시립 Corney Island Hospital 정신과 병동장(1970~1974). 한국정신분석학회 초대회장(1983~1985). 「공자의 효에 관한 정신분석학적 고찰」(1975. 박사학위논문) 외 다수 발표

고은의 『이상평전』에서 나오는 이야기 가운데에서 비교적 객관성을 띤 내용을 주축으로 삼고 여기에 이상 자신이 쓴 그의 반생을 회상하는 내용의 수상문인 『슬픈 이야기』(1936), 『실락원』에서의 「肉親의 章」(1937), 『종생기』(1936), 김종은의 논문 가운데 나오는 이상의 누이 동생 김옥희의 증언, 김용성의 『문학사 탐방』, 임종국이 이상의 친구 문종혁에게서 청취한 증언과 문종혁이 직접 쓴 것을 인용한 것을 참고로 하여 이상이 『12월 12일』을 쓸 때까지의 개인력을 정신 과학적인 기술 방법으로 재정리하였다. 그리고 작가의 개인력과 작품의 내용을 서로 비교하여 어떠한 공통점이 있는가의 여부를 알려고 하였다. 마지막으로 작품의 내용을 분석하고 그것이 작가의 개인력 가운데 어떤 점의 영향을 받았고, 인간사의 어떤 사실이 어떻게 변형modify, 위장disguise되어 작품 속에 노출되었는가를 알아보았다.
　　　　　　— (『정신분석과 문학비평』, 고려원, 1992, 145쪽에 재수록)

　조두영은 이상에 대한 연구의 접근 방법으로 첫째, 고은의 『이상평전』에 나오는 객관성을 띤 내용을 참고했다. 이는 작가 연구에 있어 작가의 생애(전기적 요소)가 반드시 필요하다는 전제에서 출발하고 있다. 둘째, 이상 자신이 쓴 회상의 수필문 「슬픈 이야기」, 『실락원』의 「肉親의 章」, 『終生記』 등을 참고했다. 이는 작품 속의 내용이 실제 작가의 생각과 생애를 반영하고 있다는 전제에서 이를 응용하고 있음을 의미한다. 셋째, 인터뷰의 글은 이상의 누이 동생 김옥희의 증언, 이상의 친구 문종혁이 직접 쓴 글을 참고했다. 이는 필자가 앞에서 언급한 작가 주변 인물에 대한 인터뷰를 바탕으로 하고 있다. 이러한 인터뷰는 작가의 생애에 대한 객관성 있는 정보지만 편향된 시각일 수 있다는 전제를 염두에 두어야 한다. 넷째, 르뽀 작가 김용성의 탐방기를 참고로 했다. 이는 작가에 대한 전기적 자료를 활용하였다. 위와 같은 접근 방법은 역사전기적 방법과 정신분석학의 방법을 적절하게 활용한 작가 연구 방법의 한 예이다. 또 조두영은 이상이 두 살 때 부모 곁을 떠나 백부에게 양자로 입적되었다는 전기적 삶을 바탕으로 하여 작품 「12월 12일」을 분석했다(<4. 1. -棄兒로서의 李箱>과 <4. 2. -양자로서의 李箱> 참고).

정신분석학은 신경병 또는 정신병의 진단과 치료를 목적하고 문예비평은 문학의 이해와 향수와 평가를 목적으로 한다. 크루즈 교수는 정신분석학을 문예비평에 응용할 때 주의해야 할 점을 다음과 같이 말하고 있다.[26]

① 작가에 대한 정신병리학적 경향 — 작가를 신경증환자(neurotic)로 볼 위험이 있으나, 프로이드 자신도 만년에는 작가의 창조력을 높이 평가하였다. 작가의 심리는 <이상> 심리가 아니라 <비상> 심리이다. 신경증은 파괴적이나 작가 심리는 창조적이다.

② 문학의 형식과 기교의 면을 무시하고 심리적 내용만을 따지는 경향 — 최근의 정신분석학적 예술이론가들이 형식의 심리적 의의를 설명하기 시작하였다는 것을 잊지 말아야 한다. 소위 심미적 요소도 심리적 요소의 작용이라는 것이다. 그런고로 형식은 매우 중요하다.

③ 이미 사망한 과거의 작가를 정신분석 하고자 하는 경향 — 불충분한 근거(작품, 수기, 일화 등)에 의거하여 한 작가의 정신상태를 재구성하는 일은 최근 자못 위험한 일로 인정되고 있다. 따라서 최근의 경향은 구체적 작품의 구조를 분석하는 것이다. 더구나 작품 속의 인물, 즉 완전히 가공적인 인물에 대한 정신분석학적 고찰은(예컨대, 춘향은 유아기에 어떤 경험을 했을 것인가 등등) 위험한 것으로 인정된다.

④ 문학의 무의식적 내용을 문학의 유일한 가치로 간주하는 경향 — 즉, 한 작품이 무의식적 성적 충동에서 발생했다면 바로 그 무의식적 내용이 그 작품의 가치로 간주되는 경향이 최근에는 없어졌다는 것이다. 프로이드가 정신을 분석한 것은 무의식을 찬양하고 해방시키려고 한 것이 아니라, 그 파괴적이고 부정적인 성향을 합리적인 통제 밑에 가져오려는 목적에서였다. 즉, 문학도 어떤 무리가 없는 합리적 통제를 실현하려는 것이 목적이고, 그런 일을 잘 하는 문학은 좋은 문학이라고 본다.

---

26) 이상섭, 「심리주의 비평의 방법」, 『문학연구의 방법』, 탐구당, 2003, 151~152쪽.

⑤ 정신분석학적 비평이 지나치게 전문적 술어를 많이 쓰는 경향 — 전에는 그랬었다. 그러나 프로이드 유파의 심리학적 이론들이 상식화함에 따라(자아, 초자아 등) 유독 정신분석학적 비평만 어려운 말을 많이 쓴다는 인상은 적어 가고 있다.

— (이상섭, 「심리주의 비평의 방법」, 같은 책, 151~152쪽)

작가 연구는 작품 이해를 전제하기 때문에 작품의 주제를 파악할 수 있다면, 두 방법 가운데 하나가 절대적 기준이 아니라 상호보완적이라는 입장에서 작가 연구가 진행되어야 하는 것이다.

2. 작가 연구의 유의점

2. 1. 작가 연구자의 집필 태도

작가 연구자는 작가를 연구하게 되면 여러 가지를 준비해야 할 사항도 많이 있지만, 주의해야 할 사항도 몇 가지 있다. 여기서 작가 연구를 집필하면서 주의해야 할 몇 가지 공통 사항만을 정리하면 다음과 같다.

첫째, 대상 작가를 신화화(神話化)하거나 신격화(神格化)해서는 안 된다. 작가는 역사적인 사건의 주인공이 아니다. 따라서 역사적 인물처럼 영웅시하여 신화처럼 꾸며서는 안 된다. 단지 문학사의 귀결점으로서 작가 연구가 이루어져야 한다. 아무리 문학사적으로 큰 역할을 한 작가라 하더라도 작가를 신화화한다는 것은 과학적 인식의 세계에 살고 있는 오늘날에는 이것이 받아들여지지 않는다. 뿐만 아니라 독자들에게 소설의 허구성으로 이해되지도 않는다. 문학사에서 묻혔던 작가를 발견할 경우 연구자들은 흥분의 도가니 속에서 대상 작가를 신격화할 소지가 높다. 이미 작품성이 인정된 작가라 할지라도 연구자의 냉철함이 돋보이는 객관성과 통찰력이 전제되어야 대상 작가가 더욱 빛을 발할 수 있다.

가령 윤동주 앞에 붙는 수식어가 민족 시인이라는 것은 누구나 다 아는 사실이지만, 이 수식어 때문에 그가 일제 강점기에 시집 출판을 하지 못한 이유를 윤동주의 민족성과 결부시키는 것은 다소 무리라고 할 수 있다. 또한 이육사 독립 운동의 행적도 일제 치하에서 중국으로 건너가 활약한 사실을 기록한 그의 시비도 다소 비약적 부분이 있다. 이 역시 대상 작가를 지나치게 신성시하는 데서 오는 문제점이라 할 수 있다.

둘째, 작가에 관한 자료들을 수집하여 무조건적으로 사실을 나열해서는 안 된다. 사실의 나열은 개인의 일기에 지나지 않기 때문이다. 작가의 문학적 전기를 쓰는데 작가와 관련된 자료는 필수적이다. 그렇다고 해서 모든 자료가 필요한 것은 아니다. 왜냐하면 작가의 문학 세계와 전혀 관련이 없는 경우의 자료는 과감하게 버릴 수 있어야 한다. 특히 연구자의 각고의 노력으로 모은 자료를 활용하기 위해서 자료에 연연하여 전체 글의 완성도를 저해하는 경우도 있기 때문에 취사선택해야 한다. 다만 작가의 문학 세계와 직접적인 관련이 없는 경우라 하더라도 사건·일화 등은 작가의 성격이 드러나는 부분이기 때문에 작가의 성격을 통해 작가의 심리학적 연구 방향으로 접근할 수 있다. 가령 민족주의적 관점에서 한용운과 최남선의 일화를 활용할 수도 있다.

셋째, 작가의 문학 행위에 대해 지나치게 상상력을 발휘하여 기술하는 것은 바람직하지 못하다. 이는 작가와 관련한 증거의 부족으로 연구자가 상상력을 발휘하는 경우이다. 가령 작가의 문학 세계를 규명하는 부분에 있어서 지나치게 감상적 평가를 내리는 경우가 허다한데, 이는 연구자의 개인적 취향일 수 있다. 그래서 작품과 관련한 객관성 있는 자료 제시가 필요하다. 이 자료를 토대로 작품 세계를 규명하여 기술하는 것이 마땅하다.

넷째, 작가의 <자서전>이나 <회고록>에 의존하여 작가 전기를 구성하여 작품 분석에 임할 경우 주의해야 한다. 왜냐하면 <자서전>이나 <회고록>의 일정 부분이 작가 자신의 자화자찬(自畵自讚)이나 불행한 일에 대해서는 변명의 소지가 용해되어 있기 때문에 진실을 알기 어렵다. 그래서 <자서전>이나 <회고록>에 나타난 중요한 사실은 반드시 주변 상황과 주변 인물들의 인터뷰, 각종 자료들을 통해 검증을 거친 다음 작가 연구의 자료로 활용해야 한다. 가령 이광수와 서정주의 친일 행각에 대해서 변명의 글을 썼다는 점에서 이를 알 수 있다.

다섯째, 대상 작가의 주변 인물을 취재할 수 없을 때와 주변 인물의 자료를 고려해야 한다. 노천명을 대상 작가로 할 때, 이무영(李無影)과 조연현(趙演鉉), 이봉구(李鳳九)를 인터뷰해야 한다. 그러나 이들은 이미 작고한 문인이기 때문에 다른 방법을 선택해야만 한다. 그 차선책으로 이들 작고 문인들의 주변 인물을 간접 인터뷰하거나 이들의 작품을 통해서 대상 작가에 관한 관련 자료를 찾을 수밖에 없다. 노천명은 이무영과 20년 동안 친분이 두터웠다. 그러나 이봉구와는 ≪조선중앙일보≫에서 함께 일했지만 <부역문화인(附逆文化人)>이란 글 때문에 절교하고 사망할 때까지 풀어지지 않았다고 한다.27) 이럴 경우 노천명과 주변 인물들에 대한 인터뷰는 할 수 없다. 이럴 경우 연구자는 여러 정황들과 관련 자료 등을 조사하여 객관적으로 평가할 필요성이 있다.

여섯째, 작가와 관련한 자료를 취사할 때, 자료 제공자의 심리적 상황을 고려해야 한다. 가령 자료 제공자가 대상 작가와 개인적인 친분이 아

---

27) 정공채, 「사슴의 자화상」, 『노천명평전』, 대가출판사, 1983, 21쪽.

주 가깝지만 어떤 계기로 인해 대상 작가와 인간적 면모를 폄하(貶下)하는 시각을 가졌을 경우에 작가 연구에 바람직하지 못한 평가를 할 수도 있다. 그래서 다양한 부류의 사람들을 접촉해야 할 필요성이 있다. 그리하여 작가에 대한 종합적이고 객관적 판단을 할 수 있다. 자료 제공자가 대상 작가와 돈독한 인간 관계가 있을 경우 작가 연구자는 더욱 곤혹스럽다. 너무 지나치게 과대 평가할 수 있기 때문이다. 어쨌든 자료 제공자에게 어떤 불쾌감을 주지 않아야 한다. 이는 제공자에 대한 예의일 뿐만 아니라, 작가 연구에 필요한 더 많은 정보를 얻을 수 있기 때문이다. 그리고 대상 작가를 바라보는 시각이 대체로 긍정적이어야 한다. 그래야만 대상 작가에 대해 어떤 문학적 의미를 발견할 수 있다.

일곱째, 자료에서 얻은 작가에 관한 단정적인 결론은 조심스럽게 기술해야 한다.[28] 왜냐하면 새로운 자료 발굴이 되면 작가 연구에서 연구

---

28) 애국가를 작곡한 안익태(安益泰·1906~1965) 선생이 일본이 세운 괴뢰국인 만주국을 기리는 교향곡을 작곡하고 이를 만주국 창설 10주년 기념 음악회에서 직접 지휘했다는 주장이 제기됐다. 독일어로 '만주국(Mandshoutikuo)'이라는 제목이 붙은 이 곡에는 애국가가 수록된 '한국환상곡'(1938년)의 선율 일부도 사용됐다. 이 같은 주장은 독일 베를린에 유학 중인 송병욱(39·훔볼트대 음악학 석사과정) 씨가 최근 독일연방문서보관소 산하 필름보관소에서 찾아낸 베를린방송악단의 1942년 연주 실황을 근거로 제기한 것이다. 송 씨는 8일 본보와의 통화에서 "당시 연주회가 열린 옛 베를린 필하모니 홀 무대에는 대형 일장기가 걸려 있었고 프로그램과 화면에 작곡가가 안익태 선생이라고 표기돼 있다"며 "'만주국'의 연주를 들어 보면 '한국환상곡'의 선율 중 '삼천리 금수강산 길이 빛나라'와 '영광의 태극기' 두 대목의 모티브가 그대로 나타난다"고 말했다. 송 씨는 "1942년 베를린에 머물고 있던 만주국 사절단이 안 선생에게 작곡을 위촉한 것으로 추정된다"고 밝혔다. 안익태 선생이 독일에 머물렀던 1938~44년의 행적을 연구해 온 송씨는 안익태 선생이 당시 독일 주재 일본인 외교관 이하라 고이치의 집에 머물렀다는 주장도 제기했다. 송 씨는 "안익태 선생이 은사인 리하르트 슈트라우스에게 보낸 편지에 적힌 주소가 치외법권이 적용되는 일본인 고위 외교관의 집이라는 사실을 베를린 시관계당국을 통해 확인했다"고 말했다. 이하라 고이치는 교향곡 '만주국'의 작사자로도 등장하는 인물이다. 송 씨의 이러한 주장에 대해 국내 관련 학자들은 "그간 연구의 공백으로 남아 있던 안익태 선생의 유럽 체류 시절을 밝히는 중요한 1차 자료가 발굴됐다"고 평가했다. 안익태 전기를 쓴 전정임(田靜任) 충남대 교수는 "안익태 선생 유족이 안익태기념재단 측에 넘겨 준 악보들을 검토했지만 교향곡 '만주국'의 악보나 이에 관한 기록은 보지 못했다"고 말했다. 전 교수는 "안익태 선생은 생전에 '내가 음악을 하는 목적은 인류 화합과 조국을 위해서'라고 얘기했고, 일제강점기에

자가 단정한 작가 세계가 새롭게 해석될 수 있기 때문이다. 또 새로운 자료 발굴의 가능성은 항상 열려 있다. 그래서 작가 연구가 일단락된 것이라고 판단하고 지속적으로 연구 대상 작가에 대해 관심을 가져야 한다.

2. 2. 집필 전후의 문제

첫째, 대상 작가의 문학적 업적과 전기적 오점 사이에서 작가 연구자는 일정한 갈등을 겪게 된다. 가령 이광수나 서정주를 대상 작가로 삼았을 때, 이들의 친일 행각과 친일 작품으로 남아 있는 전기적 오점만으로 일관할 경우 이들의 문학적 공과는 멀리 있게 된다. 춘원은 한국문학사에서 공과를 인정하면서도 친일문학론의 첫장에서 논의될 만큼 작가 연구의 대상에서 빠뜨릴 수는 없다.[29] 또 미당은 한국시사에서 한 분수령이었음을 부인할 수는 없다. 그런데 미당은 "시인의 전기적 오점과 시적 업적에 대해선 이미 나올 수 있는 이야기는 거의 다 나온 것이 아닌가"[30] 할 정도이다. 그러나 이는 작가 연구의 관점에서 보면 또 한 번 판단이 요구되는 사건이 아닐 수 없다. 즉 작가 연구가 전기적 사실과 시적 업적 간의 영향 관계를 검토해야 하는 점에서 보면, 고은의 미당 평가는 중요한 것이다.[31] 한편으로는 고은의 미당에 대한 부

애국가를 작곡한 민족의식을 가진 분이니만큼 단편적인 자료만으로 친일 여부를 단정 짓는 것은 섣부르다"고 지적했다. 한편 안익태기념재단의 김형진(金亨珍) 이사장은 이와 관련해 "탄생 100주년을 맞는 올해 안익태 선생의 공과를 모두 짚어 보기 위해 11월경 학술대회를 개최할 것"이라고 밝혔다(≪동아일보≫, 2006년 3월 9일).

29) 이경훈, 『이광수의 친일문학연구』, 태학사, 1998.
　　이경훈 편역, 『진정 마음이 만나서야말로- 이광수 친일 소설 발굴집』, 평민사, 1995.
30) 남진우, 「고은의 미당 비판에 대해서」, 『그리고 신은 시인을 창조했다』, 문학동네, 2001, 26쪽.
31) 고은의 「서정주 시대의 보고」(『서정주 연구』, 동화출판사, 1975)와 「미당 담론-자화상과 함께」(≪창작과 비평≫, 2001, 여름호) 참고.

정적 평가가 정당한가를 검토할 필요성이 있다. 왜냐하면 고은의 평가가 편협(偏狹)할 수 있기 때문이다.32)

전기적 오점을 남긴 친일 작가들에 대해 임종국(林種國)이 방대한 자료를 수집하여 『親日文學論』(평화출판사, 1963)을 출판했다. 여기에는 『朝鮮文藝會』·『國民精神總動員朝鮮聯盟』·『時局對應全鮮思想保國聯盟』·『皇國慰問作家團』·『朝鮮文人協會』·『大東亞文學者大會』·『朝鮮文人報國會』 등과 같은 친일 문인 단체가 소개되어 있다. 친일 작가는 다음과 같다(작품 목록은 『親日文學論』에서 참고).

김동인·김동환·김사랑·김소운·김안서·김용제·김종한·김팔봉·노천명·모윤숙·박영희·백철·유진오·이광수·이무영·이석훈·이효석·장혁유·정비석·정인섭·정인택·조용만·주요한·채만식·최남선·최재서·최정희 등

위에 열거한 작가들을 보면, 우리 근현대문학에서 중요한 역할을 담

강준만, 「미당 서정주를 이용하는 사람들」, 《인물과 사상》, 개마고원, 2001, 71~102쪽.

32) 문학비평가인 한원균 교수(37, 국립청주과학대학 문예창작과)는 『고은 시의 미학』(한길사)에서 "고은은 만해 한용운의 문학성 성취에 비견되는 넓이와 폭을 지닌 대가"라고 평가했다. 반면 문학평론가인 남진우 씨(41)는 평론집 『그리고 신은 시인을 창조했다』(문학동네)에서 "고은은 문학적 부친(父親)의 유품을 일괄적으로 모독 파괴 방화하는 조급한 욕망의 소유자"라고 비판했다.(「문단의 고은 평가 '극과 극'」, 《동아일보》, 2001년 9월 18일).

이 외에도 노혜경의 「미당을 둘러 싼 몇 가지 문학적 오해에 대하여」(《인물과 사상》, 2001. 1)와 이남호의 「예술과 예술가의 삶」(《문예중앙》, 2001, 여름호) 참고

서정주의 대표적인 친일시 「항공일에」와 「송정오장 송가(松井伍長 頌歌)」의 작품을 들 수 있다. 「송정오장 송가(松井伍長 頌歌)」에서 오장(伍長)은 일본 육군 계급의 하나로 하사에 해당한다. 이 시는 가미가제 특공대원의 하나로 미국 군함에 부딪쳐 죽은 개성 출신의 송정오장을 찬양한 노래로, 시적인 기교가 아주 두드러져 아름답기까지 하다. 그러나 미군을 '머리털이 샛노란 벌레같은 병정'으로 비유한 것 등, 철두철미한 반미·친일의 내용으로 일관되어 있다(『교과서와 친일문학』(교육출판 기획실 엮음, 동녘, 1988. 45~49쪽). 이 외에도 미당의 작품 가운데 애송되었던 「국화옆에서」는 최근 친일 논란의 대상이 된 작품이다 (김환희, 『국화꽃의 비밀』, 새움, 2001).

당했던 작가들 대부분이 친일 문학에서 자유로울 수 없음을 알 수 있다. 우리 근현대문학의 작가들이 친일론에 관련되어 있음을 상기한다면, 작가 연구에서 연구자들은 신중히 처리하지 않으면 안 된다.[33] 물론 작가 연구는 전기적 오점의 폭로보다는 시대 상황과 심리적 상황에서 창작한 작품을 이해하는 쪽에서 기술해야 할 것이다. 우리 나라와는 다소 상황이 다르지만 노벨 문학상을 수상한 엘리어트(T · S · Eliot)의 스승이었던 파운드(E · Pound)가 나치의 입장에 서서 강력한 반미 운동에 앞장섰지만, 미국 정부가 보여 준 일화는 우리들이 친일 작가에 대해 판단하는 하나의 예를 찾을 수 있게 해 준다.

둘째, 작가 연구를 끝낸 뒤, 공식적인 학회에서 발표하거나 책으로 출판했을 경우 대상 작가의 존엄성이 문제될 수 있다. 가령 작가의 후손들이 법적인 문제를 제기할 수도 있다. 그리하여 존엄성 훼손과 같은 문제가 일어나면 작가 연구가 온전히 기술되더라도 출판되지 못하게 되어 작가의 전모를 알 수 없게 되는 상황이 될 수도 있다. 또한 큰 작가일수록 그를 따르는 후예들이 이를 용납하지 않을 수도 있기 때문이다. 그래서 작가 연구에서는 이를 염두에 두고 출판 이후를 고려해야 한다. 『전혜린평전』의 작가 이덕희는 전혜린의 대학 동기생이면서 전혜린에 대한 애정을 가지고 집필했다. 전혜린에 대한 애정으로 그의 문학과 삶을 그렸는데, 이것이 유족들에게 화근이 되어 법정 시비까지 벌어졌다. 다행히도 『전혜린평전』은 출판되었지만 작가의 문학과 정신을 온전히 다 살려 내지는 못했다.

셋째, 작가 연구자는 표절 문제에 대해서도 정확하게 판단하지 않으면 안 된다. 왜냐하면 작가의 작품을 독창적이라 평가했는데, 평가한 작품이 다른 작가의 작품과 표절 문제와 관련된다면 이는 출판 이후 큰

---

33) 한국비평문학사의 길목인 조연현의 문학과 친일 행적 문제 사이에 논란이 있었다. 필자는 『조연현 평전』(역락, 2006)을 통해 이를 집중적으로 검토하였다.

문제가 될 수 있다. 한국문학 비평계의 중추적 역할을 담당했던 김윤식의 저서에서 젊은 비평가 이명원이 표절 문제를 제기하여 문단에서 큰화제가 되었다. 김윤식의 저서 가운데 『한국 근대 소설사 연구』(을유문화사, 1986)의 일부분이 일본의 문학비평가 가라타니 고진(柄谷行人)의 『일본 근대 문학의 기원』(1980)에서 표절했다는 주장이다.34) 김윤식을 작가 연구 대상으로 삼았을 때, 이에 대한 표절 문제를 기술해야 한다. 표절은 개인 간의 감정까지 문제가 되기 때문에 신중하게 생각해야 한다. 박상배와 고현철, 이대흠과 오세영의 표절 문제는 한 번쯤 짚고 가야 할 것이다.35) 표절과 같은 문제는 작가 연구에서 미묘하기 때문에 정확한 자료에 따른 객관적인 평가 태도를 가지고 기술해야 한다.

---

34) 이명원, 「김윤식 비평에 나타난 '현해탄 콤플렉스' 비판」, 『타는 혀』, 새움, 2000, 252~282쪽.
   가라타니 고진 / 박유하 옮김, 『일본 근대 문학의 기원』, 민음사, 1999.
35) 졸고, 「모방과 표절 시비」, 『한국현대시의 탐색』, 2001, 역락, 271~283쪽.

부록 I

한국 작가 평전의 검토

　요즘 들어서서 작가를 비롯해 각 분야별 역사적 인물에 대해 평전 혹은 전기, 이와 비슷한 류의 제목으로 책들이 대거 출판되었다.[1] 문학과 관련한 작가 평전들을 정리하면 다음과 같다.

　　※ 문학 - *국내 :『이상평전』(고은, 민음사, 1974),『평전 한용운』(고은, 백민사, 1978/고려원, 2000),『이상평전』(고은, 청하, 1980),『김수영평전』(최하림, 문학세계사, 1981/실천문학사, 2001),『전혜린평전 -아! 전혜린 불꽃처럼 사랑하고 사랑하며 죽어가리』(정공채, 백양 출판사, 1982/ 이덕희,『전혜린』, 작가정신, 1981/1993),『우리 노천명』(정공채, 대가출판사, 1983),『이영도평전』(조현경, 영학출판 사, 1984),『수주 변영로 평전』(김영민, 정음사, 1985),『윤동주평전』

---

1) 작가론 외의 평전류를 대략 정리하면 다음과 같다.
　① 문학 - *국외 :『보들레르평전』,『랭보』,『발자크평전』,『제임스 조이스(1, 2)』,『헤밍웨이평전』
　② 미술 - *국내 :『김환기』,『이중섭』,『이중섭평전』/ *국외 :『미켈란젤로평전』
　③ 음악 - *국외 :『바흐평전』,『베에토벤의 생애』,『모짜르트평전』
　④ 역사적 인물 - *국내 :『이익』,『함석헌평전』,『여운형평전』,『이완용평전』,『안창호전』,『허균평전』,『이봉창평전』/ *국외 :『마르크스평전』,『마키아벨리평전』,『에비타 페론』,『레닌 : LENIN-A Biography』,『체 게바라평전』,『갈릴레이평전』,『히틀러평전』 등을 들 수 있다.

> (송우혜, 열음사, 1988/ 증보 2쇄, 1989/ 증보 3쇄, 1991/『개정판-윤동주평전』, 세계사, 1998(개정판 1쇄),『김우진, 그의 삶과 문학』(양승국, 태학사, 1998),『이해랑평전』(유민영, 태학사, 1999),『정철평전』(박영주, 중앙M&B, 1999),『새로 쓰는 이육사평전』(김희곤, 지영사, 2000),『송욱평전』(박종석, 좋은날, 2000),『김사량평전』(안우식, 심원섭 옮김, 문학과 지성사, 2000),『김기림평전』(김학동, 새문사, 2002),『박인환평전』(육석산, 모시는사람들, 2003),『청마유치환평전』(문덕수, 시문학사, 2004),『오장환평전』(김학동, 새문사, 2004),『민촌 이기영 평전』(이성렬, 심지, 2006)

위에서 정리한 것처럼 평전이 대거 출판되었지만 정작 이러한 평전에 대한 검토 작업이 미진한 상태이다. 그래서 필자는 국내에서 출판된 평전에 국한하여 검토하고자 한다. 검토 과정에서 작가 연구의 성과와 한계, 작가 연구의 집필 방향을 찾을 수 있을 것이다. 평전에는 작가의 전기적 사실을 바탕으로 작품 분석과 관련한 작가 연구가 포함되어 있다. 이와 같은 세밀한 검토는 작가 연구의 방법 및 문제점들을 읽어 낼 수 있다는 점에서 의미가 있는 것이다.

여기에서는 평전에 대한 자료 검토를 다음과 같이 한다.

첫째, 대상 작가에 대한 기본적인 소개를 통해 작가 연구의 대상 기준을 파악한다. 여기에는 대상 작가의 생몰 연대, 문학적 평가, 기타 사항이 포함된다. 이는 전적으로 기존 문학사 혹은 평전에서 평가한 것을 참고로 한다.

둘째, 대상 작가의 작품 소개를 검토하여 집필 작가의 문학적 방향과 고뇌를 가늠한다. 여기에는 대표작과 대표 저서에 대한 평가뿐만 아니라 그의 산문도 포함된다.

셋째, 집필 작가의 저서에 나타난 대상 작가의 접근 방향과 평가를 통하여 작가의 연구 방법론을 파악할 수 있다. 여기에는 목차, 접근 방법, 문학적 평가, 특이 사항 등이 포함된다.

넷째, <증보판> 혹은 <개정 증보판>의 경우 추가된 사항과 수정된 사항을 검토하여 작가 연구의 객관성의 확보 방법을 파악하고자 한다 (본 졸저의 <Ⅲ.4. 증보판 혹은 개정 증보판> 참고).

1. 시인론

여기에서 다루게 될 시인의 평전의 목록을 출판된 연도별로 정리하면 다음과 같다.

*고   은, 『이상평전』, 민음사, 1974./『이상평전』, 청하, 1980.
*고   은, 『평전 한용운』, 백민사, 1978/『한용운평전』, 고려원, 2000.
*최하림, 『김수영평전』, 문학세계사, 1981/『김수영평전』, 실천문학사,
  2001.
*정공채, 『노천명평전-우리 노천명』, 대가출판사, 1983.
*송우혜, 『윤동주평전』, 열음사, 1988(증보 2쇄, 1989. 증보 3쇄, 1991)/
  『개정판- 윤동주평전』, 세계사, 1998(개정판 1쇄).
*김희곤, 『새로 쓰는- 이육사평전』, 지영사, 2000.
*박종석, 『송욱평전』, 좋은날, 2000.

이들 평전들을 앞에서 언급한 방법론으로 검토하면 다음과 같이 정리할 수 있다.

1. 1. 고은의 『이상평전』(민음사, 1974)

이상의 문학사적 평가는 이미 다양하게 이루어져 왔다. 여기서는 고

은의 『이상평전』에 나타난 작가 생애와 작품의 관련 내용을 정리하면
다음과 같다.

목차	시 작품	작품 관련 내용
이상서설 (李箱序説)	① 소설 「날개」 ② 시 「烏瞰圖」(≪조선중앙일보≫)/ 　소설 「終生記」	① 오만한 자의식의 허장성세 ② 이상문학의 지속성을 보여줌
이상의 근원	*	*
김해경의 실향	① 수필 「슬픈 이야기」	① 1932년 봉목골〔積善洞〕의 　가난
개화기의 소년 기일(忌日)	① 시 「烏瞰圖 詩 第一號」 ② 수필 「早春素描」 ③ 유고집 　「이 兒孩에게 장난감을 주라」	① 〈兒孩〉의 단수는 이상 자신의 　기호 ② 초등학교 등교 시간 ③ 초등 학교 졸업 상(相)
동해(童孩)의 풍경화	① 수필 한 편 ② 수필 「슬픈 이야기」 ③ 소설 「肉親의 章」(≪실락원≫)	① 자기 자신을 폐허라 인식 ② 누상동 신명학교 시절 풍경화 　를 위한 스케치 작업 ③ 가족으로부터 자유 획득 열망
시각(視覺)의 전형	① 평론 「작가의 호소」	① 좌충우돌식 평문(고은 평가)-사 　회주의의 공죄(功罪)를 경험적으 　로 언급함
이상적 에고이즘	① 시 「얼굴」 ② 수필 「病床 以後」	① 〈공갈적 폭풍우적 시련〉이라고 　그가 말한 1920년대 프로 문학 　에서 영향 ② 건축기사를 그만 둘 당시(각혈) 　씀 -에고이즘/자의식 안의 건강 　열등감
이상 나르시스의 원점	① 소설 「終生記」	① 총력(總力) 자서전(自敍傳)의 형태 *송민호, 「절망은 기교를 낳고」 (『이상문학고』, 교학사, 1970) 참 고

이상 난해성의 첫걸음	① 시 「이상한가역반응」 ② 시 「線에 대한 각서-2」/ 시 「線에 대한 각서-」 ③ 시 「詩第八號 解剖」/ 시 「危篤 禁制」 ④ 수필 「예의」 ⑤ 시 「興行物天使」/ 시 「悔恨의 章」	① 건축 용어, 건축 수학과 외과 진단 의학 용어 그리고 일상적인 것으로부터 유리된 난해성에 대한 기층을 이룬다 ② 숫자의 시어로서의 가치를 인정(김용운, 「이상문학에 있어서의 수학」, ≪신동아≫, 1973. 2) ③ 인체 및 생리, 질환, 의학 용어들이 압도적으로 많다. 이는 건강 콤플렉스의 심각성(이광훈, 「이상 시어 연구 논고」) ④ 도덕 콤플렉스 ⑤ 난해성-앞선 시대에 대한 우월감 *기호와 기하학을 정착시키지 못한 상황에서는 전문적 난해성으로 표출됨(김주연, 「시 문화의 의미와 한계」)
그의 경성고등공업 학교	① 수필 「求景」 ② 시 「門閥」 ③ 시 「이상한가역반응」	① 경성고공시절(12명) ② 해경의 심층 의식(가족적 강박 관념 ③ 무의미, 권태, 가사(仮死)의 자조 *박세창(실모)의 증언-집요한 성격의 소유자
전통의 실명기(失明記)	① 시 「詩第十四號」 ② 소설 「幻視記」 ③ 소설 「종생기」	① 자신의 존재를 전통, 또는 풍속의 유산이 그의 의식을 어떤 하중(何重)으로서 억누르고 있는가를 보여 줌 ② 성서적 발상법으로 시작 ③ 고공 시대의 풍경
김해경 - 이상의 轉身	① 시 「鳥瞰圖」	① 일본 시인 春山行夫의 『鳥類學』의 영향
	② 시 「線에 관한 覺書-1」	② 병(폐결핵)과 순문학적 열정을 보여 줌

이상의 자아 진행	① 시 「詩第二號」/ 「19세기」/「비밀」 ② 소설 「終生記」 ③ 수필 「山村旅情」 ④ 시 「且八氏의 출발」	① 가장 비속한 자아의 내출혈만 으로 추출한 시 ② 이상의 자아란 곧 자아를 잃어 버린 상태, 자아 의식이란 자아 로부터 탈출하거나 자아의 失物 을 의식함(동경 西神田의 西川 家 하숙 더부살이) ③ 위장된 우월감 ④ 이상의 가해자적 섹솔로지와 그의 절망의 수단이 되는 매저 키즘은 표리를 이루면서 이상적 자아를 自瀆함
肺浸潤의 자유	① 시 「狂女의 告白」 ② 수필체 시문 「얼마 안되는 변해(辨解)」	① 이상의 섹솔로지 경험에서 만 들어진 시 ② 굴절된 성 문학(장문의 自白 文)
금홍 이전	① 시 「家庭」 ② 시 「건축무한육면각체」 ③ 수필 「슬픈 이야기」 ④ 수필 「공포의 記錄」 ⑤ 시 한 편	① 백부 연필에게 얽힌 경제적 실 의 ② 유아독존 ③ 효자동 집에서 가족들과 23년 만에 재회한 사실 ④ 폐병 진행 과정 ⑤ 금홍과의 운명 예견
봉별기(逢別記) 의 개막	① 수필 「병상 이후」 ② 소설 「逢別記」	① 폐병으로 건축기사 그만 둠(한 방 치료) ② 폐병 치료로 온천 여행(경기도 개풍군과 황해도 연백군 사이 예성강 하류의 연안 백천 온천)
금홍 에로스	① 시 한 편	① 이상 에로스(시니즘)
1933년 3월 7일	① 소설 「逢別記」 ② 시 「1933. 6. 1」 ③ 시 「이런 시」 ④ 소설 한 편	① 금홍의 윤간 ② 죽음 앞에 직면한 자의 예술적 애착을, 그 죽음에 파묻으려는 자살 행위를 상상 ③ 헤어진 금홍(편지체) ④ 금홍과의 재회

소수자의 문단 풍경	① 소설 한 편 ② 시 「운동」(1931. 8. 1)	① 금홍과의 밀담 ② 주지주의자로 명명(김기림 확신)-공간과 시간에 대한 의식의 좌절을 동작의 정태로 다시 한 번 공간과 시간에 떠맡기려는 시인 자신의 구조적 유희 *윤태영과 조용만의 증언
9인회 그리고 「오감도」 사건	① 시 「오감도」	① ≪조선중앙일보≫ 학예부장인 이태준이 사표를 준비하면서까지 이상의 「오감도」를 15회까지 연재(1934. 7. 24~8. 8)하여 〈이상 신화〉를 만듦 *김병익의 『한국문단사』에서 ≪구인회≫를 〈여급 문학〉으로 평가
이상 언어의 진수	① 시 「沈默」/「內部」	①「오감도」 이후 모더니티의 세련된 시(국문시 사용의 의의-주로 『가토릭 청년』지에 발표) *이상이 김기림에게 보낸 편지
그의 탈출 그리고 종로 파산	① 소설 「幻視記」 ② 소설 「김유정론」 / 실화소설 「失花」	① 1935년 암울한 상황에서 권태의 극치 ② 암담한 김유정과 처절한 생활 묘사
이상 문학의 대형화	① 소설 「날개」	① 심리 리얼리즘 소설(금홍 소설 「날개」를 통해 자의식을 깊이를 보여 줌 「逢別記」·「지주회시」와 관련함) *송민호와 정명환의 평문이 이상 문학의 핵
여류 동림의 자장(磁場)	① 수필 「妹像」 ② 소설 「단발」/ 소설 「失花」/ 소설 「童孩」/ 소설 「終生記」	① 1936년 8월, 누이 동생 옥희의 만주로 애정 도피(원제: 동생 미경 보아라. 세상의 오빠들도 보시오, ≪중앙≫, 1936. 9월호 발표) ② 동림과의 부부 생활 묘사

패배자 이상의 실상	① 시 「最後」/시 「悔恨의 章」	① 백척간두의 처연한 절망의 극북 (極北)의 개념
이상의 마지막 전환	① 소설 「失花」 ② 소설 「逢別記」	① 동경으로 가기 직전의 비극 ② 금홍의 기억과 동림의 기억 오버랩
동경의 고독과 절망	*	*이상을 등장시킨 정지용의 대담 (≪동아일보≫, 1937. 6. 6)
이상의 종장	① 수필 「권태」	① 성천 기행의 형식(동경 병석의 깊은 통찰로 씀)

고은이 쓴 『이상평전』을 살펴보면 다음과 같다.

첫째, 이상의 의식에 내재한 <가족 콤플렉스>, <도덕/윤리 콤플렉스>와 같은 개념으로 그의 문학을 설명하고 있다.

둘째, 이상의 여성 편력에 대한 한국문학사적 평가 즉, 정신분석학적인 관점에서 성도착증으로 이해되어지는 이상의 문학 세계를 섹솔로지 혹은 에로스라는 일반적 성향의 개념으로 파악한 점은 주목할 만하다. 이는 작가 연구에서 자료 해석의 한 보기가 된다.

셋째, 이상의 시, 소설, 편지, 그에 대한 평문 등 다양한 장르를 인용하여 이상 연구를 한 점은 주로 한 장르에 치우친, 가령 정공채의 수필 중심의 『노천명평전』과는 비교가 된다.

넷째, 이상의 죽음 직전의 생각과 고통을 편지 형식으로 구성한 점이 특이하다. 이는 고은이 문학적 생애 부분을 작품과 관련시켜 해석한 것과는 달리 실생활에 밀착하여 그의 죽음을 현실적으로 다루었다.

다섯째, 이상의 국문시가 갖는 문학사적 의미를 평가하는 데 있어 치밀한 자료 검증이 아쉽다. 가령 「위독」의 경우, 「오감도」 이후의 성숙한 묘사 기능을 보이고 있는 이상 시의 큰 수확이라고 하면서 또 이 작품들을 퍽 중요하게 여긴 흔적이 있다고 평가했지만 이에 대한 구체적

검증이나 자료 제시가 부족했다.[2]

1. 2. 정공채의 『노천명평전-우리노천명』(대가출판사, 1983)

정공채는 노천명 연구에서 면밀하고 체계적인 분석 태도를 보여 주지 못한 아쉬움이 있다.

> 필자의 입장에서는 작가나 작품을 그 사회와의 비연속(非連續)적 개념으로만 파악하는 태도를 지양하면서 또한 역사주의의 방법에만 의존할 수도 없다는 태도이다. 이러한 작품 이해의 태도를 전제하고서 노천명을 이해하려고 하는 점이 필자의 의도이다. 그리하여 작품에서 작품 자체의 의미를 최대한 추출(抽出)하면서 이 의미가 노천명의 전기적인 사실이나 그 사회와의 대응 관계로 이어 보려고 한다. 이 종합적인 의미가 확보하는 지점이 개인으로서의 시인과 시대 속에 구속당한 시인으로서의 위치가 될 것이다.
>
> —(「고독의 비밀」, 『노천명평전-우리 노천명』, 91쪽)

이러한 작가 연구의 집필 과정은 책의 서두 부분에 있는 것이 보통이나 정공채는 책의 중간 부분에 갑자기 이러한 집필 태도를 밝히고 있다. 그리고 그의 집필 태도에 나타난 것처럼 작품 자체의 의미를 최대한으로 추출(抽出)했느냐의 문제는 고려해 보아야 할 것이다. 노천명은 수필 못지 않게 그의 시문학이 빛을 발하는데, 시에 대한 의미를 최대한 추출했는가를 고려해 보면 그의 집필 태도에 문제가 있음을 알 수 있다. 「사슴」으로 대표되는 여류 시인 노천명의 문학과 생애를 애정있게 다룬 것은 정공채의 미덕이라 할 수 있지만 전반적으로 그의 문학에 대해 너무 감상적인 평가를 내리고 있다. 이 책의 전반적인 흐름에는

---

2) 고은, 「이상 언어의 진수」, 『이상평전』, 241쪽.

필자의 감상적 문체가 자칫 노천명의 문학 세계를 규명하는데 초점을 흐리게 할 수 있다.

> 그의 시세계는 주정적(主情的) 세계를 바탕으로 깔고 지적(知的)인 객관성으로 거르면서 직관(直觀)의 시어를 실 감듯이 안배(按配)하는 노천명 특유의 시작법과 뉘앙스를 풍기게 했다. 대체적으로 중기에서 향토색 짙은 작품을 볼 수 있고, 후기에 이를수록 주정에 얽매인 듯 보인다. 만년(晩年)에는 그의 특유한 고독의 철학을 도처에서 만나게 된다. <대처럼 꺾어질망정 구리 모양 휘어지기가 어려운 성격>을 지니고 현실과 타협할 줄 몰라 대자연의 품으로 들어가고 싶어하는 한 마리의 사슴, 그것이 노천명의 표상(表象)인 것이다.
>
> —(「사슴의 자화상」, 『노천명평전-우리 노천명』, 19~20쪽)

위의 인용에서 보듯이 주정적 세계와 지적인 객관성, 향토색 짙다는 등의 평가와 노천명의 문학 세계에 5월의 푸름과 고독이라는 수식어로 그를 평가하는 것은 감상적 평가라는 지적을 받을 수밖에 없을 것이다. 작품과 관련한 생애를 정리하면 다음과 같다

목차	시 작품	작품 관련 내용
사슴의 자화상	① 대표작 「사슴」 ② 「자화상」 ③ 「나에게 레몬을!」 ④ 「별은 창(窓)에」/ 「누가 알아주는 투사(鬪士)냐」 ⑤ 「유월의 언덕」 *위 ③,④,⑤ 작품 설명은 진명 여고 교사며, 노천명을 누님로 모셨던 朴致遠의 회상기(「노천명 그 문학과 생애-살을 깎듯 했던 고독의 화신」, ≪수필문학≫, 1978. 5)	① 노천명의 외형적 모습과 유사 ② 꼿꼿하고 비타협적 성격 표현 ③ 운명 사흘 전 유작시 (병고와 고통을 표현) ④ 6·25 동란 중 〈문학가 동맹〉 가입으로 수복 후 부역(附逆)문인으로 영어 생활 항변한 시(獄中詩) ⑤ 고독, 기구한 생애 표현

별은 멀어라	① 수필 「鄕土有情記」/수필 「겨울밤의 얘기」, 수필 「여름밤」/ 수필 「서해 바다의 밤」	① 황해도 장연의 고향 서정 묘사
시골뜨기	① 「남사당」 ② 수필 「시골뜨기」 ③ 「작별」 ④ 수필 「산나물」/ 　　수필 「오월의 구상」	① 어린 시절 男服과 서러운 굿패거리 남사당의 女裝 사내의 비애를 자신(본명:盧基善)의 처지에 비유 ② 부친 사망 후 모친과 서울 종로구 상경기 ③ 어머니의 죽음 ④ 노천명의 순진무구한 삶
오월에 빛나리	① 「푸른 오월」/ 「鄕愁」/ 　「夏日山中」/「저버릴 수 없어」 ② 수필 「待春」/ 　　수필 「오월의 詩情」 ③ 수필 「여름밤」 ④ 「장미」	① 5월의 시인이라는 칭호에 걸맞는 작품 ② 봄을 기다리는 내용이지만 5월에 핀 장미의 풍요로움과 가슴이 활짝 트이는 힘을 보임 ③ 우리 나라 시골 밤의 소박한 생활과 전래적인 풍습이 순우리말로 묘사(생활 언어시화함으로써 전통지향성의 미학을 보여 줌) ④ 깨끗한 單調의 절제를 보여 줌
고독의 秘密	① 「장미」 ② 「눈 오는 밤」/ 「사슴」/ 　「연잣간」/ 「장날」/ 　「조그만장날」 　（첫시집 『珊瑚林』,1938） ③ 수필 「나비」 ④ 「길」 ⑤ 수필 「女聲」 ⑥ 「피해야 했던 男性」	① 자신의 감정을 내부로 끌어 안는 시작법을 보여 줌 ② 향토색 서정-농촌의 소박한 정경 묘사(風景詩) ③ 노천명의 성격은 현실 외면이 아니라 흘러 간 것에 대한 집착, 현실을 잊은 고독 ④ 향수의 핵을 이루는 공간 '거기'를 표현 ⑤ 전근대적 사회에 대한 신랄한 저항 ⑥ 강한 도덕 의식이 고독의 비밀

저 멀리 저 멀리서	① 「장날」 ② 「孤獨」 ③ 「故鄕」 ④ 수필 「서울체류기」/ 　수필 「자동차」/ 　수필 「시골뜨기」 ⑤ 수필 「松田抄」/ 　수필 「鄕土有情記」	① 口話體의 특징-고독한 생애를 대 　추밤에 비유 ② 현실 세계를 떠난 고독 ③ 「望鄕」에서 「故鄕」으로 시제를 바 　꿔어서 내용도 첨삭(절절한 고향 　향수) ④ 노천명의 글쓰기는 전통지향성이 　방법(이상은 도시 경성을 배경으 　로 하는 근대지향성) ⑤ 고독이 풍물의 방향으로 진행
고독의 美學	① 「흰 오후」 ② 수필 「雪夜散策」 ③ 「고독」 ④ 「鹿苑」 ⑤ 「반려(斑驢)」 ⑥ 「장미」	① 유고시: 孤獨座를 표상한 시 ② 고독의 표현 ③ 성장 과정에서부터 고독한 시인 ④ 일본의 나라 공원의 사슴을 보고 　창작 ⑤ 주인의 채찍 때문에 밤에 몰래 아 　픈 상처를 안고 사는 나귀를 표현 ⑥ 고독하면 귀하게 나타나는 눈물의 　장미로 묘사
나의 生活 白書	① 수필 「나의 생활 백서」 ② 「告別」	① 피난 시절 부산 대청동의 중앙 방 　송국 원고 집필, 판잣집의 고독한 　생활 묘사 ② 죽기 27년 전에 쓴 시로 운명의 　예감을 보여 준 시
作別은 아름 다워라	① 「거지가 부러워」 ② 수필 「작별은 아름다운 것」 ③ 수필 「서울체류기」/ 　수필 「서울에 와서」/ 　수필 「서울은 일어난다」 ④ 수필 「신세진 부산」	① 영어(囹圄) 생활에서 느낀 자유 　갈망의 표현 ② 부산 피난 생활을 마침 ③ 서울로 옴 ④ 피난 시절 부산 생활 묘사
魂을 적시며	① 「告別」	① 황해도 장연 고향 방언의 향수를 　보임

당신은 아실 거예요	① 「마음은 푸른 하늘을」/ 「별은 窓에」/ 「地獄」/ 「누가 알아 주는 鬪士냐」/ 「저승인가 보다」	① 부역 문화인으로 6개월간 감옥 생활
	② 「유명하다는 것」/ 「개 짖는 소리」/ 「이름 없는 여인이 되어」	② 감옥생활에서 느낀 인생 허무감 표현
	③ 「피해야 했던 남성」	③ 두 번의 연애 실패담에서 느낀 감회
빛의 榮光	① 수필 「은반지를 사고서」	① 노천명의 순수한 동심의 세계 (《소년》, 1940. 10)
	② 수필 「故友의 추억」	② 쓸쓸한 마음(《신가정》, 1934. 6)
	③ 수필 「路上의 코스모폴리탄」	③ 불우한 이웃의 연민
눈은 내려 쌓이고	① 수필 「야자수 그늘과 청춘의 휴식」	① 첫사랑의 행복 (《삼천리》, 1938. 5)
	② 수필 「女人小劇場」/ 수필 「隨想」/ 수필 「수수깡부기」/ 수필 「植木日」	② 해석 없이 그냥 본문 수록
	③ 시 「첫눈」/ 「雪中梅」/ 「눈보라」/ 수필 「눈오는 밤」/ 수필 「어떤 친구에게」	③ 불멸의 고독
그대 白馬를 타고서	① 초기시 「校庭」/	① 푸른 희망과 호기심 어린 낭만의 세계
	② 「반려(斑驢)」	② 고고하면서도 도무지 길들일 수 없는 성격을 얼룩 나귀에 비유
	③ 「少女」	③ 평생 독신으로 살 결심을 암시
	④ 시 「수수깡부기」/ 시 「바다에의 향수」/ 수필 「해변단상」	④ 순결 무구한 순수성 지향의 생애
	⑤ 「어떤 친구에게」	⑤ 대학 동창에 느낀 실망과 배신감
	⑥ 「슬픈 그림」/ 「연잣간」/ 「生家」	⑥ 이국적 현대 감각과 향수의 혼재
	⑦ 수필 「술의 생리」	⑦ 월탄과 수주의 술 일화 소개
	⑧ 「전숙희 수필집에 부침」	⑧ 후배 전숙희 수필집 서문

神이 몰고 오는 馬車소리	① 수필 「南行」/ 수필 「바닷가를 찾아서」/ 수필 「어느 봄철의 기(記)」	① 천주교 신앙 생활 고백

정공채가 쓴 『노천명평전』을 살펴보면 다음과 같다.

첫째, 수필 중심으로 작가 전기가 기술되었음이 특징이다. 어쩌면 시보다는 수필이 작가의 편린(片鱗)을 더 파악할 수 있는 객관적 자료가 될 수 있다. 그래서 필자는 시에 대한 분석보다는 수필에 나타난 노천명의 생활과 생각들을 중심으로 평전을 이끌어 간 것이다. 그래서 시분석에 대한 철저한 검증이 뒤따르지 못한 아쉬움이 있다. "일생을 독신으로 살았기에 또 일생을 오로지 시인으로 살면서 魂에 젖은" 시인 노천명을 수필을 중심으로 전기를 구성하였다는 점이 특징이다.

둘째, 글의 구성에서 전체적인 흐름을 조절할 필요가 있다. 가령 제1부의 1장 「사슴의 자화상」(8~26쪽)에서 정공채는 노천명과 가까이 지냈던 박치원의 글을 그대로 옮겨 왔다(17~26쪽). 이는 부록이나 요약 정도로 구성하는 것이 좋다. 아니면 중요 부분의 인용에 대해 집필 작가의 해석이 필요한데, 해석보다는 인용 부분이 너무 길다. 이런 점은 책 전반에 걸쳐 눈에 띄인다. 그의 수필 인용에서도 길이 조절이 필요하다고 판단된다.

1. 3. 김희곤의 『새로 쓰는 이육사평전』(지영사, 2000)

김희곤[3]은 역사학자로서 이육사의 생애를 다루었다는 점이 이색적

---

3) 김희곤, 1954년 대구에서 출생하여 경북대 사학과와 동 대학원을 졸업하고, 문학박사 학위를 취득했다. Harvard University, Korea Institute 객원교수(96~ 97)로 지냈으며, 현재 안동대학교 사학과 교수와 안동대학교 안동문화 연구소장으로 재직 중이다. 주요 저서 『중국 관내

이다. 역사학자이기 때문에 "문학적 소양은 전혀 없다고 해도 과언이 아니다."(<머리말>에서)라고 고백하면서 평전을 썼다. 역사적 인물의 경우 김희곤은 역사적 자료와 역사 감각으로 작품을 구성할 수 있을지는 몰라도 역사학자이기 때문에 약점을 지니지 않을 수 없을 것이다. 그래서 필자는『새로 쓰는- 이육사평전』에서 "민족 운동·민족 문제에 관심을 가진 필자에게 육사는 '매력' 그 자체이기 때문이다."(<머리말>에서)고 하여 민족의 관점에서 이육사를 주목하고자 했던 것이다. 이 때문에 다른 평전처럼 작품 분석이 뒤따르지 못하는 약점을 지니고 있다. 그럼에도 불구하고 필자는 역사학자라는 사실을 백분 발휘하여 잘못된 이육사 생애 부분을 고증하는 강점을 보여 주었다고 생각한다. 그래서 필자는 "연구의 대다수가 문학에만 집중된 것이다. 그 이유는 모든 독립 운동에 대한 정리가 제대로 이루어지지 않았던 데 있다. 선명하게 드러나지 않는 그의 행적과 또한 이에 따른 자료 부족이 가장 기본적인 문제였다."[4]고 지적할 수 있는 것이다. 작품과 관련한 생애를 정리해 보면 다음과 같다.

목차	시 작품	작품 관련 내용
평전을 시작하면서	*	*
육사가 사용한 이름	*	*
육사의 고향, 원촌 마을	*	*
육사의 출생과 집안 전통	*	*
육사가 자라면서 받은 교육	① 수필 「銀河水」 ② 수필 「戀印記」	① 육사가 한문을 배우는 장면 묘사 ② 육사의 서화 수업 묘사

한국 독립 운동 단체 연구』(1995),『대한민국임시정부의 좌우합작운동』(1995, 공저),『백범 김구 전집』(1~12, 1999 공저),『안동의 독립 운동사』(1999),『박상진 자료집』(2000) (『새로 쓰는 이육사 평전』에서).

4) 「1. 평전을 시작하면서」,『새로 쓰는 이육사 평전』, 17쪽.

민족 의식의 성장	① 수필 「계절의 오행」(≪조선일보≫, 1938. 12. 24~28 연재)	① 중국에서 대학 수업의 여부 단서
감옥을 드나들면서도 꺾이지 않는다	① 시 「말」	① 장진홍 의거로 1년 7개월의 억울한 옥고와 새로운 각오를 다지는 내용 (≪조선일보≫, 1930. 1)
초급 군사 간부가 되다	① 연극 대본 「지하실」 ② 수필 「戀印記」	① 조선 혁명 군사 정치 간부 학교 졸업식 때 창작한 연극 대본:노동자 및 농민 중심의 세계를 지향 ② 난징에서 상하이로 출발 전까지 회상기
국내 근거지를 확보하다가 체포되다	*	*
평론가, 수필가, 시인의 삶	① 「黃昏」 ② 「靑葡萄」 ③ 「絶頂」	① 1935년 5월 경기도 경찰부에서 증인 취조 받은 후, 병원 입원 시기에 쓴 시 (≪신조선≫, 1935. 12.) ② 육사가 가장 아끼는 작품: 민족 저항시로 해석 ③ 이지적이고도 강렬한 의지 (≪신조선≫, 1940. 1.)
시대 평론에 보이는 그의 시대 인식	*	*
친일의 물결 헤치고 투쟁의 길로	① 한시 「晩登東山」/ 「酒暖興餘」	① 한글 사용 억압에 따른 한시 창작
백마 타고 오는 초인, 이육사	① 「광야」	① 백마 타고 오는 초인은 바로 이육사, 광복된 날을 내다보며 미래 민족의 가슴에 노래를 불러 넣은 육사 자신

　김희곤은 역사학자로서 사료를 고증하면서 주변의 인물사까지 바로잡는 치밀함을 보여 주었다. 가령 이육사가 영천의 사립학원에서 교사로 재직했다는 증거를 찾으면서 잘못 알려진 역사 인물까지 바로잡는

세심함을 보여 준다.

> 이를 통해 그 동안 잘못 알려진 몇 가지 내용들을 수정할 수 있게 되었
> 다. 이명석(李命錫)·서만달(徐萬達)이 동기생이었다고 전해져 왔는데, 이
> 모집 요강은 그들이 강사였음을 말해준다.
> —(「육사가 자라면서 받은 교육」, 『새로 쓰는 이육사 평전』, 58쪽)

위의 인용에서 보듯이 김희곤은 치밀한 자료 고증으로 이육사의 생
애를 고증했지만 정작 작가 연구에서 중요한 작품 해석과 작품의 배경
설명이 뒤따르지 못하는 아쉬움이 남는다. 굳이 위와 같은 부분을 강조
하거나 필자의 노고를 강조하자면 적절히 각주 처리를 하는 것도 한 방
법이라 생각된다.

또 역사학자로서 유감없이 보여 주는 대목은 공간적 지명에 딸린 지
형에 대해서 아주 상세하게 설명하는 것도 여타 평전 작품과는 다른 부
분이다. 가령 이육사 부부의 묘소가 있는 원촌 가는 길을 다음과 같이
소개하고 있는 데에서도 쉽게 예를 찾을 수 있다.

> 그의 묘소는 고향 마을 원촌이 뒷산 마차골(마편곡馬鞭谷) 위쪽에 있다.
> 묘소로 가는 길이 두 가지가 있다. 하나는 오르기 급하고 힘들지만 생가
> 에서 마을 안쪽으로 100M 정도 가서 왼쪽 골짜기, 즉 마차골을 따라 오르
> 는 길인데, 시간은 짧게 걸린다. 그런데 여름에 숲이 우거졌을 때는 오르
> 기 힘든 길이다. 하계 마을에서 원촌으로 넘어가는 고개를 오르다가 중간
> 쯤에 왼쪽으로 나 있는 산길이다. 이 길은 묘소 입구까지 경운기가 다닐
> 수 있을 만큼 길이 다듬어져 있고, 40분쯤 걸린다. 길이 험하지 않아 노약
> 자나 어린이도 쉽게 갈 수 있는 길이다.
> — (「친일의 물결 헤치고 투쟁의 길로」, 『새로 쓰는 이육사 평전』,
> 218~219쪽)

위의 인용에서 보듯이 김희곤의 글은 여행 안내문처럼 느껴진다. 이
러한 길 안내가 이육사의 생애나 문학적 행위와의 어떤 관련성도 찾기
힘들다. 따라서 이는 역사학자가 가진 기본적 문체를 그대로 드러낸 것
이라 하겠다.

김희곤의 『새로 쓰는- 이육사평전』을 살펴보면 다음과 같다.

첫째, 역사학자로서 기존에 잘못 알려진 이육사의 생애 부분을 직접
답사하여 고증하였다. 이는 작가의 생애와 문학과의 관련성을 통해 작품
이해라는 전제에서 볼 때, 매우 중요한 검토 작업이라 평가할 수 있다.

둘째, 역사 고증에만 치중함으로써 문학 작품과의 관련성에 대한 논
의가 부족함은 아쉬움으로 남는다.

1. 4. 박종석의 『송욱평전』(좋은날, 2000)

박종석은 1960년대 시인, 비평가로서 모더니즘의 철저한 이론적 탐
구자로 알려진 송욱에 대한 평전을 썼다. 이론적 근거보다는 작가의 문
학 세계와 밀착되어 있는 작가 주변의 인물들을 취재하여 얻은 결과로
구성하였다. 작품과 관련한 생애를 정리하면 다음과 같다.

목차	시 작품	작품 관련 내용
출생과 작고	① 일기 「1978. 8.1」/ 「1978. 6. 2」/ 「1978. 10. 4」	① 송욱의 죽음과 관련하여 서양 의학에 대한 부정적 생각
일본 유학과 민족 의식	① 「슬픈 새벽」	① 6·25동란의 비극 상황 묘사
결혼과 어머니 김동성 여사	① 시집 『何如之鄕』에 실린 어머니 헌시 ② 「암무지개 아가씨- 璟이에게」	① 어머니 사랑 ② 막내 누이 동생 송경에 대한 애정

6·25와 ≪文藝≫지의 등단	① 「薔薇」	① 대표작이면서 등단작
첫 시집 『誘惑』과 종교의 이중주	① 「〈햄렛〉의 노래」 ② 「雪嶽山 百潭寺」 ③ 「僧侶의 춤」	① 6·25 전쟁의 비극성 표현 ② 설악산 백담사의 산사 묘사 (자연 탐미의 세계) ③ 선취(禪趣)의 시세계
서울대 교수 시절과 초엘리트 의식	① 「비 오는 窓」	① 소년적 순결성(혹평)
한국어의 시적 가능성과 시대의 의식망	① 「何如之鄉-4」/ 「何如之鄉-5」 ② 일기 「1978. 9. 18」 ③ 평론 「民謠의 人間像」 ④ 「何如之鄉-5」 ⑤ 「瀑布-李太白을 위하여」 ⑥ 「龍꿈」 ⑦ 일기 「1978. 10. 11」	① 한국어 시어 실험과 앙가쥬망 의 시 ② 언어의 실험성 강조 ③ 『文物의 打作』(50~51쪽) - 당대 시민들의 삶을 담은 노래 ④ 시어의 음운 결합과 음상의 의 미 ⑤ 중국 여산 폭포의 절경 묘사 ⑥ 자연 탐미의 세계 ⑦ 프로이트 성욕에 관한 단견 (短見)
1960년대 학문과 비평, 『詩學評傳』	*	*
춘원과 이상, 그리고 『文學評傳』	① 「八. 大衆藝術의 原理」 ② 「六. 革命歌의 佛敎와 奴隷의 佛敎」 ③ 『文學評傳』	① 춘원의 『흙』을 대중 소설로 파 악 ② 『無明』을 노예 불교 소설로 파 악한 송욱 ③ 이상의 『날개』 비판-주인공은 의식 결여의 존재, 사춘기 습 작으로 비판
1970년대 불후의 명저, 『님의 침묵- 전편해설』	① 일기 「1978. 11. 16」	① 송욱이 만해를 연구한 경위
해외 문단 기행과 한국 문화의 주체성	① 『文學評傳』 ② 「如意珠」 ③ 「내가 다닌 蓬萊山」	① 통속소설 『흙』비판 ② 송욱이 소장한 청화 백자 문양 묘사 ③ 김환기 화백의 그림의 감상시

서울대 학장 시절과 비타협 혹은 기벽	① 「止足傳」(1978. 6. 21) ② 『文學評傳』 ③ 「萬代의 文學-詩人 第二章」 ④ 「絶絃散調曲」 ⑤ 「詩人」	① 학장 시절 고초 ② 송욱의 언행 불일치 비판(민석홍) ③ 굴원의 「漁父辭」 ④ 지음 고사의 패러디 ⑤ 진정한 시인이기를 갈망
그의 침묵과 정신의 풍향계	메모지 남김	*
그가 남긴 사람과 시비	① 『文學評傳』 서문 ② 「染畵家의 노래」 ③ 「雅樂」	① 知友에 감사의 표현 ② 서재행 교수의 염(染) 작품에 대한 감상시 ③ 시비에 새긴 시

박종석의 『송욱평전』을 검토해 보면 다음과 같다.

첫째, 작가 주변의 인물들의 취재를 통해 작가 연구를 구성하였다. 여타 평전에서 쓰는 기본적인 구성 방식이라 할 수 있다.

둘째, 작가 정신의 종착역이라 할 수 있는 율곡 사상과 그의 문학적 관련성을 짚지 못한 아쉬움이 있다.

1. 5. 고은의 『평전 한용운』(백민사, 1978)/ 『한용운평전』(고려원, 2000)

한용운(韓龍雲, 1879~1944)에 대한 문학사적 평가와 독립운동가라는 역사적 가치 평가를 본 장에서는 따로 논의하지 않더라도 그의 가치는 두루 알려진 바이다. 이미 만해에 대한 논문들이 400여 편에 이른 것만 보아도 만해의 문학사적 가치는 이미 통용된 사실이다. 고은[5]이 평전을 썼지마는 이미 조지훈의 제자였던 박노준, 인권한의 한용운 연구가 앞

---

5) 고은(高銀), 33년 전북 군산 출생. 본명 고은태. 58년 ≪현대문학≫지로 등단. 시집으로 『피안감성』, 『해변운문집』, 『문의 마을에 가서』, 『새벽길』, 『조국의 별』, 『네 눈동자』, 『눈물을 위하여』, 『해금강』, 『내일의 노래』, 『만인보』 등이 있다. 한국문학작가상.(『한용운평전』에서).

선 평가들이다. 이후 한용운에 대한 평가를 시인, 혁명가, 선승의 가치로 나누어 논의하는 경우가 많다. 『평전 한용운』에서도 이 삼각형의 가치를 기저로 하여 고은은 서술하였다. 작가 연구는 작품 세계만을 연구하는 작품 연구와는 달리 작품과의 관련된 생애 연구이기 때문에 이를 검토했다. 고은이 쓴 『평전 한용운』을 살펴보면 다음과 같다.

첫째, 만해 문학의 정체성이 숨겨진 『님의 침묵』에서 고은은 만해의 님의 정체를 파악하였다. 만해의 일체 행동과 사상의 집약이 서시 「군말」에서 표현되었다고 본다.[6]

둘째, 『평전 한용운』의 저자 고은은 자신이 출가해서 오랫동안 수도했던 경험과 불교적 지식, 그리고 문학적 역량으로 불승이면서 시인인 만해를 이해할 수 있는 입장에서 집필하였다. 그러나 『평전 한용운』에 드러나 있는 만해의 불교적 행적이 지나치게 불교적 시각에서 집필되어 정작 작가 연구로써 문학 세계를 드러내는데 다소 무리가 있다.

셋째, 만해의 문학적 업적으로 평가되는 『님의 침묵』보다는 한시와 관련한 만해의 생애를 구성했다는 점도 고은이 한시에 접근이 유리했다는 분석을 할 수 있을 것이다. 만해의 시작 가운데 98편(혹은 99편)과 한시 164수 가운데 인용한 시작은 국문시와 한시가 몇 편에 불과하다.[7]

넷째, 『평전 한용운』은 만해의 생애를 구성하기 위해 작품을 인용하기보다는 생애 과정에서 표현된 작품들을 인용하고 있다. 특히 『님의 침묵』에 수록된 만해의 나머지 시 작품은 또 다른 방법론으로 접근해야만 한다. 크게는 작품론의 방법론이 필요하지만 만해에 대한 새로운 자료 발굴과 해석, 새로운 사실들이 밝혀지면 이를 작품과 관련하여 밝히

---

6) 아마도 한용운의 모든 저작물, 모든 업적, 모든 행동의 매듭을 모든 불교 경전이 겨우 1페이지의 반야심경으로 요약되는 것처럼 이와 같은 서시로 집약하고 있는 것은 없는 듯하다. 이 서시야말로 곧 만해반야심경(萬海般若心經)인 것이다.(12쪽).
7) 만해의 한시와 원전에 대한 해석은 최동호 편·해설, 『한용운전집』(문학사상사, 1989)을 참고

는 것도 한 방법론이라 할 수 있다.

이외에도 작품 연구가 주이면서 부가적으로 작가의 연보나 작가 생애를 다루는 경우도 있다. 목록의 정리와 함께 내용을 간략히 정리하면 다음과 같다.

1981년 출판된 최하림[8]의 『김수영평전』(문학세계사, 1981)보다는 20년이 지난 뒤 출판한 『김수영평전』(실천문학사, 2001)이 작가를 이해하는데 폭과 깊이가 있다고 판단된다. 『김수영평전』도 『평전 한용운』처럼 작가 생애를 중심으로 다루고 있어 다소 작품 분석과 거리가 있다.

『신동엽-그의 문학과 삶』(온누리, 1983. 제4판 1992)은 문학 평론가 구중서가 편저한 책으로 신동엽의 문학 세계를 논한 평문(제1, 2부), 제3부는 '인간 신동엽, 그의 삶', 제4부는 신동엽이 쓴 평문의 모음이다. 따라서 이를 굳이 작가 연구라고 하기보다는 작품론과 작가론을 각각 묶어 놓은 것이라 할 수 있다. 그리고 『김동명의 시세계와 삶』(한남대학교출판부, 1994)은 김병우(金炳宇, 전 한남대학교 철학과 교수)가 아버지의 문학과 생애를 간추려 썼고, 나머지는 몇몇 연구자들이 그의 문학과 생에 관해 쓴 글들을 묶은 책이다. 또 오세영·김재홍 등이 묶은 『정한모의 문학과 인간』(시와 시학사, 1992)에서 정한모의 학문, 시세계와 인간적 면모 등을 나누어서 평가했다. 조용훈의 『신석초 연구』(역락, 2001)는 신석초에 대한 문학을 일관성있게 연구하면서 뒷부분에는 그의 생애와 학문을 다루고 있다. 이 생애 부분은 평전의 성격을 띤다.

---

8) 최하림. 1939년 3월 7일 전남 목포에서 출생. 1960년대 김현·김승옥·김치수 등과 함께 ≪산문시대≫ 동인으로 활동. 1964년 ≪조선일보≫ 신춘문예에 『빈약한 올페의 초상』이 당선되어 작품 활동 시작. 이후 신문사, 잡지사, 출판사 등에서 근무했으며, 전남일보 논설위원, 서울예술대학 교수로 재직, 현재 충북 영동에서 시작에만 전념하고 있음. 시집으로 『우리들을 위하여』, 『작은 마을에서』, 『겨울 꽃』, 『침묵의 빛』, 『속이 보이는 심연으로』, 『굴참나무 숲으로 아이들이 온다』, 『풍경 뒤의 풍경』 등. 조연현문학상, 이산문학상 수상.(『김수영평전』에서).

요절한 여류 시인 전혜린(田惠麟, 1934~1965)에 대한 평전을 쓴 이덕희(『전혜린』, 작가정신, 1998)는 같은 대학 동기생(서울대 법대)으로 3년간 곁에서 지낸 경험과 시각을 통해 집필했다. 정공채도 전혜린에 대해 썼다(『전혜린평전-아! 전혜린 불꽃처럼 사랑하고 사랑하며 죽어가리』, 백양출판사, 1982, 2판 1쇄 1993). 31살에 요절한 전혜린의 '정신적 발전 과정에 중심'을 두었다. 전체 2부중 제1부는 ≪여성동아≫(1982년 4월호~8월호)에 연재된 내용이다. 이와 관련한 『전혜린 유고집』(민서출판사)이 있다. 전혜린에 대한 몇 권의 책들은 그의 문학적 평가보다는 치열한 삶의 가치를 지닌 인물에 대한 이야기 거리가 많았음을 의미한다.

송우혜9)의 『윤동주평전』(열음사, 1988/ 증보 2쇄, 1989/ 증보 3쇄, 1991)/ 『개정판- 윤동주평전』(세계사, 1998, 개정판 1쇄)은 윤동주에 대한 치밀하고도 방대한 자료를 검토하여 윤동주 문학의 특징을 잘 보여 주었다. 송우혜는 윤동주에 대해서 "명확히 살펴보자 노력했던 것은 윤동주와 그 시대와의 상관 관계였다. 그리고 그의 삶과 그의 시와의 관계였다."(<초판> 머리말에서)고 밝혔다. 그만큼 윤동주는 시대의 굴절 속에서 그의 시적 고뇌가 담겨 있었다는 의미이기도 하다. 생애와 작품과의 관련성을 긴밀하게 적용했다는 점에서 송우혜의 저서는 의미가 있다. 가령 「투르게네프의 언덕」, 「그 女子」, 「또 다른 故鄕」 등에서 치밀하면서도 쉽게 기

---

9) 송우혜. 1968년 서울대 의대 간호학과에 입학하여 1970년에 중퇴. 1978년 한국신학대학 신학과에 편입하여 1982년에 졸업했다. 1980년 ≪동아일보≫ 신춘문예에 등단하여 1982년 한국문학 신인상, 1984년 삼성문예상을 수상했다. 1984년 일본군 내부의 전투 보고서 등 국내외 자료를 추적하여 해방 뒤 최초로 청산리 전투의 실상을 밝힌 논고인 「청산리 전투와 홍범도 장군」을 ≪신동아≫ 9월호에 발표했고, 그 뒤 「북간도 대한민국회의 조직 형태에 관한 연구」, 「대한독립선언서(세칭무오독립선언서)의 실체」 등 독립운동사 관계 논문을 발표하여 학계의 오류를 바로잡고 역사의 실체를 추적하는 작업을 계속했다. 소설집 『눈이 큰 씨름꾼의 이야기』, 『스페인춤을 추는 남자』, 평전 『윤동주평전』, 산문집 『서투른 자가 쏘는 활이 무섭다』, 장편소설 『저울과 칼』, 『투명한 숲』, 『하얀 새』 등의 저서가 있다. 현재 월간 ≪신동아≫에 한말의 비극을 그린 장편 소설 『마지막 황태자』를 연재하고 있다.(개정판 『윤동주평전』에서).

술한 점도 눈에 띈다. 또 풍자시 장르를 통해 시 공부에 치열했다는 의미를 밝힌 것 등은 송우혜의 장점이라 할 수 있다.

이제까지 검토한 내용을 요약하면 다음과 같다.

첫째, 주로 작가의 유족이나 가까운 문우(文友), 같이 생활했던 주변 인물들을 대상으로 하여 작가 연구를 구성하였다. 작가와 관련한 작품 분석보다는 작가의 생애에 중점을 두고 기술하였다. 그렇기 때문에 작품 분석과 관련한 작품의 인용 수는 많지 않은 편이다.『김수영평전』,『송욱평전』이 대표적이라 할 수 있다. 김수영의 경우는 1950년대 이후 빈번하게 연구의 대상이 되었기 때문에 또 다시 작가론에서 다룰만한 근거를 찾지 못했다고 볼 수 있다. 송욱은 박종석이『송욱문학연구』(좋은날, 2000)와 동시에 출판했기 때문에 굳이 작품과 관련한 작가론을 구성하지 않았다. 김수영에 대한 시사적 평가는 많이 있지만 상대적으로 송욱에 대한 시사적 평가가 적은 탓이기에 이에 대한 평가도 보완되어야 할 것이다.[10]

둘째, 작품 분석과 관련하여 비교적 상세하게 전기를 구성한 것은 송우혜의『윤동주평전』이다. 특히 유학을 위해 윤동주가 창씨 개명(平沼 東柱)한 후에 쓴「懺悔錄」의 내용이라든가 기독교 시인(「異蹟」)이라는 기존 관점에서 풍자시(「투르게네프의 언덕」)에 깊은 관심을 보였다는 점은 주목할 내용이다. 또한 윤동주 문학에 큰 공헌을 한 강처중을 밝힌 점은 작가 연구에서 귀중한 한 본보기라 할 수 있다.

셋째, 대개 작가들이 평전을 쓰는 경우가 많은데,「새로 쓰는-이육사평전」은 역사학자인 김희곤이 썼다는 점이 이채롭다. 역사학자이기 때문에 생애를 철저히 고증했다는 평가를 받을 수 있으나, 문학적 감수

---

10) 김학동 외,『송욱연구』, 역락, 2000.
　　졸저,『송욱평전』, 역락, 2000.
　　이승하 엮음,『송욱』, 새미, 2001.

성과 직관력, 작품에 대한 분석력의 부족으로 단순히 작품의 배경 설명에 지나지 않는다는 부정적 평가를 받을 수도 있다. 따라서 작가론이라 하더라도 몇 가지로 구별할 필요성이 있다. 즉 작품 분석을 위한 작가의 생애를 관련시키는 방법과 작품을 통해 작가의 생애(사상, 감정)을 재구성하는 방법이 있다. 시인의 <작가론>은 대개가 생애를 구성하기 위해 작품을 인용하는 경우가 많다고 볼 수 있다.

넷째, 대개의 시인론은 작가의 생애와 시 작품과의 창작 배경 혹은 작품 분석과의 관련성을 구성하는데, 정공채의 『노천명평전』은 수필 중심으로 작가 연구를 한 점이 특징이다. 이는 시가 갖는 암시적인 의미보다는 수필이 갖는 산문적인 형태를 서술함으로써 나타나는 작가의 생활의 측면을 쉽게 읽을 수 있다는 장점을 활용한 것으로 이해된다.

필자가 이들의 평전을 검토하면서 발견한 것은 작가의 인간적 면모이다. 시대에 투철했던 만해, 비판적 지성의 극단인 김수영, 지성과 학문의 실험적 사고를 보여 준 송욱, 시대의 고통을 안으로 고뇌한 윤동주, 처절한 인간의 근원적 고독을 보여 준 노천명 등에서 작가의 치열한 삶을 발견할 수 있었다.

2. 소설가론

2. 1. 김동인의 『춘원연구』(신구문화사, 1956)

한국 근대 문학의 아버지라 불리는 이광수에 대한 본격적인 연구는 김동인(金東仁)으로부터 시작되었다고 할 수 있다. 김동인의 『춘원연구』에 대한 서문을 쓴 전영택(田榮澤)은 "韓國이 어느 땅덩어리 한 조각을 내 놓을지언정 東仁과 바꿀 수 없다고 할 날이 올 것이다. 創作에서뿐만 아니라 評論에도 누구에게나 뒤떨어지지 않는 東仁의 力作인『춘원연구』가 出刊되는 것은 참으로 慶賀할 일이다."고 감동 섞인 서문을 썼다. 또한 백철도 "東仁先生은 우리 新文學史上에 있어서 天才가 小說方面에서만 빛나고 있을뿐 아니라, 그 才能은 同時에 直銳한 鑑賞과 大膽한 判斷으로서 評論分野에서도 充分히 保證되어 있다."고 남다른 애정이 담긴 서문을 썼다. 물론 이들의 서문이 체계적인 분석을 바탕한 연구 결과가 아니기 때문에 어떤 객관적 평가라고 하기에는 다소 문제가 있지만 당대의 작가들이 평가한 점에서 의미가 있는 것이다. 이들의 평가가 김동인에 대한 인간적인 감정까지도 포함하고 있음을 알 수 있다.

여기에서는『춘원연구』의 구체적인 목차와 그 내용을 검토하고자 한다. 그래서 작가 연구의 한 본보기를 파악할 수 있을 것이다.

1. **緖言** : 삼국 시대, 고려 시대, 조선 시대를 통틀어 조선 시대에 평민문학이라 할『춘향전』,『흥부전』 등이 남았다고 기술함. 이후 "황량한 한국의 벌판에 문학이라는 씨를 뿌린" 국초(菊初) 이인직(李人稙)은『鬼의 聲』,『치악산』,『血의 淚』 등을 남겼다고 기술함. 이후 이광수가 태어났다고 기술함.

2. **春園 李光洙** : 춘원의 전기적 사실들을 요약 정리함. ①출생 및 출생지- 1892년 3월 평북 정주읍 출생, ②가세의 몰락으로 8, 9세 때 나무하고 소를 밭에 끌고 다님, ③早失父母 孤兒의 성장기, 그리고 오산중학 교사, 육당 최남선이 간행한 잡지 《靑春》에『어린 벗에게』,『少年의 悲哀』(당시 24세)를 발표함.

3. 3장부터는 춘원의 작품과 성장기 의식을 관련시켜 분석한 논의이다. 이를 정리하면 다음과 같다.

목차(章 구별)	작품 제목	작품 관련 내용
三. 『어린 벗에게』와 『少年의 悲哀』 其他	① 단편『어린 벗에게』(이후『젊은 꿈』으로 개명됨) ②『少年의 悲哀』	① ㉠ 서양 문학 영향을 받은 최초의 소설이라는 평가 ㉡ 성장기의 가난으로 인해 사랑 받지 못함. 성장 이후(24세) 인생에서 눈 뜨기 시작하면서 처음 느낀 것이 사랑 ㉢ 〈나〉라는 청년이 사랑에 대한 열렬한 동경을 〈그대〉라는 미소년에게 보낸 편지 형식 ② ㉠『어린 벗에게』 발표 이후 동경행 ㉡『少年의 悲哀』(1917. 1. 1 朝)-사촌 동생에 대한 사랑을 테마 ㉢『失戀』(1917. 1. 11 夜)-남자끼리 동성애 테마 ㉣ 동경 유학생 監督府 기숙사에서 썼다는 점에서 춘원의 심경을 짐작
四.『無情』과 『開拓者』	①『無情』 ②『開拓者』	① ㉠ 창작배경-동경 유학생 감독부 기숙사에 집필, 창작욕과 학비를 보탤 수 있는 고료 때문 ㉡ 소설을 설교 기관으로 삼았다고 평가 ㉢ 줏대 없이 흔들리는(돈과 신식과 신학문을 가진 선형과 순정과 눈물과 열과 자기 희생이 큰 사랑을 가진 영채 사이에서) 주인공 이형식을 춘원과 동일시함-아직 신도덕보다는 구도덕에 가치를 둔 작품으로 썼기에 춘원 이광수 의식의 모순으로 지적 ② 언급이 없음
五. 物語와 史話와 小說	① 物語 작품 : ② 史話 작품 : ③ 小說 :	문화적 문학 운동의 일환으로 창작했다고 평가
六.『許生傳』	①『許生傳』	① 귀국 후 처음 쓴 소설
七. 『一說 春香傳』	①『一說 春香傳』	① ㉠ 원전에 충실했음 ㉡ 귀국 후 처음 쓴 소설
八.『再生』	①『再生』	① ㉠ 상반부와 하반부를 나누어 집필-상반부 집필 후 肺 수술 ㉡ 통속 소설의 비방은 면하지 못하지만, 기교는 만점으로 평가(전체적으로 실패작)

九. 『麻衣太子』	① 『麻衣太子』	① 『麻衣太子』에 대해서는 할 말이 없다고 혹평함
十. 『無情』에서 『麻衣太子』까지	*	종합적 평가
十一. 『端宗哀史』	① 『端宗哀史』	① ㉠ 춘원이 사석에서 『端宗哀史』만은 욕하지 말라고 함 ㉡ 史話의 記錄者라는 書記役에서 史實의 再生이라는 小說役으로 躍上할 노력을 抛棄한 데 이 『端宗哀史』에 致命傷이 있다
十二. 『흙』	① 『群像』 ② 『李舜臣』 ③ 『흙』	① 삼부작 ② 『端宗哀史』보다 더한 實錄의 번역/『忠武公日記』를 번역한 수준 ③ 『無情』, 『再生』, 『흙』은 장편 3부작으로 주인공의 연령, 직업, 교양, 환경의 유사점이 많다. → 이러한 점을 김동인은 춘원은 자신이 쓰는 소설에 대해 얼만큼 관심을 가지고 있는가라고 혹평함
十三. 端宗前後 歷史와 文獻	*	① 『端宗哀史』를 평가하기 위해 장구한 역사적 검토 통해 작품을 혹평함

제3장에서는 정신분석학의 방법으로 『어린 벗에게』의 창작 배경을 설명했다. 반면에 『少年의 悲哀』에서는 춘원의 심경을 알 수 있다고 했지만 구체적으로 분석하지 않음으로써 작가 연구의 깊이를 보여 주지 못했다는 평가를 받을 수 있다. 제4장에서는 『無情』의 작품 주인공을 통해서 작가 의식을 읽을 수 있다는 분석은 타당성이 있다. 『開拓者』에 대한 언급은 없다. 제5장은 문학을 문화적 운동으로 창작했음을 평가했다. 제6장은 작품 분석에만 치중하여 작품론이라는 인상을 준다. 제7장에서 『춘향전』의 원전에 충실했다는 점은 바로 창작욕의 저하라는 점을 생각할 수도 있다. 제8장에서는 『再生』을 통속 소설로 비판했다. 이는 대중 교화라는 당시대의 욕구를 실천한 것이라 판단된다. 제9장에서

는 제13장의 세부적 평가, 제10장에서는 종합적 평가, 제11장에서는 『端宗哀史』, 제12장에서는 『흙』을 혹평했다. 제13장에서는 『端宗哀史』를 평가하기 위해 장구한 역사적 검토를 통해 작품을 혹평했지만 다른 역사 소설에 대해서는 역사 검토를 통해 평가하지 않았다는 점에서 작가 연구의 일관성을 결여했다고 볼 수 있다. 제13장 이후에는 근대소설고라 하여 작가들의 단평들을 모아 놓았다.

이제까지 김동인의 『춘원연구』를 검토한 결과는 다음과 같다.

첫째, 심도 있는 논의보다는 춘원에 대해서 짧막한 단평(短評)이기에 깊이 있는 연구로 평가할 수 없다. 그는 스스로 "『無情』에서 『端宗哀史』까지 그 동안에 작품으로 나타난 것을 대강 말하는 수준이었다."고 언급한 것에서도 깊이 있게 연구하지 않았음을 자인(自認)하고 있다.

둘째, 작가 연구를 작품 위주로 했기 때문에 오히려 작품 연구(가령 『許生傳』)라고 하는 것이 타당할 것이다. 이는 작가 연구에 대한 김동인의 문학 연구 자세가 체계적이지 못했음을 의미하는 것이다. 또한 감상적인 문체의 남발로 작가 연구의 객관성을 획득하지 못했다.

셋째, 김동인의 『춘원연구』는 선구적인 작가 연구의 한 본보기로서 문학사적 가치가 있다.

2. 2. 김윤식의 『이광수와 그의 시대(전 3권)』(한길사, 1986)

일찍이 김윤식은 레온 에델(Leon Edel)의 『작가론의 방법-문학전기란 무엇인가』(삼영사, 1983)를 번역하기 전에 이미 작가론의 방법에 대한 그의 관심을 보인 것이 『한국근대작가론고』(일지사, 1974)의 부록(418~444쪽/≪현대문학≫, 1967. 10)이다. 그리고 일부분 번역하여 요약 정리한 것이 『(속)한국근대작가론고』(일지사, 1981, 407~436쪽)이다. 김윤식은 레온 에델의 책을 바탕으로 하여 『이광수와 그의 시대』(한길사, 1986)를 썼다. 그래서 이 저서는 작가론이라는 이론적 측면과 실제를 한 지점에서 접합한 작가 연구서이다. 그래서 이의 상관 관계를 검토해 본다면 작가 연구의 한 방향을 파악할 수 있을 것이다.

본고는 김윤식의 『이광수와 그의 시대(전 3권)』에 대한 검토가 목적이다. 그래서 첫째, 국내에는 작가 연구 방법론에 대한 이론 정립이 부족한 상태다. 따라서 작가 연구에 앞서 있는 김윤식의 작가 연구의 저작을 통해 역으로 작가 연구의 한 방법이라는 이론적 틀을 만들 수 있을 것이다. 둘째, 김윤식의 작가 연구 방법론은 그의 비평 철학 혹은 연구 정신을 한 축으로 세울 수 있다. 물론 그의 다른 역작과 연계해서 검토되어야 할 사항이다.11) 작품과 관련한 춘원의 생애와 관련을 정리해 보면 다음과 같다.

목차	작품 제목	작품 관련 내용
제 1부 고아에의 길 1. 이보경	① 시 「어머니의 무릎」(1917. 12) ② 「어머니의 생각」(1933) ③ 「그의 자서전」 ④ 「인생의 향기」 ⑤ 시 「어머니 생각」 ⑥ 「조혼론」(《매일신보》, 1917. 11 연재분)	① 불쌍한 어머니에 대한 추상적 그리움을 표현 → 이후에 세 번째 어머니인 생모의 칠칠치 못함에서 온 고아 의식(11살)으로 발전 ② 춘원의 어머니 상 ③ 허황한 아버지 상 ④ 콜레라로 죽은 부모상 ⑤ 어머니에 대한 동정심 ⑥ 조혼에 대한 폐습 비판(아버지에 대한 수치심이 자리하고 있음)

---

11) 『염상섭연구』(서울대학교 출판부, 1987), 『김동인연구』(민음사, 1987/ 개정판 2000), 『김동리와 그의 시대(전 3권)』(민음사, 1995~1997) 등이다. 김윤식의 소설 작가 연구서들을 검토한다면 작가 연구 방법의 한 축을 발견할 수 있을 것이다.
춘원에 대해 쓸 때, 이형기의 「『춘원연구』의 재검토」(『감성의 논리』, 문학과지성사, 1976), 손태회의 「김동인과 '마돈나'시대-한국문단인간사」(《문학사상》, 1979. 9), 백천풍의 「일본에서 발굴된 초창기 한국 문인들의 유학 시절 자료」(《월간문학》, 1981. 5) 등도 좋은 참고 자료가 된다. 그리고 춘원의 경우 아내인 허영숙이 쓴 「남편 춘원을 생각하고」, 딸 이정화의 「아버지 춘원」, 박계주와 정학송이 쓴 「춘원 이광수」 등도 의미가 있다.

2. 삼종제 이학수	① 「그의 자서전」 ② 「그의 자서전」 ③ 「인생의 향기」(1924. 10) ④ 소설 「김경(金鏡)」 ⑤ 「그의 자서전」 ⑥ 「그의 자서전」 ⑦ 「다난한 반생의 도정」 ⑧ 소설 「육장기」 ⑨ 「그의 자서전」 ⑩ 「그의 자서전」 ⑪ 「金剛山遊記」 ⑫ 「金剛山遊記」의 시 한 수	① 11살 때 고아의 심정 ② 누이 동생 애경의 슬픔 ③ 막내 누이 동생이 이듬해 죽음 ④ 본명 이보경을 삼인칭 소설로 쓴 　나르키소스(나르시스)적 성격 ⑤ 부유한 재당숙 집안 묘사 ⑥ 신변 위장의 회고록 ⑦ 회고록 ⑧ 편지 형식의 심경 소설 ⑨ 라이벌 의식(삼종제 이학수) ⑩ 재당숙(이학수의 父) ⑪ 금강산 두 번째 유람 　(1923. 8) ⑫ 춘원과 이학수의 기구한 운명
3. 조부의 문틈으로 바깥세계를 엿보다	① 「이광수와의 교담록」 ② 「그의 자서전」 ③ 「인생의 향기」 ④ 「그의 자서전」 ⑤ 「行者」(≪문학계≫, 1941. 3) ⑥ 「40년」(日文으로 씀, ≪국민문 　학≫, 1944. 1) ⑦ 「40년」 ⑧ 「나의 고백」 ⑨ 「나의 고백」 ⑩ 「동경잡신」(1916. 9)	① 담배 장사 경험 　(1903년, 12살 때) ② 방랑 생활 ③ 고아 의식 ④ 경솔한 혼인과 지극히 불쾌한 초 　혼의 생각(고백체) ⑤ 일본 신민이 되는 것은 행자 수 　업과 같음 ⑥ 숙부 이야기 ⑦ 조부를 통해 세계와 접촉 ⑧ 고향 평북 정주에서 인종 의식 ⑨ 러일 전쟁 속에서 깨달은 민족 　의식 ⑩　　　　　　　*
4. 동학당의 심부름꾼이 되다	① 「그의 자서전」 ② 「무정」	① 「무정」과 관련성 ② 근대 소설의 기념비 : 신소설투 　의 원한 사무친 소설과 의식 구조 　가 같음.

제2부 배움에의 길 1. 일진회의 派日 유학생	① 「무정」 ② 「사랑인가」	① 첫사랑의 좌절을 시대적 비운과 결합시켜 비극적 운명으로 그림 ② 일본어로 쓴, 춘원의 첫작품 : 고아 의식이 바탕하였기에 마음 기댄 사랑의 대상이 필요.
2. 문명 개화와 동경	*	*
3. 춘원의 명치 학원 시절	*	*
제3부 교사에의 길 1. 논리적 세계와 심정적 세계	① 「나의 고백」 ② 「무정」 ③ 「유정」 ④ 「우리 영웅」 ⑤ 「옥중호걸」 ⑥ 장시 「極態行」 (≪학지광≫, 14호)	① 자기를 시대의 희생자로 자처한 내용 ② 당시 독자를 울린 요인이 있는 소설 ③ 춘원이 가장 아끼는 작품 : 「무정」처럼 독자를 울림 ④ 자유 독립의 표상(이순신 장군) ⑤ 옥에 갇힌 부엉이의 신세를 노래 ⑥ 자유의 관념을 표현
2. 다섯 뫼의 아이, 다섯 뫼의 어른	*	*
3. 조부의 죽음, 망국의 슬픔, 톨스토이의 죽음	① 「五山景歌」 ② 「재생」, 「애욕의 피안」, 「흙」	① 오산중학교 교사 시절 창작 ② 주인공을 괴롭힌 인물들을 개과 천선시키는 춘원 소설의 기본적 인 인과 법칙 적용 : 톨스토이의 「어둠의 힘」 구조와 동일
	① 「그의 자서전」 ② 참회록 성격 「나」	① 아내 백혜순에 관한 생각 ② 오산 생활에서의 어두운 면이 집 중되어 표현

4. 생활 속의 수렁	③ 「무정」, 「단종애사」, 「흙」, 「원효대사」	③ 민족애가 바탕한 작품
	④ 「무정」	④ 첫번째 이상적 여인상 〈박영채〉 표현
	⑤ 「나」	⑤ 두번째 이상적 여인상 〈실단〉 표현
	⑥ 「그의 자서전」	⑥ 세번째 이상적 여인상 〈s〉 표현
	⑦ 「그의 자서전」	⑦ 네번째 이상적 여인상 〈백혜순〉 표현
	⑧ 「나」	⑧ 다섯번째 이상적 여인상 〈문의 누님〉 표현
	⑨ 「나」	⑨ 여섯번째 이상적 여인상 〈과부, 욕심 많고 천한 처형〉 표현
5. 오산을 탈출하다	① 「인생의 향기」	① 오산중학교를 떠나는 이별 장면

김윤식의 『이광수와 그의 시대』에는 다음과 같은 작가 연구 방법을 발견할 수 있다(단, 2권과 3권의 내용 정리는 생략하여 검토 결과만 정리하겠다).

첫째, 1권에서는 이광수의 본명(이보경, 李寶鏡), 어머니, 아버지, 삼종 제 이학수, 조부와의 관계를, 동학과 천도교의 영향 관계, 그리고 일진회의 도움으로 일본 유학, 귀국 후 오산학교 교사 시절까지 다루고 있다. 작가 연구는 ①가족 관계 ②사상적 영향 관계 ③학문(배움) 관계를 다루고 있다.

둘째, 2권에서는 이광수의 여행(방황/방랑)의 여정(시베리아, 중국, 동경)과 총독부 기관지 『매일신보』에 가담, 한국 소설의 기념비 성격인 『無情』의 내용을 담았다. 작가 연구에는 ①인생 여정(방랑/ 방황) ②언론 관계 ③대표작 해설 등을 다루고 있다.

셋째, 3권에서는 방랑 후에 내놓은 『민족개조론』, 그의 작품 『가실』에서 『허생전』, 장편 『재생』, 그의 불교적 영향(법화경)의 『육장기』, 『춘원시가집』, 해방 후 친일에 대한 참회와 변명의 심리적 관계를 다루고 있다. 작가 연구는 ①작품 ②사상적 영향 관계 ③친일에 대한 심리적 관계 등을 다루고 있다.

결국 김윤식의 『이광수와 그의 시대』에서 보여 준 작가 연구 방법은 ①가족 관계 ②사상적 영향 관계 ③학문(배움) 관계 ④인생 여정 ⑤작품 ⑥사상의 영향 관계 ⑦그의 시대 상황과 상황에 대한 참회와 변명을 다루고 있다. 이에 비해 김동인의 『춘원연구』는 우선 가족 관계 가운데 성장 과정(고아 의식)과 관련하여 몇 작품을 분석한 것에 지나지 않는다. 그리고 이광수의 여타의 작품들에 대한 작품 내적인 모순점을 지적하는 선에서 이루어진 작가 연구라 할 수 있다.

부록 Ⅱ

한국 작가 연구 연대별 목록

*1950년대 목록

조영암, 「김상용평전-전원적인 낭만주의 시인 월파(月坡)」, 《자유문학》, 1956. 6.
______, 「이상화-초창기의 문단측면사」, 《현대문학》, 1959. 9.

*1960년대 목록

김상선, 『신세대작가론』, 일신사, 1964.
조연현, 『현대한국작가론』, 청운출판사, 1965.

*1970년대 목록

강인숙, 『한국현대작가론』, 동화출판사, 1971.
김용성, 『한국 현대 문학사 탐방』, 국민서관, 1973(중판, 1979).
고 은, 『이상평전』, 민음사, 1974.
이어령 편, 『한국작가전기연구』(상/하), 동화출판공사, 1975.

유종호 외, 『현대한국작가연구』, 민음사, 1976(중판, 1986).
채 훈, 『1920년대 한국작가연구』, 일지사, 1976.
이호철, 『작가수첩』, 진문출판사, 1977.
고 은, 『평전 한용운』, 백민사, 1978/고려원, 2000.

*1980년대 목록

고 은, 『이상평전』, 청하, 1980(1쇄 발행, 1992).
김윤식, 『(속)한국근대작가론고』, 일지사, 1981.
최하림 편저, 『김수영평전』, 문학세계사, 1981/『김수영평전』, 실천문학사, 2001.
계희영, 『약산 진달래는 우런 붉어라』, 문학세계사, 1982.
정공채, 『우리 노천명』, 대가출판사, 1983.
김영민, 『수주 변영로 평전』, 정음사, 1985.
심원섭, 『원본 이육사 전집』, 집문당, 1986.
김윤식, 『이광수와 그의 시대』(전 3권), 한길사, 1986.
김학동, 『정지용연구』, 민음사, 1987(개정판, 1997).
김윤식, 『염상섭 연구』, 서울대학교 출판부, 1987.
김윤식, 『이상연구』, 문학사상사, 1987.
김윤식, 『임화연구』, 문학사상사, 1989.
김윤식, 『김동인연구』, 민음사, 1989(개정증보판, 2000).

*1990년대 목록

박두진 외, 『작가일기』, 푸른숲, 1990.
김영기, 『김유정-그 문학과 생애』, 지문사, 1992.
차한수, 『이상화 시 연구』, 시와 시학사, 1993.
강인숙, 『김동인:작가의 생애와 문학』, 건국대학교출판부, 1994.
정의홍, 『정지용의 시 연구』, 형설출판사, 1995.

김정숙, 『김동리 삶과 문학』, 집문당, 1996.

김윤식, 『작가와의 대화』, 문학동네, 1996.

이동하, 『김동리:가장 한국적인 작가』, 건국대학교출판부, 1996.

구연식, 『작가연구-초현실주의자 신봉자, 조향』, ≪문학지평≫, 빛남, 1996(봄호).

남송우, 『작가연구-이주홍 소설에 나타난 일상성과 역사성의 인물』, ≪문학지평≫, 빛남, 1996(가을호).

허형만, 『영랑 김윤식 연구』, 국학자료원, 1996.

주전이, 『시인 김영랑 김윤식 전기』, 국학자료원, 1997.

최병준, 『조지훈 시 연구』, 한국문화사, 1997.

국효문, 『신석정 연구』, 국학자료원, 1998.

송우혜, 『윤동주평전』, 열음사, 1988(개정판, 세계사, 1998).

양승국, 『김우진, 그의 삶과 문학』, 태학사, 1998.

홍성암·유순영 편저, 『현대작가론』, 삼영사, 1999.

*2000년대 목록

김희곤, 『새로 쓰는 이육사 평전』, 지영사, 2000.

노상래, 『한국 문인의 전향 연구』, 영한, 2000.

박종석, 『송욱평전』, 좋은날, 2000.

안우식 지음·심원섭 옮김, 『김사량평전』, 문학과 지성사, 2000.

오세영, 『김소월, 그 삶과 문학』, 서울대학교 출판부, 2000.

윤병로, 『박종화의 삶과 문학』, 한국학술정보, 2001.

조용훈, 『신석초 연구』, 역락, 2001.

최하림, 『김수영평전』, 실천문학사, 2001.

김상태 외, 『한국현대작가연구』, 푸른사상, 2002.

김학동, 『김기림평전』, 새문사, 2002.

이숭원, 「백석의 삶과 문학적 대응 양상 연구 – 여성과 관련된 작품을 중심으로」, ≪한국시학연구≫(제7호), 2002.

이주일, 『한국현대작가연구』, 국학자료원, 2002.

윤석산, 『박인환 평전』, 모시는 사람들, 2003.
강영주, 『벽초 홍명희 평전』, 사계절, 2004.
김명인, 『조연현 – 비극적 세계관과 파시즘 사이』, 소명출판, 2004.
김윤식, 『20세기 한국 작가론』, 서울대학교 출판부, 2004.
김학동, 『오장환평전』, 새문사, 2004.
문덕수, 『청마유치환평전』, 시문학사, 2004.
김학동, 『서정주 연구』, 새문사, 2005.
김현정, 『백철 문학 연구』, 역락, 2005.
이상렬, 『민촌 이기영 평전』, 심지, 2006.

▌ 참고문헌

* 국내 저서

강은교, 『시에 전화화기』, 문학세계사, 2005.
강춘진, 『책 속에 갇힌 문학, 책 밖으로 나오다』, 가교출판, 2006.
김광섭, 『나의 옥중기』, 창작과비평사, 1976.
김광일, 『우리가 만난 작가들』, 현대문학북스, 2001.
______, 『우리가 만난 작가들』, 현대문학북스, 2001.
김동리, 「자전기」, 『한국 3대 작가전집(12)』, 삼성출판사, 1970.
김병익, 『한국문단사』, 문학과 지성사, 2001(초판: 1973, 일지사).
김유중·김주현 엮음, 『그리운 그 이름, 이상』, 지식산업사, 2004.
김윤식 편, 『한국현대문학연표』(1900~1987), 문학사상사, 1988.
김윤식·정호웅 편, 『한국 근대 리얼리즘 작가 연구』, 문학과 지성사, 1988.
김재홍, 『시어사전』, 고려대학교 출판부, 1997.
김 철, 「저 슬픈 장엄한 고개 너머」, 『국문학을 넘어서』, 국학자료원, 2000
김학동, 『문학기행:시인의 고향』, 새문사, 2000.
김화영, 『한국문학의 사생활』, 문학동네, 2005.
김환희, 『국화꽃의 비밀』, 새움, 2001.
박경리 외, 『나의 문학 이야기』, 문학동네, 2003.
박혜숙, 『한국 현대시 흐름의 양면 탐구』, 국학자료원, 2001.
박호영, 「이육사의 〈광야〉에 대한 실증적 접근」, ≪한국시학연구≫, 한국시학회, 2001.
서병욱, 「인물탐구-박완서」, ≪월간 조선≫, 2001. 6, 602~614쪽.
서정주 外, 『시와 시인의 말』, 창우사, 1986.
손소희, 『한국문단인간사』, 행림출판사, 1980.

신　진, 『우리 시의 상징성 연구』, 동아대학교 출판부, 1994.

신동욱 편, 『문예비평론』, 고려원, 1984.

신옥주 엮음, 『요절한 문학의 천재들』, 정음문화사, 1991.

오늘의 문예비평 엮음, 『작가와의 만남과 토론의 즐거움』, 영광도서, 2004.

우한용, 「작가론의 방법」, 『한국근대작가연구』, 삼지원, 2001.

이기철, 『쓸쓸한 곳에는 시인이 있다』, 문학동네, 2005.

_____, 『작가연구의 실천』, 영남대학교 출판부, 1986.

이명원, 『타는 혀』, 새움, 2000.

이문재, 『내가 만난 시와 시인』, 문학동네, 2003.

이상섭, 『문학연구의 방법』, 탐구당, 1980.

이상진, 『한국 근대 작가 12인의 초상』, 옛오늘, 2004.

이숭원, 『한국현대시감상론』, 집문당, 1996.

이유경, 「슬프고 외롭고 심심해진 노시인-김춘수」, ≪월간 조선≫, 2001. 6, 585~598쪽.

_____, 『시인의 시인 탐험』, 월간조선사, 2002.

이호철 外, 『33인의 자서전』, 양우당, 1988.

정규웅, 『글동네에서 생긴 일』, 문학세계사, 1999.

정영진, 『통한의 실종 문인』, 문이당, 1989.

조두영, 『목석의 울음:손창섭 문학의 정신분석』, 서울대출판부, 2004.

조연현, 『남기고 싶은 이야기들』, 도서출판 부름, 1982.

_____, 『내가 살아온 한국문단』, 현대문학사, 1968.

_____, 『작가수업-문단인이 걸어 온 길』, 수도문화사, 1951.

조영암, 『한국대표작가전』, 수문관, 1953/광문사, 1958.

조창환, 「현대시 자료 검증과 해석」, ≪한국시학연구≫, 한국시학회, 2001.

조항래, 『향촌동 소야곡-낭만의 대구 문단 일화』, 시와 반시, 2007.

한계전, 『한국 현대시 해설』, 관동출판사, 1994.

한국문인협회 편, 『문단유사』, 월간문학출판부, 2002.

한하운, 『나의 슬픈 반생기』, 문학예술, 1993.

홍희표, 「박목월 시의 연구」, 문학아카데미, 1993.

황금찬, 『나는 어느 호수의 어족인가』, 천우, 2004.

* 국외 저서

삐에르 쁘띠피드(장정애 옮김), 『로댕-지옥으로부터 자유』, 홍익출판사, 2001.
슈테판 츠바이크(안인희 옮김), 『발자크 평전』, 푸른숲, 1998.
슈테판 츠바이크(원희당 외 옮김), 『천재와 광기』, 예하, 1993.
프랜시스 윈(정영목 옮김), 『마르크스평전』, 푸른솔, 2001.
Alan Shelston(이경식 역), 『전기문학』, 서울대학교 출판부, 1979.
E. G. Seidensticker, 『(현대)일본작가론』, 신조사, 1964.
Leon Edel(김윤식 역), 『작가론의 방법-문학전기란 무엇인가』, 삼영사, 1983.
Leon Edel(이종호 역), 『현대 심리 소설 연구』, 형설출판사, 1983.
Rene Wellek & Austin Warren(이경수 역), 『문학의 이론』, 문예출판사, 1987.
Samul Taylor Coleridge(김정근 역), 『문학전기』, 한신문화사, 1995.

┃ 찾아보기

ㄱ

| 저 자 소 개

박종석 / chpark650@hanmail.net

경남 산청 출생
동아대학교 국어국문학과 및 동 대학원 졸업
문학박사
동아대, 울산대 강사

*** 저 서**

『송욱문학연구』(2000)
『송욱평전』(2000)
『한국 현대시의 탐색』(2001)
『작가 연구 방법론』(2003년도 문화관광부 추천- 우수 학술 도서)
『비평과 삶의 감각』(2004)
(수정판)『작가 연구 방법론』(2005)
『현대시 분석 방법론』(2005년도-제2회 울산작가상)
『조연현 평전』(2006)
『정상으로 통하는 논술』(2007)

*** 논 문**

「송욱 시 해설」(『한국현대문학선집: 시』, 문학과 지성사)
「송욱의 『시학평전』연구」(새미작가론총서 『송욱』 수록)
「고전시론과 현대시론의 한 접점 연구」(창간호 ≪한국시학연구≫ 수록)
「김수영의 성시론」(≪동남어문론집≫ 수록)
「윤흥길의 『장마』론」(≪작가시대≫ 수록) 외

[수정증보판] **작가 연구 방법론**

초판 발행　　　 2002년 10월 15일
수정판 발행　　 2005년　5월 25일
수정증보판 발행 2007년　8월 30일

지 은 이　　박종석
펴 낸 이　　이대현
책임편집　　이태곤
편　　 집　　권분옥 이소희 김주헌 양지숙 김지향 허윤희
기　　 획　　홍동선
마 케 팅　　안현진
관　　 리　　정태윤
펴 낸 곳　　**도서출판 역락** / 서울 서초구 반포4동 577-25
　　　　　　　　　　　　문창빌딩2층(우137-807)
전　　 화　　02-3409-2058(대표) 3409-2060(편집부) FAX 3409-2059
이 메 일　　youkrack@hanmail.net
홈페이지　　www.youkrack.com
등　　 록　　1999년 4월 19일 제2-2803호

정가　10,000원

ISBN　89-5556-370-1　93810